Scarface

Armitage Trail

SCARFACE

Aus dem Englischen von

Joachim Körber

Armitage Trail: Scarface
Titel der Originalausgabe: Scarface
Übersetzung aus dem Englischen von Joachim Körber

Einbandgestaltung: rheinConcept, Wesseling
Einbandabbildung: picture-alliance/akg-images
Satz und Layout: Bernhard Heun, Rüssingen
Printed in Germany 2006

ISBN 3-89996-834-4

www.area-verlag.de

KAPITEL EINS

Tony Guarino, dem es vorherbestimmt war, der größte unter allen berüchtigten Gangsterbossen Amerikas zu werden, war achtzehn Jahre alt, als er sein erstes Schwerverbrechen beging. Und der Grund dafür war, wie so häufig, eine Frau.

Aber was für eine Frau! Tony, der in der dunklen Gasse stand, die von der schmiedeeisernen Bühnentür des billigen Burleskentheaters zur Straße führte, sah sie deutlich vor seinem geistigen Auge. Eine große, stattliche Blondine mit honigfarbenem Haar, zartrosa Teint und langen, anmutigen weißen Beinen. Im Publikum hatte er diese Beine viele Male gesehen, wenn sie auf der Bühne tanzte, und jedes Mal verspürte er dabei ein Kribbeln, das ihm den Atem nahm.

Plötzlich wurde die Bühnentür geöffnet und ein Rechteck gelblichen Lichts fiel auf das Getümmel von dunklen, übertrieben gekleideten Männern und älteren Jungs, die wie ein Rudel Wölfe auf ihre nächtliche Beute warteten. Dann fiel die Tür mit einem dumpfen Poltern ins Schloss, sodass die Gasse wieder im Dunkeln lag, und ein Mädchen bahnte sich hastig einen Weg durch die Menge, scheinbar ohne auf die Hände zu achten, die sie aufhalten wollten, und die rauen Stimmen, die so unverblümte Aufforderungen aussprachen.

Sie war es! Keine andere als Vivian Lovejoy benutzte dieses spezielle, schwere und sinnliche Parfüm. Tony lief hinter ihr her zu Lichtern und Lärm, die die Straße auswiesen.

Auf dem Bürgersteig blieb sie stehen, eine zierliche, schlanke Gestalt, allzu aufgetakelt in einem hellgrünen Kostüm, dessen Rock zu kurz und zu eng war, und mit einer Menge unechtem Schmuck behangen. Leute mit hinreichend Menschenkenntnis hätten die falsche und verlockende Sirene in ihr gesehen, aber für Tony war sie wunderbar, etwas Kostbares, das er anbeten und besitzen musste.

Er ging an ihre Seite und nahm die Mütze ab. Das hatte er aus Filmen gelernt, dem einzigen Unterricht in gesellschaftlichen Umgangsformen, in dessen Genuss er jemals gekommen war. „Guten Abend, Miss Lovejoy."

Sie wandte ihm das Gesicht zu, das er so liebreizend fand. Er konnte nicht sehen, dass ihre Miene so unecht war wie ihr Schmuck; konnte die Spuren der Ausschweifung nicht sehen, die sie unter Schminke und Puder verbarg; konnte die harten, grausamen Linien um ihren grellen Mund herum nicht erkennen, und auch nicht die Habgier, die die geschminkte, etwas zu groß geratene Nase verriet. Als sie ihn sah, drückte ihr kantiges, verkniffenes Gesicht nur Geringschätzung aus, und ihre grünlichen Augen funkelten seltsam. „Du!", sagte sie. „Schon wieder!"

„Nein – immer noch." Tony lachte über die, wie er glaubte, geistreiche Bemerkung. „Und ich werde jede Nacht hier sein, bis Sie sich mit mir verabreden."

Das Mädchen lachte, ein kurzes, schneidendes, humorloses Geräusch, das mehr Ähnlichkeit mit einem Grunzen hatte. „Ist es zu glauben? Der Kerl hat vielleicht Nerven!", sagte sie, als würde sie zu einem Publikum sprechen, aber der Blick ihrer grünen Augen bohrte sich direkt in Tonys schwarze. „Ein Kind ohne eigenes Auto und versucht wirklich und wahrhaftig, sich mit *mir* zu verabreden! Sag mal,

Junge, hast du eigentlich eine Ahnung, wer mein Freund ist?“

„Nein, und es ist mir auch egal“, antwortete Tony mit der leidenschaftlichen Unbekümmertheit des Italieners. „Aber bald werde ich es sein.“

„Also, es ist Al Spingola.“

Plötzlich wurde Tony innerlich kalt. Al Spingola gehörte zu den mächtigsten Bandenbossen der Stadt, ein ruchloser Mann mit enormem Einkommen, einer Menge Handlangern, die loyal zu ihm standen, weil sie Angst vor ihm hatten und er sie gut bezahlte, und einem nervösen Zeigefinger. Ein gefährlicher Mann! „Ach, ich wette, so toll ist der gar nicht“, antwortete Tony störrisch.

„Vielleicht nicht“, gab Vivian zu, „aber wenigstens kann er nem Mädchen was Handfesteres als Küsse bieten … wenn du ordentlich Knete in den Taschen und ein großes Auto hast, Junge, komm wieder, vielleicht rede ich dann mit dir.“ Sie lachte wieder und ging zum Bordstein, als eine große, glänzende Limousine angerauscht kam und anhielt.

Tony wollte der Frau folgen. Dann blieb er stehen, als er den Mann am Steuer der Limousine erkannte. Es war Al Spingola! Ein vierschrötiger, feister Mann, der unbarmherzige dunkle Augen und einen grausamen Mund mit wulstigen, brutalen Lippen besaß; er war elegant in Grau gekleidet und trug einen riesigen funkelnden Diamanten an der Krawatte. Es war ein offenes Geheimnis, dass er das wichtigste Kleidungsstück unauffällig an der Hüfte trug, einen kurzen Revolver aus blauem Stahl, der nur selten ans Licht geholt wurde, aber wenn, dann bekam ihn ganz sicher jemand zu hören und zu spüren. Tony wurde klar, wenn er auch nur noch ein einziges Wort an Vivian richtete, würde das seinen sicheren Tod bedeuten. Natürlich nicht in diesem Augenblick, denn dieser Ort war zu öffentlich. Aber man würde seinen Leichnam binnen weniger Tage in irgendeiner dunklen Gasse finden.

Spingola sah Tony an, während das Mädchen in das Auto einstieg. Der Junge fühlte sich kalt und nervös, bis das teure Gefährt im Höllentempo davonfuhr. Spingola fuhr, wie alle in seinem Metier, stets mit Höchstgeschwindigkeit, um die Gefahr zu verringern, anderen als Zielscheibe zu dienen.

Tony sah dem Auto nach, das davonraste, dann zog er seine Mütze auf und zündete sich eine Zigarette an. Er ging um die Ecke zu einem Billardsalon, wo er die meiste Zeit herumhing, setzte sich auf einen der hohen Barhocker und dachte über das erste Erwachsenenproblem seines Lebens nach. Normalerweise war sein Verstand, gleichwohl ungebildet, dennoch wachsam und schnell, die Denkprozesse logisch und präzise. Aber jetzt wurden sie durch das übermächtige Verlangen seiner ersten großen Leidenschaft beeinträchtigt. Natürlich hatte er eine ordentliche Anzahl Affären mit den Mädchen aus der Nachbarschaft gehabt; dagegen konnte ein Junge, der so gut aussah wie er, einfach nichts machen. Aber irgendwie hatten sie ihn nicht befriedigt. Er wollte etwas Größeres, etwas Reiferes als die seichten, rein körperlichen Reize, die diese Mädchen zu bieten hatten. Er war für sein Alter überraschend reif, wie fast jeder Junge, der in so einer Umgebung aufwuchs. Mit seinen weisen Augen, dem zynischen Mund und dem starken Bartwuchs, der seine Wangen mit einem dunklen Schatten überzog, sah er wie fünfundzwanzig aus. Und er besaß ein umfangreicheres Wissen über die Laster der Menschen, als es sich die meisten Männer im Laufe eines ganzen Lebens aneignen können. Man hätte ihn vollkommen pleite in jeder Stadt dieser Welt absetzen können, und er hätte nicht auf eine einzige Mahlzeit verzichten müssen. Und stehlen hätte er dennoch nicht gemusst; nur Menschen ohne Hirn stahlen. Er verachtete Diebe; besonders die kleinen Taschendiebe.

„Sieh an!“, flüsterte eine mürrische Stimme in sein Ohr.

Tony blickte auf und sah ein Rattengesicht unter einer schmutzigen, zerknüllten karierten Mütze. „Ja?“, fragte er kalt.

„Ein paar von uns ziehen los und überfallen ein paar Tankstellen“, antwortete der andere Junge heiser. „Willst du mitkommen?“

„Nein.“

„Es wird gerecht geteilt.“

„Ich hab *nein* gesagt. Ich riskier meine Haut nicht für die paar Kröten.“

„Oh, es springt mehr dabei raus, Tony. In diesen Tankstellen liegen immer fünfzig, sechzig Dollar rum. Und wir sind nur vier.“

„*Zieh Leine!*“, fauchte Tony. „Bevor ich dir eine runterhaue.“

Der andere Junge lief, verhalten murmelnd, davon. Für die übrigen Jungs, die sich in dem Billardsaal herumtrieben, war Tony ein Rätsel. Sie entwickelten nie ein so freundschaftliches Verhältnis zu ihm wie untereinander. Irgendwie kam es ihnen auch nie in den Sinn. Sie spürten den Unterschied; und Tony ebenfalls. Aber keiner kannte den Grund dafür. Ein Psychologe hätte es damit erklärt, dass Tony den anderen gegenüber eine „geistige Überlegenheit“ besaß, die den Unterschied zwischen einem zum Anführer geborenen

Mann und den Männern ausmacht, denen es vorherbestimmt ist, zum Fußvolk zu gehören.

Die meisten Jungs in dem Viertel unternahmen illegale nächtliche Streifzüge. Natürlich niemals in ihrem eigenen Revier, denn das hätte den Stadtrat verstimmt. Unternahmen sie ihre Beutezüge hingegen nur in anderen Vierteln, dann kam ihr eigener Stadtrat – falls sie erwischt wurden – unverzüglich ins Polizeirevier, erzählte allen, was für einen makellosen Ruf sie in ihrem eigenen Stadtviertel genossen und half ihnen aus der Patsche. Am Wahltag gab dann jeder Ganove nicht nur fünfzehn- bis zwanzigmal seine Stimme für den Stadtrat ab, sondern sie zogen obendrein in Scharen durch die Straßen und drohten jedem ernste Konsequenzen an, sollte der Stadtrat nicht mit einer satten Mehrheit wiedergewählt werden. Und die Leute begriffen, wie ernst diese Drohungen gemeint waren, und wählten den Stadtrat erneut, obwohl sie wussten, dass er selbst ein Oberschurke war.

Tony lehnte es stets ab, sich aus Habgier an diesen nächtlichen Streifzügen zu beteiligen. „Kleinkriminalität“, wie er ihre Unternehmen stets verächtlich nannte, interessierte ihn nicht. Er wollte eine „große Nummer“ werden, ein Anführer, vielleicht ein Politiker. Er wurde verzehrt von einem Verlangen nach Herrschaft, nach Macht, nach Reichtum. Und das alles sollte ihm einmal gehören. Derweil hatte er jedoch, soweit man informiert war, keinen Job, und obwohl er es ablehnte, bei den kriminellen Machenschaften seiner Nachbarn mitzumachen, kleidete er sich wesentlich besser als sie und schien so viel Geld zu haben, wie er brauchte. Viele der Jungs wunderten sich darüber, aber da er selbst freiwillig nichts preisgab, würde es höchstwahrscheinlich für immer ein Geheimnis bleiben, denn in der Gegend erkundigte man sich nicht einmal bei seinen besten Freunden nach ihren Einkünften. Und Tony hatte keine Freunde.

Plötzlich herrschte ein Aufruhr an der Tür des Billardsaals; mehrere vierschrötige Männer kamen herein. Einige der Anwesenden versuchten, durch die Hintertür zu entkommen, wo sie freilich von anderen vierschrötigen Männern in Empfang genommen und zurückgedrängt wurden. Dabei handelte es sich natürlich um Detectives, Polizisten, die die Meute in Augenschein nehmen wollten.

Tony, der wohl wusste, dass sie nichts gegen ihn in der Hand hatten, beobachtete leicht amüsiert und überaus selbstgefällig, wie die Trottel durch den spärlich erleuchteten, verrauchten Raum gingen, Hüften abklopften, Fragen stellten und ab und zu einem der Ganoven, der frech wurde, mit dem flachen Handrücken auf das hässliche Mundwerk schlugen. Keiner unternahm auch nur den Versuch, ihm selbst zu nahe zu treten, wie er erwartet hatte.

„Der Junge ist in Ordnung“, sagte ein Mann, den er als Lieutenant Grady vom Revier des Viertels identifizierte. „Er ist Ben Guarinos Bruder.“

„Das hat gar nichts zu bedeuten“, entgegnete ein gedrungener Mann mit eiskaltem Blick, dessen schroffes Auftreten ihn als Polizisten des Hauptquartiers auswies.

„Bei Tony schon!“, fauchte Grady. „Wir haben nie gehört, dass er jemals das Gesetz übertreten hätte, weder in diesem noch einem anderen Viertel.“

„Danke, Lieutenant“, sagte Tony lächelnd. „Kann ich Ihnen und den Jungs eine Zigarre spendieren?“

Die Polizisten mussten lachen. Es war kein Mann unter ihnen, der nicht Tonys Vater hätte sein können, und doch nannte er sie „Jungs“, und es gefiel ihnen. Mit der Haltung und dem Selbstbewusstsein eines Richters in seinem eigenen Gerichtssaal führte Tony die Schar der Polizisten in den vorderen Teil des Billardsaals und spendierte jedem Einzelnen eine Zigarre. Danach wünschte ihm jeder vergnügt „Gute Nacht" und verabschiedete sich. Tony hatte längst gelernt, welche Vorteile es mit sich brachte, wenn man bei den Bullen einen guten Ruf genoss. Außerdem wusste er, welche Macht es bedeutete, wenn man Leute in seiner Schuld stehen hatte, und sei es nur wegen Kleinigkeiten wie Zigarren. Tony nahm selten eine Gefälligkeit von jemandem an, und falls doch, versuchte er stets, sie doppelt und dreifach zu vergelten, damit derjenige wieder in seiner Schuld stand. Er besaß Verstand und Seele eines abgebrühten Politikers.

Plötzlich bemerkte Tony, dass er in der stickigen, verrauchten Atmosphäre des Billardsaals Kopfschmerzen bekam, und beschloss, nach Hause zu gehen. Abgesehen von einigen wenigen Oasen wie dem Billardsaal, bestand das ganze Viertel aus einer Wüste düsteren, einsamen Halbdunkels. Straßenlaternen gab es nur vereinzelt, und bei den wenigen handelte es sich um altmodische, flackernde Exemplare, die, genau wie manche Menschen, eine Menge Lärm machten, aber nichts bewirkten. In dieser Nacht hatte es nicht geregnet, dennoch herrschte allerorts eine ungesunde Feuchtigkeit. Die zugenagelten Erdgeschossfenster der baufälligen alten Häuser glichen blinden Augen, die bösartig über den engen, schmutzigen Straßen zu schweben schienen. Eine Straße, die tagsüber als Schwarzmarkt diente, war mit Kartons und Papier und stinkenden Abfällen übersät. Hin und wieder schlich eine Gestalt, entweder Jäger oder Gejagter, vorbei. Vereinzelt rasten Automobile vorüber und erzeugten Echos, die man in den stillen Straßen ganze Häuserblocks weit hören konnte. Über allem schwebte eine drückende Aura von allgegenwärtiger Gefahr, ein undefinierbares Etwas, das für die Umgebung empfindsame Fremde mitunter unvermittelt hochschrecken und scheinbar grundlos über die Schulter blicken ließ.

Dies war die Gegend der Verbrecherbanden, ihre Brutstätte, ihr Nest und einer ihrer wichtigsten Jagdgründe. Außerdem war es Tonys Viertel, die einzige Umgebung, die er je kennen gelernt hatte. Aber er konnte nicht erkennen, dass ein großer Plan der Vorsehung, ein so komplexes Netz, das er es nicht begreifen konnte, seit dem Tag seiner Geburt nach und nach sein Schicksal formte, sodass es ihm so schwer fallen würde, kein Gangster zu werden, wie einem Kronprinzen, der Königskrone zu entrinnen.

Tony kam zu dem kleinen Lebensmittelladen, der seinen Eltern gehörte und über dem seine Familie lebte, ging zur Tür nebenan, steckte den Schlüssel ins Schloss und stapfte die schmutzige, nackte Treppe hinauf. Im Esszimmer, das zugleich als Wohnzimmer diente, brannte Licht. Auf einem alten, mit Draht ausgebesserten Schaukelstuhl saß Ben Guarino und las die Zeitung; die Beine in der blauen Uniformhose und die schweren, breiten schwarzen Schuhe hatte er auf das schmutzige, rotweiß karierte Tischtuch gelegt. Sein Revolver steckte im Halfter, das am Munitionsgurt an der wackeligen Rückenlehne eines anderen Stuhls hing, auf dem auch seine Uniformjacke und die Mütze lagen.

Als Tony eintrat, sah Ben auf. Er war ein pummeliger Bursche Mitte zwanzig, mit einem grausamen Mund, markantem Kiefer und trotzigen dunklen Augen, in denen meist ein hämisches Funkeln leuchtete. Aus einer Vielzahl von Gründen, die er aber überwiegend für sich behielt, glaubte

Tony, dass sein Bruder es als Polizist weit bringen würde. Für Tony bestand der Unterschied zwischen einem Polizisten und einem Gangster lediglich in der Marke. Beide stammten aus derselben Art von Gegend, ihre Bildung und Ansichten stimmten weitgehend überein, sie kannten einander meist, bevor und nachdem sich ihre Wege kreuzten, und sie kamen stets gut miteinander aus, wenn der Gangster genug Geld hatte.

„Wo bist du solange gewesen?“, wollte Ben mürrisch wissen.

„Was, zum Teufel, geht dich das an?“, erwiderte Tony, aber dann besann er sich auf den Gefallen, um den er bitten wollte, und wurde versöhnlich. „Ich wollte nicht unhöflich sein, Ben. Aber ich hab grässliche Kopfschmerzen.“

„Ich nehme an, wieder unten in O'Haras Spelunke.“

„Na, irgendwo muss man doch abends hingehen. Und die einzige andere Möglichkeit wäre ein Ballsaal, wo jede Menge alberne Gänse rumhängen.“

„Wirst du schon wählerisch, was Frauen angeht, ja?“

„Ja.“

„Also dagegen ist nichts einzuwenden“, antwortete Ben mit einem Grinsen. „Nichts bringt einen Mann so schnell ganz nach oben – oder ganz nach unten – wie eine Frau, die ihm im Nacken sitzt.“ Plötzlich stellte er die Füße auf den Boden, beugte sich vor und sah seinem Bruder mit einem stechenden Blick direkt in die Augen. „Hör mal, ich hab munkeln gehört, dass du Päckchen für Smoky Joe zustellst, stimmt das?“

„Und?“

„Hast du nicht gewusst, dass Rauschgift in diesen Päckchen ist?“

„Nein, hab ich nicht. Aber jetzt, wo ich es weiß, wird es ihn mehr kosten."

„Lass die Finger von dem Zeug."

„Oh, na schön. Ich nehm an, irgendein Bulle hat dir davon gezwitschert. Meinetwegen kann er die kleine Ratte haben. Ich kann andere Jobs übernehmen."

„Das wird wohl so sein", stimmte Ben trocken zu, „nach allem, was man hört. Du bist also auch Aufpasser drunten in Mike Raffertys Spielhölle gewesen, ja?"

„Ja. Warum auch nicht? Damit kann man auf anständige Weise ein paar Kröten verdienen. Wäre es dir lieber, wenn ich durch die Gemeinde ziehe und Überfälle mache wie die anderen Jungs aus der Nachbarschaft?"

„Natürlich nicht." Ben beugte sich vor und fuhr ernst fort: „Sieh zu, dass du nicht in ernste Schwierigkeiten kommst, Tony; das wäre mein Ruin im Hauptquartier."

„Keine Bange. Mach dir um mich keine Sorgen. Du hast genug damit zu tun, auf dich selber aufzupassen."

„Was meinst du damit?"

„Nichts", antwortete Tony beiläufig mit einem Lächeln und genoss die plötzlich ängstliche Miene seines Bruders. „Nur ein gut gemeinter Rat von einem Burschen, der mehr weiß, als du ihm zutraust."

„Von wem?", wollte Ben heiser wissen.

„Von mir." Tony grinste wieder und schnippte Zigarettenasche auf den kahlen Holzboden. „Hör mal, Ben, kann ich morgen Abend dein Auto haben?"

„Nein. Ich brauch es selber. Ist mein freier Abend."

„Und übermorgen?"

„Nein. Du würdest dir wahrscheinlich Ärger damit einhandeln. Jungs und Autos vertragen sich nicht."

„Na gut. Ich werde bald ein eigenes haben, und ich werde es so leicht bekommen wie du deins.“ Mit diesem Schuss zum Abschied ging Tony zu Bett und schlug die Tür hinter sich zu.

Wie sich jemand, der hundertfünfzig Dollar im Monat verdiente, auf ehrliche Weise ein Auto leisten konnte, das dreitausend Dollar kostete, blieb Tony ein Rätsel. Aber andererseits fuhren alle Polizisten große Autos, die Captains besaßen sogar Mietshäuser und schickten ihre Kinder auf vornehme europäische Schulen.

Die seltsame Ruhe, die sich zu dieser Nachtzeit vorübergehend über den Haushalt der Guarinos senkte, war Balsam für Tony. Es war die einzige Zeit der vierundzwanzig Stunden eines vollen Tages, in der er sich daheim aufhalten konnte, ohne das Gefühl zu bekommen, als würde er gleich durchdrehen. Die restliche Zeit herrschte Lärm ... Lärm ... Lärm ... Er fragte sich, ob die Häuser anderer Leute genau so ungemütlich und abstoßend waren; auf alle, die er kannte, traf es jedenfalls zu.

Er zog sich rasch aus und stieg in das klamme Bett, das er und Ben sich teilten. Er wollte schlafen, bevor Ben reinkam, damit sie nicht wieder stritten. Aber seine Gedanken rasten und kehrten immer wieder zu Vivian Lovejoy zurück. Wenn er nur an sie dachte, wurde ihm abwechselnd heiß und kalt und er zitterte vor Verlangen. Er *würde* sie bekommen; niemand konnte ihn aufhalten, nicht einmal Al Spingola.

Die Tatsache, dass die Frau, die er begehrte, einem anderen gehörte, spielte überhaupt keine Rolle für Tony. Sein ganzes Leben war ein einziger Kampf, und nur der Stärkste bekam das Futter. Jedenfalls hatte sie gesagt, sie würde mit ihm reden, wenn er ein Auto und etwas Geld hätte. Beides würde er bekommen, und dann würde er morgen Abend wieder am Bühneneingang warten.

KAPITEL ZWEI

Pünktlich um zweiundzwanzig Uhr dreißig stand Tony Guarino am nächsten Abend in der dunklen Gasse, die zur schmiedeeisernen Bühnentür des heruntergekommenen Gaiety Theatre führte. Und er schwankte ein wenig beim Gehen. Er fühlte sich groß und mächtig und bedeutend, eine Hochstimmung, die teilweise auf die Tatsache zurückzuführen war, dass er auf dem Weg hierher drei Saloons aufgesucht hatte – für ihn etwas ganz Ungewöhnliches –, aber vorwiegend darauf, dass er sich für alles bereit fühlte. Am Bordstein stand ein teurer und schneller Sportwagen, der sonst bei schändlicheren Unternehmungen zum Einsatz kam. Er hatte ihn für den heutigen Abend gemietet – warum, wusste er selbst nicht so genau. Wenn man den Leuten glauben konnte, die in dem Metier tätig waren, gehörte es zu den einfachsten Verbrechen überhaupt, ein Auto zu stehlen, man konnte es am einfachsten begehen und kam am einfachsten davon; neunzig Prozent aller Verbrecherlaufbahnen nahmen damit ihren Anfang. Aber er wollte nicht ausgerechnet in der Nacht festgenommen werden, in der Vivian ihn zum ersten Mal mit ihrer Gesellschaft ehrte – denn sie würde heute Abend mit ihm ausgehen, auch wenn sie es noch nicht wusste –, und darum hatte er den Sportwagen für heute gemietet. In seiner Hosentasche befand sich ein Bündel Banknoten, alles in allem an die zweihundert Dollar – alles Geld, das er auf Erden besaß. Er hatte es so angeordnet, dass ein nagelneuer Hunderter außen als „Verpackung" diente. Das Innere, ein paar Fünfer, aber überwiegend Einser, ragte so über den Hundertdollarschein hinaus, dass es aussah, als hätte die gesamte Rolle das Zehnfache ihres Wertes.

Somit besaß er alles, was sie verlangt hatte. Aber er hatte noch etwas anderes. In der rechten Tasche seines Mantels verbarg er einen hässlichen Revolver aus blauem Stahl, den er an diesem Nachmittag gekauft hatte. Er hatte noch nie eine Waffe getragen und hielt es für einen ungeheuren Nervenkitzel. Man hatte ein Gefühl der Sicherheit und der Macht, als wäre man der ganzen Welt ebenbürtig. Mit diesem Revolver in der Tasche war er so viel wert wie Al Spingola. Auf diese Weise hatte sich Tony in einen rauschhaften Zustand des Größenwahns hineingesteigert. Aber tief in seinem Innersten fragte er sich, wie genau er sich verhalten würde, sollte es tatsächlich zu einer Konfrontation auf Leben und Tod mit Spingola kommen.

Vivian kam ein wenig früher herausgetänzelt, glitzernd und duftend wie immer, und ein Hut mit enormer Krempe umrahmte ihr hartes Gesicht. „Na sieh mal einer an!", rief sie aus, als sie Tony sah. „Mamas Liebling ist schon wieder an Ort und Stelle."

„Na logisch", sagte Tony grinsend. „Und ich hab ein Auto und die Taschen voller Zaster, genau wie Sie gesagt haben."

„Tatsächlich?", fragte sie spöttisch. „Also, wenn das den kleinen Johnny nicht zum Klassenprimus macht."

Tonys Grinsen verschwand plötzlich, und er packte sie am Arm. „Hören Sie, Schwester, verarschen Sie mich nicht!", fauchte er. „Wir beide gehen heute Abend aus."

„Ach ja?“

„Ja! Sie können also getrost mit dem Getue aufhören und mitkommen.“

„Na gut“, antwortete sie ergeben, „ich werde Al sowieso erst morgen Abend wiedersehen, darum kann ich es wohl mit dir probieren. Aber ich will nicht, dass uns jemand sieht, damit er keinen Wind davon kriegt.“ Sie erschauerte ein wenig. „Al ist gefährlich, Junge. Also fahr zur Ecke Taylor und Sangamon und warte dort auf mich. Ich nehm ein Taxi und bin in fünf Minuten dort.“

„Sie laufen mir nicht davon?“

„Auf keinen Fall. Ich werde da sein.“

„Das hoffe ich auch“, sagte Tony finster. „Sonst stehe ich morgen Abend wieder hier und richte ein Blutbad an.“ Er stieg in den Sportwagen und raste davon; er fühlte sich ausgesprochen wichtig.

An der vereinbarten Ecke wartete er nervös und murmelte wüste Drohungen vor sich hin. Aber sie kam und stieg hastig neben ihm ein. In dem engen Sportwagen berührten sich ihre Oberschenkel auf der ganzen Länge; der Körperkontakt sorgte für einen unbekannten Nervenkitzel. Als sie plötzlich mit einem seltsamen Ausdruck in den Augen zu ihm aufschaute, wusste er, dass sie seinen Revolver gespürt hatte.

Er fuhr mit ihr zu einem Restaurant auf der North Side, das für seine Diskretion berühmt war. Sie saßen einander in einem kleinen privaten Esszimmer im ersten Stock gegenüber und genossen ein köstliches und teures Menü und zwei Flaschen Champagner. Das waren die Zeiten, als man in fast jedem Restaurant echten Champagner bekommen konnte.

Als sie das Menü beendet hatten und nur noch eine Flasche und die Gläser auf dem Tisch standen, rückte Tony seinen Stuhl neben den von Vivian. Sie hatte dem Champagner gut zugesprochen und befand sich mittlerweile in dem Stadium, in dem sie gelegentlich einen Stoßseufzer von sich gab und mit einem lauten Zischen Luft an ihrem Gesicht hinaufblies, als wollte sie sich die Haare aus den Augen pusten.

„Und, Mädchen, wie fühlst du dich?“, fragte Tony und nahm ihre Hand.

„Ziemlich warm“, sagte sie kichernd.

„Mir auch.“

Als er sie kurz vor fünf Uhr morgens nach Hause fuhr, gab sie ihm einen Abschiedskuss und stieg mit einem vernehmlichen Seufzen aus dem Sportwagen aus. „Junge, du bist vielleicht ein Liebhaber!“, sagte sie erschöpft und wankte in ihr billiges Hotel.

An dem Tag stand Tony erst gegen Mittag auf. Nach dem Rasieren und mit reichlich Puder im Gesicht sah er nicht mehr so übernächtigt aus. Eine seltsame Beschwingtheit erfüllte ihn. Endlich hatte er eine richtige Frau besessen, eine Frau, die viel älter und erfahrener war als er. Und er hatte auch festgestellt, dass ihm die völlige Unterwerfung eines anderen Menschen den meisten Spaß bei der Liebe machte. Die Gier nach Macht war fast eine Manie bei ihm. Und die Tatsache, dass er aufgrund seiner Lebenssituation und der Umstände nie damit rechnen durfte, jemals welche zu besitzen, steigerte das Verlangen danach schier ins Unermessliche.

Seine Schwester Rosie, ein hübsches sechzehnjähriges Mädchen, machte ihm etwas zu essen. Die sechs anderen Kinder waren in der Schule. Er aß hastig und schweigend. So vieles musste jetzt getan werden.

Als er die Treppe hinunterpolterte, hörte er die schroffe, herrische Stimme seiner Mutter. Er zögerte einen Moment, dann betrat er mit einer mürrischen, trotzigen Miene den Laden. Mrs. Guarino war eine dralle italienische Frau um die fünfzig, mit einer Figur wie ein lose gestopfter Sack mit einer engen Schnur in der Mitte zusammengebunden und in eine formlose, unbeschreibliche graue Hülle gezwängt, deren Taille man von vorn nicht erkennen konnte, weil die Brüste darüber hingen. Das graue Haar hatte sie hochfrisiert und auf dem Kopf zu einem straffen Knoten gebunden. Schwere goldene Ohrringe hingen an ihren Ohrläppchen. Aber trotz aller Hässlichkeit und des barbarischen Äußeren hatte sie die Gesichtszüge einer rechtschaffenen, cleveren Frau. Carlotta Guarino war eine anständige Bürgerin. Hätte sie nur aus ihren Kindern so anständige Menschen machen können, wie sie und ihr Mann es waren – aber das war unmöglich, auch wenn sie den Grund dafür so wenig begriff wie die Kinder auch.

„Wo bist du so lange gewesen?", wollte sie in einem Italienisch, das wie aus der Maschinenpistole geschossen klang, wissen.

„Ach, ich hatte etwas Geschäftliches mit jemandem zu besprechen", entgegnete Tony auf Englisch.

„Was für geschäftliche Dinge gibt es denn um diese unchristliche Zeit zu besprechen?", fragte sie, wieder auf Italienisch. „Komm gefälligst früher nach Hause. Sei ein guter Junge wie Ben und mach uns keine Scherereien."

„Schon gut", versprach Tony, eilte hinaus und verspürte Erleichterung, dass er so glimpflich davongekommen war.

So lief es immer ab, Vorwürfe, Zurechtweisungen, Ermahnungen. Seiner Mutter und seinem Vater fiel ständig etwas ein, das er nicht tun sollte. Er kam nie auf den Gedanken, dass sie wohl versuchten, ihm ihre Moralvorstellungen und ihre Aufrichtigkeit zu vermitteln. Ihre schlichte Ausdrucksweise verhinderte das. Und selbst wenn er es begriffen hätte, hätte er es nie und nimmer akzeptiert. Er liebte seine Eltern zwar mit der unerschütterlichen Sippenliebe der Italiener, aber ihre Ansichten respektierte er nicht. Dafür gab es viele logische Gründe – ihre Unfähigkeit, anständig Englisch zu lernen, ihr Unvermögen, mit den Zeiten und dem Land Schritt zu halten, ihre Bestürzung angesichts der großen Nation, die sie zu ihrer Heimat erkoren hatten und die auch nach zwanzig Jahren nicht abgeklungen war, und die Tatsache, dass sein Vater Tag für Tag hart arbeitete und seine Mutter sich um den kleinen Laden kümmerte und sie es dennoch nicht geschafft hatten, mehr als das Lebensnotwendigste für die große Familie anzuschaffen. Warum also sollte er ihre Moralvorstellungen akzeptieren? Wohin hatten diese Vorstellungen sie gebracht? Tony hatte nicht vor, sein ganzes Leben in solcher Armut zu verbringen; er wollte ein bedeutender Mann sein. Und so brachte ein weiterer anständiger Haushalt einen weiteren Gangster hervor, und das so zwangsläufig, wie eine Auster eine Perle hervorbringt.

Natürlich gab es noch andere Faktoren, die aus Tony einen Gangster machten. Zum Beispiel seine Einstellung zum Gesetz. Das erste Mal war er mit sechs Jahren damit in Konflikt gekommen, als er vor Hunger eine Birne von einem Obstkarren gestohlen und ein Polizist ihn gejagt hatte. So war er von Anfang an zu der Überzeugung gekommen, dass das Gesetz ein Feind und nicht ein Beschützer war, etwas, das zwischen ihm und der Erfüllung all seiner Träume stand.

Seine Affäre mit Vivian schien das alles in ihm herauskristallisiert zu haben; von da an handelte er mit einer Ruchlosigkeit und Gesetzlosigkeit, die ihm vorher fremd gewesen waren.

Vom Münzfernsprecher in einem Drugstore an der Ecke rief er sie in ihrem billigen Hotel an. „Hallo, Darling!“, sagte er. „Wie fühlst du dich?“

„Nicht so toll“, antwortete sie müde. Sie hörte sich an, als wäre sie gerade aufgewacht.

„Ich bin auch etwas müde“, gab er zu. „Aber es war eine tolle Nacht, also was soll's ... Hör mal, Viv, vergiss nicht, dass wir heute Abend eine Verabredung haben, ja?“

„Ich soll mich heute Abend mit Al treffen.“

„Zum Teufel mit Al!“, platzte Tony wütend heraus. „Du wirst dich nicht mehr mit Al treffen. Hast du das kapiert, Baby? Und wenn er sich aufplustert, kümmere ich mich um ihn. Ich kann genau so viele Gorillas für den Kampf auftreiben wie er. Also mach dir seinetwegen keine Gedanken. Geh heute Abend so früh weg, wie du kannst – er kreuzt immer ziemlich spät auf –, dann treffen wir uns an derselben Straßenecke wie gestern. Und komm bloß, Baby, sonst wirst du es bereuen.“

Den Rest des Tages verbrachte Tony mit einer Bestandsaufnahme seiner sämtlichen Unternehmungen und der Möglichkeiten, zu Geld zu kommen, brachte mit einigen Anrufen all jene wieder ans Laufen, die er in letzter Zeit ein wenig vernachlässigt hatte, und rief mit anderen Anrufen neue ins Leben, die sich zwar bei den unwilligen Kunden keinerlei Beliebtheit erfreuten, sich für ihn jedoch als höchst profitabel erweisen würden. Von jetzt an konnte er sich überhaupt nur noch um die profitabelsten kümmern, denn er hatte das

Gefühl, dass sich Vivian als äußerst kostspielige Anschaffung erweisen würde.

Als er an diesem Abend wie gewöhnlich in dem Billardsaal herumhing, sah er plötzlich erstaunt auf, als ein hässlicher Mann, der auf dem Hocker neben ihm saß, ihn anrempelte.

„Was?“, fragte Tony kalt.

„Sie sind Tony Guarino, nicht?“

„Ja. Na und?“

„Nur so. Wenn Sie noch mal mit Al Spingolas Braut ausgehen, leben Sie keine Woche mehr. Und das sagt der Boss persönlich.“

„Was meinen Sie damit?“, fragte Tony aufbrausend, obwohl er es nur zu genau wusste.

„Stellen Sie sich nicht dumm. Eines Nachts wird man Sie mit durchgeschnittener Kehle in irgendeiner Gasse finden.“

„Ich geh das Risiko mit ihm und seinen Gorillas ein“, blaffte Tony und lachte. „Eine Knarre ist auf jeden Fall besser als ein Messer, und ich schieße besser als jeder Einzelne von denen. Also lauf los, Jüngelchen, und sag deiner ganzen verdammten Bande, dass sie sich das auf der Zunge zergehen lassen sollen.“ Tony lachte hellauf, als er den verblüfften Ausdruck im hässlichen Gesicht des Handlangers sah, dann sah er dem Mann mit einem höhnischen Grinsen nach. In der Seitentasche spürte er die tröstliche und beruhigende Anwesenheit des Revolvers. Es war ganz erstaunlich, wie viel Mut ihm diese Waffe einflößte. Sie machte den Unterschied zwischen einem David und einem Goliath aus – so ist das immer bei einem geborenen Gangster. Außerdem hatte er am Nachmittag mit einem Freund, der ein guter Schütze war, vereinbart, dass dieser ihm von jetzt an nachts überall hin folgen sollte, bereit, jeden zu erschießen, der versuchte, Tony etwas anzutun.

Vivian war nervös und zitterte, als sie mit dem Taxi an der vereinbarten Ecke eintraf und neben ihm in den Sportwagen einstieg. „Ich habe Angst, Tony", sagte sie und hielt seinen Arm, während sie über die Schulter blickte. Dann kreischte sie auf. „O nein, da folgt uns ein anderer Wagen!"

„Keine Sorge, das ist mein Leibwächter."

„Oh! … Also, als ich heute Abend ins Theater kam, verstellte mir der brutalste Typ, den ich je gesehen habe, den Weg und drückte mir diesen Zettel in die Hand. Es hätte mich nicht überrascht, wenn er mich gleich auf der Stelle umgebracht hätte. Aber er ging weg. Als ich in meiner Garderobe war, las ich, was er mir gegeben hatte. Die Nachricht war mit Bleistift geschrieben, krakelig und verwischt, aber deutlich genug. Auf dem Zettel stand: ‚Wenn du mir noch einmal Hörner aufsetzt, ist dein Leben keinen Cent mehr wert. Vergiss das nicht!' Er stammte natürlich von Al", fügte sie hinzu.

„Ja. Ein anderer seiner Schläger wollte mich heute Abend im Billardsaal einschüchtern, aber ich hab ihm gesagt, ich kann es jederzeit mit Spingola und jedem anderen aufnehmen."

Sie fuhren zum selben Restaurant wie am Abend zuvor und wurden in dasselbe private Esszimmer geführt. Eine halbe Stunde später wurde die Tür brutal aufgestoßen, und Al Spingola stand da. Sein grobes Gesicht sah grau aus, in seinen Augen loderte das Feuer der Hölle, den grausamen Mund hatte er zu einem höhnischen Grinsen verzerrt. Am auffälligsten aber war, dass seine rechte Hand tief in der Seitentasche seines Mantels steckte.

Tony hatte eine seltsam blassgrüne Gesichtsfarbe angenommen, seine Augen waren glasig. Endlich kam es zur Begegnung zwischen ihm und Spingola, und dass es ein Kampf auf Leben und Tod sein würde, lag auf der Hand.

„Al!“, keuchte Vivian. „Tu nichts –“ Sie verstummte.

Tony und Spingola sahen einander direkt in die Augen. Der Jüngere machte einen nervösen Eindruck; es ist nicht leicht, seinen ersten Menschen zu töten.

„Eine Warnung hat euch also nicht gereicht, euch zwei Turteltäubchen; ihr habt gedacht, ihr könntet *mich* aufs Kreuz legen.“

„Wer sind Sie?“, fragte Tony, weil er wusste, das würde das Verwirrendste sein, das er sagen konnte.

„Wer ich bin?“, stieß Spingola hervor. „Ich zeig dir, wer –“

Und in diesem Augenblick schoss Tony durch die Manteltasche. Er wollte gerade nach der Serviette greifen, als Spingola hereingeplatzt war. Sofort, aber ohne sichtbare Bewegung, hatte er stattdessen die Waffe gepackt. Er war Spingola gegenüber die ganze Zeit im Vorteil gewesen und hatte nur für ein wenig Ablenkung gesorgt, um ganz sicherzustellen, dass er als Sieger aus seiner ersten Schießerei hervorgehen würde.

Spingola sah überrascht drein, dann fiel er zu Boden. Sofort wischte Tony mit einem Taschentuch die Fingerabdrücke von der Waffe und warf sie zum Fenster hinaus in die Gasse hinunter.

„Komm, Liebste“, sagte er kalt und griff nach dem Arm der schlotternden Vivian. Jetzt, da die Tat vollbracht war, fühlte er sich seltsam ruhig und stark, bereit für alles.

Er warf einen Fünfzigdollarschein auf den Tisch und lief mit dem Mädchen die Hintertreppe hinunter. Dann hasteten sie durch die Gasse zu dem parkenden Sportwagen. Sie brausten eine stockfinstere Straße entlang, als zwei uniformierte Polizisten zur Eingangstür des Restaurants hineinstürmten. Tony machte sich keine Sorgen. Er wusste, die Kellner und der Besitzer des Restaurants würden eine Beschreibung des Paars in dem privaten Esszimmer geben, aber die würde so vage sein, wenn nicht sogar regelrecht falsch, dass sie für die Polizei nicht den geringsten Wert haben würde.

KAPITEL DREI

Die Ermordung von Al Spingola war eine Sensation. Sie geschah unmittelbar vor Amerikas Eintritt in den Weltkrieg, lange bevor das organisierte Bandenwesen seine spätere Macht, seinen Reichtum oder die Bereitwilligkeit erlangt hatte, auf einzigartige Weise zu morden. Natürlich kam es zu jeder Menge Kämpfen, daher erregte eine Messerstecherei keine besondere Aufmerksamkeit mehr, aber echte Schießereien kamen selten vor. Spingola hatte zu den ersten Bandenbossen der Stadt gehört, die ihre Macht mit Waffengewalt durchsetzten; dass er so aus heiterem Himmel abserviert wurde, erwies sich für die anderen Anführer, die seine Methoden übernehmen wollten, als höchst beunruhigend. Jetzt konnten sie sich nicht mehr einig werden, ob eine Schusswaffe die beste Möglichkeit darstellte, Macht zu erhalten, oder nicht.

Am Morgen nach der Tat stand Tony, der sich etwas gerädert fühlte, früh auf und ließ seine Mutter unverzüglich das kleine Brandloch in seinem Mantel flicken, nachdem er ihr erklärt hatte, es stamme von einer brennenden Zigarette. Danach fasste er den klugen Entschluss, den Mantel nicht mehr auf der Straße zu tragen.

Als Erstes ging er zu Klondyke O'Haras Saloon. Klondyke selbst stand hinter der Bar. Ein gedrungener junger Ire mit rotem Gesicht, der es in seinem Viertel ebenfalls zum Bandenanführer gebracht und zu Spingolas erbittertsten Feinden gehört hatte.

„Ich bin Tony Guarino“, verkündete der Junge, „aus der Taylor Street.“

„Und?“

„Ich nehme an, Sie haben gehört, dass Al Spingola ins Gras gebissen hat.“

„Ja“, gab O’Hara argwöhnisch zu und kaute an seiner schwarzen Zigarre.

„Also, ich weiß, dass Sie und er Feinde gewesen sind, daher dachte ich, wenn sie mich wegen seiner Ermordung drankriegen, würden Sie dafür sorgen, dass ich einen guten Anwalt bekomme.“

„Du? Du hast diese Ratte erledigt – ein Bengel wie du?“

„Das hab ich nicht gesagt“, erwiderte Tony stur. „Ich wollte nur wissen, ob Sie mir einen Anwalt besorgen würden, falls ich festgenommen werde.“

„Auf jeden Fall. Und von jetzt an bist du hier jederzeit willkommen. Einen Burschen mit Schneid kann ich immer gebrauchen.“

„Danke.“

Von O’Haras Saloon ging Tony zu Vivian in ihrem billigen kleinen Hotel. Sie war nervös und in Tränen aufgelöst, aber unter der Nervosität spürte er einen neuen Charakterzug eiserner Härte, und hinter den Tränen stand ein Funkeln in ihren grünen Augen, das ganz und gar nicht beruhigend auf ihn wirkte. Er fragte sich, ob sie wusste, wie wichtig ihr Schweigen für ihn war, und kam zum Ergebnis, dass sie es vermutlich wusste.

„Du hast mir Al genommen“, schluchzte sie. „Jetzt musst du dich so um mich kümmern, wie er es getan hat.“

„Halt den Mund!“, fuhr Tony sie an. „Das werde ich. Lass uns noch heute ein nettes kleines Apartment mieten.“

Damit hatte Tony Guarino innerhalb von vierundzwanzig Stunden seinen ersten Mann getötet, war Mitglied einer Bande geworden und hatte sich eine Frau genommen. In Unterweltkreisen gehen die Uhren eben schneller.

Tony hatte nicht die Absicht, jetzt schon zu Hause auszuziehen; seine Familie würde das nicht richtig finden.

Nochmals überquerte er die Grenze zwischen den von den Iren und von den Italienern kontrollierten Gebieten und ging zu O'Haras Saloon. Ein schweres Automobil fuhr an den Bordstein und hielt mit quietschenden Bremsen an.

„He, Junge!", ertönte eine krächzende Stimme. „Komm her."

Tonys erster Impuls war zu fliehen, aber er hatte erkannt, dass es sich um einen Wagen vom Polizeirevier handelte, und er wusste, bei einem Fluchtversuch würde er erschossen werden. Also ging er hin.

„Steig ein!", befahl ein bulliger Schlägertyp. Er zerrte Tony praktisch in den Wagen, dann raste das Auto davon.

Als sie vor dem Revier anhielten, begaben sich die Polizisten mit Tony in der Mitte in eines der Verhörzimmer im ersten Stock.

„Ich nehme an, du hast gehört, dass Al Spingola vergangene Nacht ausgepustet worden ist", sagte der Mann, der der Anführer der Gruppe zu sein schien.

„Ja", antwortete Tony, der sich nicht aus der Fassung bringen ließ. „Ich hab's in der Zeitung gelesen."

Das halbe Dutzend Männer lachte grimmig.

„Einen Scheißdreck hast du!", sagte der Erste. „Du hast schon lange vorher alles gewusst. *Weil du Al Spingola getötet hast.*"

„Ist Ihnen die Hitze zu Kopf gestiegen?“, wollte Tony kalt wissen.

„Komm mir bloß nicht mit Frechheiten, sonst zeig ich dir, was eine Harke ist. Wir wissen alles. Los, spuck schon aus.“

„Ich weiß nicht, wovon Sie reden“, erwiderte Tony, als würde ihn die ganze Angelegenheit unendlich langweilen.

„Oh, du willst den harten Burschen spielen, was?“

„Nein. Nur den Aufrichtigen.“

„Wo warst du letzte Nacht zwischen zwölf und drei Uhr?“

„Zuhause im Bett.“

„Kannst du das beweisen?“

„Meine ganze Familie würde es beschwören.“

„Woher hast du *den*?“, wollte ein anderer Polizist plötzlich wissen und hielt dem verblüfften Tony den Revolver vors Gesicht, mit dem Spingola erschossen worden war.

Der Junge schluckte, wahrte aber unter Aufbietung aller Kräfte die Fassung. „Den habe ich noch nie gesehen“, antwortete er mit Unschuldsmiene. Er fragte sich, wie viel sie wirklich wussten.

Es sah böse aus. Denn in jenen Tagen interessierte sich die Polizei ebenso sehr für einen Bandenmord wie für jeden anderen auch und bemühte sich genauso aufrichtig und ernsthaft, ihn aufzuklären.

Tony blieb jedenfalls keine andere Wahl, als zu bluffen. „Den habe ich noch nie gesehen“, wiederholte er und richtete sich trotzig auf.

Plötzlich verpasste ihm der Anführer der Gruppe einen heftigen Schlag mit dem Handrücken auf den Mund. „Lass den Quatsch“, fauchte er. „Los, sag uns die Wahrheit.“

„Hören Sie auf damit!“, bellte Tony kalt, aber seine Augen blitzten. „Mein Bruder ist bei der Polizei, ich weiß alles darüber, wie ihr mit den Leuten umspringt. Außerdem hab ich jede Menge einflussreicher Freunde und werde einmal selbst ein großes Tier in dieser Stadt sein. Also behandeln Sie mich anständig, das wäre besser für uns alle.“

„Also, hör sich das einer an!“, sagte einer der Bullen höhnisch. „Von allen großmäuligen Bengeln, die ich je gesehen habe –“

„Ich hab gehört, du sollst mit einem von Spingolas Mädchen ausgegangen sein“, sagte der Anführer.

Tony lächelte. „Soweit ich gehört habe, hatte er so viele, dass die Hälfte der Mädchen in der Stadt seine waren.“

„Nee, ich meine dieses spezielle feste Mädchen – sein Flittchen. Du weißt, wen ich meine – die große Blondine mit den dünnen Beinen unten im Gaiety Theatre.“

„Kenne ich nicht.“

„Es wird gemunkelt, dass du die letzten zwei, drei Tage ganz unverhohlen mit ihr in deinem Viertel rumgelaufen bist. Alle haben damit gerechnet, dass es deswegen Ärger gibt. Und jetzt ist Al tot.“

„Also, das ist noch lange kein Beweis gegen mich“, wandte Tony ein. „Auch wenn alles stimmen würde, was Sie sagen, dann hätte er ein Motiv, *mich* umzulegen. Und überhaupt, glauben Sie, dass ein Meisterschütze wie Spingola sich von einem Jungen wie mir überlisten lassen würde?“

„Unwahrscheinlich“, musste der Anführer der Gruppe zugeben.

Plötzlich herrschte eine enorme Aufregung vor der Tür, dann betrat ein schnurrbärtiger Mann mit leuchtenden Augen den Verhörraum. „Ich habe hier eine richterliche Anordnung, Mr. Tony Guarino auf freien Fuß zu setzen", verkündete er würdevoll und ließ ein Dokument sehen.

Die Polizisten sperrten die Münder auf. Wenn so schnell eine Freilassung erwirkt wurde, dann bedeutete das, dass der Gefangene Beziehungen hatte. Sie hätten sich nie und nimmer träumen lassen, dass der Junge mit den Elementen der Unterwelt im Bunde sein könnte. Aber hier war das Schriftstück. Und da sie keine ausreichenden Beweise hatten, um Anklage gegen Tony zu erheben und ihn in Haft zu nehmen, mussten sie dem Antrag Folge leisten und ihn gehen lassen.

„Nichts für ungut, Jungs", sagte Tony liebenswürdig und folgte dem Anwalt hinaus.

KAPITEL VIER

Tony stellte fest, dass sich seine Beziehungen zu O'Haras Bande lebhaft und angenehm gestalteten. Anfangs begegneten die irischen Jungs einem Italiener in ihrer Mitte mit einem gewissen Misstrauen, aber als bekannt wurde, dass er den fragwürdigen Al Spingola erschossen hatte, verschwand ihre Feindseligkeit wie Nebel in der Sonne und sie hießen ihn mit unverhohlener Begeisterung in ihrer Mitte willkommen. Tony selbst erwähnte den Vorfall niemals, weder leugnete er ihn noch prahlte er damit. Aber er rechnete Tag und Nacht mit der Rache von Spingolas Handlangern. Er ließ seinen bewaffneten Leibwächter nach wie vor folgen, wenn er das Haus verließ, und nicht einmal die Mitglieder seiner eigenen Bande wussten das.

Bald wurde offensichtlich, dass Tony organisatorische Fähigkeiten besaß, und so wurde er O'Haras rechte Hand. Aber er machte Klondyke von Anfang an klar, dass er nicht bei Einbrüchen, Überfällen, Entführungen oder Raub mitmachen würde. Und er verdeutlichte seinen Standpunkt mit dem kurzen Satz, der später so berühmt werden sollte: „Für die paar Piepen geh ich kein Risiko ein."

Für ihn war das keine Frage der Moral; es war eine Frage der Wirtschaftlichkeit, des Abwägens potenzieller Risiken gegen potenzielle Gewinne, und die Frage, ob sich der Einsatz lohnte. Außerdem machte brutale Gewalt keinen Spaß und hatte nichts Sportliches oder Abenteuerliches an sich.

Tony mochte die angenehmeren, geistreicheren Formen des Verbrechens, Dinge wie Schutzgelder kassieren oder Erpressung. Zum Beispiel konnte er den Besitzer eines kleinen Ladens innerhalb von fünf Minuten überzeugen, dass fünf oder zehn Dollar im Monat ein geringer Preis waren, wenn er damit verhindern konnte, dass sein Geschäft ausgeraubt wurde oder er auf dem Heimweg eins über den Schädel gezogen bekam. Und es gab jede Menge unwissende und ängstliche Mütter, die sich überzeugen ließen, dass ein Vierteldollar oder ein halber Dollar im Monat eine billige Versicherung dagegen waren, dass ihre Kinder entführt und bis zur Zahlung eines Lösegeldes festgehalten wurden. Und wenn man sie erst einmal überzeugt hatte, entrichteten sie ihren Tribut regelmäßig und widerspruchslos, wann immer Tony seine Eintreiber losschickte, genau wie eine Versicherungsprämie.

Jeden Tag konnte er sich zwei oder drei solcher neuen Pläne ausdenken, und sie gingen stets auf. Wie er zu O'Hara sagte: „Was hat es für einen Sinn, Leute abzustechen oder ihnen die Köpfe einzuschlagen, wenn man sie mit Worten überzeugen kann? Meine Vorgehensweise ist nicht nur viel sicherer, sie macht auch viel mehr Spaß."

Von allen Seiten begegnete man ihm jetzt mit dem größten Respekt. Und er wusste auch, warum: Die Neuigkeit, dass er ein Killer war, hatte die Runde gemacht. Er hatte nur einmal getötet, eigentlich in Notwehr und in erster Linie aus Angst, dennoch wurde er als Killer betrachtet, und die Vor- und Nachteile, die ihm dieser Ruf einbrachte, würden ihn von jetzt an sein ganzes Leben lang begleiten.

Sein Einkommen belief sich mittlerweile auf rund dreihundert pro Woche – eine enorme Summe für Gangster, bevor die Prohibition eingeführt wurde und sie alle zu Millionären machte –, und mit Vivians Hilfe führte er ein recht angenehmes Leben. Inzwischen hatte er ihr ein hübscheres Apartment gekauft, und sie trat nicht mehr im Theater auf.

„Ich kann es einfach nicht ertragen, dass andere Männer deine schönen Beine anstarren, Mädchen“, erklärte er ihr, als er darauf bestand, dass sie aufhören sollte. „Ich verdien jetzt genug für uns beide, also gib den Job auf.“

Da sie, wie die meisten Blondinen, ein angenehmes Leben mit geringstmöglicher Anstrengung schätzte, gehorchte sie den Befehlen.

Tony selbst wohnte immer noch zu Hause, hatte jedoch fest vor, dort auszuziehen, sobald er den Mut dazu aufbrächte. Sein Bruder Ben, der Polizist, hatte von dem Verhör im Polizeirevier gehört und ihm zuhause wieder einen seiner Vorträge gehalten, während der Rest der Familie jammernd im Hintergrund saß. Aber der gerissene Tony hatte in den richtigen Augenblicken grimmig geschwiegen und sich in anderen enorm wortreich gegeben, mit dem Ergebnis, dass er seine Familie, genau wie die Polizisten, davon überzeugen konnte, das er nichts mit Spingolas Ableben zu tun hatte.

An einem Samstagabend kurz vor neunzehn Uhr betrat Tony bester Laune Vivians Apartment. „Na, Mädchen, wonach ist dir heute Abend?“, fragte er.

„Gehen wir ins Colosimo's.“

„Nee, die Spelunke mag ich nicht. Gehen wir in eins dieser hübschen Restaurants auf der North Side.“

„*Nein*, ich will ins Colosimo's.“ Ihre Unterlippe bebte bedrohlich.

„Nee, ich hab gesagt, ich mag die Spelunke nicht.“

„Warum nicht?“

„Eine Menge Leute von Spingolas alter Bande verbringen ihre Samstagabende dort."

„Angst?", fragte sie höhnisch. Sie schien heute Abend ungnädiger Stimmung zu sein.

„Nein!", fauchte er. „Aber mir gefällt der Gedanke nicht, in den Rücken geschossen zu werden."

„Na gut, wenn du meinst. Wie wäre es stattdessen mit Ike Bloom's?"

„Das ist nicht weit von Colosimo's entfernt, aber das Publikum dort ist viel angenehmer. Also gut, gehen wir dorthin, wenn du willst."

Tony bewahrte den größten Teil seiner Garderobe in ihrem Apartment auf. Er badete, rasierte sich und kleidete sich sorgfältig in einen maßgeschneiderten, ordentlich gebügelten Smoking. Aber als er das Wohnzimmer wieder betrat, trug er einen Revolver in einem Schulterhalfter unter der linken Achselhöhle und eine kleine Automatik aus blauem Stahl unauffällig in der rechten Jackentasche.

Vivian sah in ihrem leuchtend grünen Abendkleid und dem weißen Mantel atemberaubend aus. Sie waren ein schönes Paar, als sie auf die Straße hinuntergingen und in die wartende Limousine stiegen. Der Wagen gehörte Tony; er hatte seine Ankündigung wahr gemacht, ein besseres Auto als sein Bruder zu bekommen, aber genauso einfach.

Im Ike Bloom's, einem großen, wunderschönen Cabaret in der 22nd Street, wählten sie einen Tisch am Rand der Empore, von wo aus sie alles sehen konnten, ohne selbst allzu sehr im Mittelpunkt zu stehen. Zudem befanden sie sich an einem Ende des hufeisenförmigen Raumes, sodass Tony mit dem Rücken zur Wand sitzen und den Abend dadurch noch mehr genießen konnte.

Sie nahmen ein vorzügliches Mahl zu sich, tranken exzellenten Champagner, sahen sich die rauschende, wenn auch ziemlich nackte Show an und entspannten sich – rauchten, tranken, plauderten –, bis kurz nach elf das abendliche Tanzvergnügen begann. Tony studierte alle anderen Gäste, die eintraten, so gründlich wie möglich. Um halb eins, als es rappelvoll geworden war, hatte er noch keinen Feind entdecken können, und auch sonst niemanden, der ihn misstrauisch gemacht hätte. Also beschloss er, mit Vivian zu tanzen.

Danach ließen sie praktisch keinen Tanz mehr aus und knabberten zwischendurch an zahlreichen ebenso winzigen wie teuren Leckereien. Und zu jeder vollen Stunde wurde eine neue Revue präsentiert.

Während einer dieser Shows, als eine füllige Dame mit einer angenehmen Stimme und zu vielen Diamanten etwas von Liebe im Mondenschein trällerte, richtete sich Tony plötzlich auf, und sein Blick hing an einer Frau genau gegenüber, am anderen Ende der Empore. Sie war brünett, eine atemberaubende Schönheit in einem prächtigen weißen Abendkleid, und ohne Zweifel jung. Der vierschrötige junge Mann an ihrer Seite sah wie ein Preisboxer aus.

„Was für eine Lady!“, murmelte Tony bewundernd.

„Wo?“, fauchte Vivian.

„Die Brünette da drüben in Weiß.“

Vivian sah nervös und mit zusammengekniffenen Augen hinüber. Dann warf sie Tony einen Blick zu. „Ich versteh gar nicht, was du an der findest“, schnappte sie geringschätzig.

„Eifersüchtig?“

„Wegen der? Auf keinen Fall. Und dieser Penner bei ihr sieht wie ein Einbrecher aus.“

„Vielleicht ist er einer“, pflichtete Tony ungerührt bei. „Es gibt schlimmere Berufe. Aber sie ist eine Schönheit. Ich frage mich, wer sie ist.“

„Ich wette, ein gewöhnliches Flittchen.“

„Also, ich wette, das ist sie nicht“, blaffte Tony zurück und winkte den Kellner her. „Sagen Sie, wissen Sie, wer diese Dame dort ist – die gut aussehende Dunkelhaarige in Weiß da drüben?“

Der Kellner sah hinüber und lächelte. „Das ist Miss Jane Conley“, antwortete er.

„Den Namen hab ich noch nie gehört“, murmelte Tony.

„Vielleicht kennen Sie sie unter ihrem anderen Namen“, erläuterte der Kellner. „Sie wird meistens nur ‚Gun Girl‘ genannt, das Mädchen mit der Knarre.“

„Mein Gott!“, keuchte Tony. „*Sie* ist Gun Girl?“

„Ja, Sir. Aber wir möchten es nicht an die große Glocke hängen, damit es hier keinen Ärger gibt.“

„Natürlich“, antwortete Tony trocken.

„Wer ist Gun Girl?“, fragte Vivian beleidigt, als der Kellner fort war.

„Also gut, Mädchen, ich will dich ein wenig in die Angelegenheiten der Unterwelt einweihen, auch wenn das weiß Gott nicht das einzige Thema ist, von dem du keine Ahnung hast. Ein wirklich guter Revolverheld ist meist weithin bekannt, nicht nur bei anderen Ganoven, sondern auch bei der Polizei. Jedes Mal, wenn sie ihn auf der Straße sehen, halten sie ihn an und filzen ihn, um herauszufinden, ob er etwas im Schilde führt. Er kann keine zwei Häuserblocks weit gehen, ohne dass er von irgendwem angehalten und gefilzt wird – entweder von Bullen oder Zivilfahndern. Also braucht er jemand anderen – meistens ein gut aussehendes, anständig gekleidetes Mädchen, das keiner verdächtigt und die seine Knarre für ihn trägt und ihm folgt, bis der Moment kommt, Gebrauch davon zu machen. Dann kommt sie blitzschnell her, steckt ihm die Waffe zu und schlendert langsam den Häuserblock entlang. Er zieht seinen Job durch, rennt die Straße hinunter, und im Vorübergehen übergibt er ihr die Waffe wieder. Sie verschwindet augenblicklich – Straßenbahn, Taxi oder auch zu Fuß –, aber ohne den Eindruck zu erwecken, als hätte sie es eilig. Wenn er hoppgenommen wird, können sie nichts bei ihm finden. Kapiert?"

„Das scheint mir nicht besonders toll zu sein."

„Nicht, hm? Dann lass dir gesagt sein, es gibt nichts Selteneres als ein gutes Gun Girl. Dafür braucht man Hirn und jede Menge Mumm. Dieses Mädchen da drüben ist – wenn mich der Kellner nicht angelogen hat – die berühmteste von allen. Sie ist *das* Gun Girl. Ich hab seit Jahren von ihr gehört, wusste aber nicht einmal ihren Namen. Sie hat in New York angefangen und für Leech Benson gearbeitet. Als sie ihn schließlich doch eingebuchtet haben, ist sie zu Lefty Kelly übergelaufen, und als der getötet wurde, kam sie hierher und arbeitete für Ace Darby. Ich glaube, sie arbeitet immer noch für ihn. Ich frage mich, ob er das an ihrer Seite ist."

„Nein, ist er nicht."

„Woher weißt du das?"

„Weil ich ihn mal kennen gelernt hab – auf einer Party."

Sie gingen wieder tanzen. Das Gun Girl und ihr Begleiter tanzten ebenfalls. Der faszinierte Tony, der das Mädchen aus der Nähe noch schöner und charmanter fand, hatte nur Augen für sie, sodass es eine Weile dauerte, bis er merkte, dass ein Mann versuchte, mit Vivian zu flirten. Ein großer, grobschlächtiger Kerl in einem grauen Anzug, der nicht besonders gut passte; ein Mann, der alt genug aussah, es besser zu wissen. Er tanzte mit einer zierlichen Blondine, die er in den Armen hielt wie ein Kind seine Puppe. Offenbar hatte er eine Schwäche für Blondinen. Aber ein Gentleman war er nicht. Er war eindeutig betrunken und führte sich unmöglich auf. Er winkte Vivian zu und blinzelte auffällig, wenn sich die beiden Paare für einen Moment nahe kamen. Tonys dunkler Teint färbte sich fast purpurrot.

Als sich die beiden Paare wieder einander näherten, ergriff der Mann das Wort: „Hallo, Süße!“, rief er mit einem Grinsen. „Wie wäre es mit dem nächsten Tanz?“

Tony ließ seine Partnerin los, riss die zierliche Blondine aus den Armen des Mannes und verpasste ihm einen Schlag gegen den Unterkiefer – einen so heftigen Schlag, dass der Mann nicht nur umkippte, sondern drei Meter über den Fußboden rutschte.

„Komm, Mädchen, verschwinden wir“, bellte Tony und packte Vivian am Handgelenk.

Es gab eine schmale Treppe, die wenig benutzt wurde und hinauf zu ihrem Tisch führte. Sie liefen hoch, und Tony winkte den Kellner heran.

„Ein toller Schlag, den Sie dem verpasst haben, Sir“, sagte der Kellner lächelnd, während er hastig die Rechnung addierte. „Und er hatte ihn verdient. Aber wenn er zu sich kommt, wird es sicher eine hässliche Szene geben. Sie wissen, wer er ist, nicht?“

„Nein.“

„Captain Flanagan.“

„Mein Gott!“ Tony warf einen Blick auf die Rechnung, dann ließ er einen Fünfzigdollarschein auf dem Tisch liegen und drängte Vivian aus dem Lokal hinaus.

„Wer ist Captain Flanagan?“, fragte das Mädchen, während sie sich eiligst entfernten.

„Der Polizeichef und angeblich härteste Bulle der Truppe.“

„Glaubst du, dass du deswegen Ärger bekommen wirst?“

„Also, von Vorteil wird es nicht für mich sein“, erwiderte Tony grimmig.

Vier Blocks entfernt wurde er langsamer, damit sein Leibwächter auf einen halben Häuserblock aufrücken konnte. Als er die Scheinwerfer eines anderen Autos im Rückspiegel sah, gab er wieder Gas.

Sie hielten vor Vivians Apartment, wo sie hastig ausstieg. Dann raste ein Auto vorbei, aus dem ein wahrer Kugelhagel abgefeuert wurde, und verschwand in der Nacht.

Vivian schrie und drehte sich um. „Tony!“, rief sie. „Bist du verletzt?“

Er rappelte sich aus dem Fußraum hoch, wo er vorsichtshalber in Deckung gegangen war, als er den heulenden Motor des anderen Wagens gehört hatte. „Nein, mir ist nichts passiert!“, knurrte er. „Aber das war nicht deren Schuld. Zum Glück warst du schon ausgestiegen, denn zwei hätten auf dem Boden keinen Platz gehabt … Sag mal, du hattest es ja schrecklich eilig mit dem Aussteigen. Hast du etwas von der Ausrichtung dieser kleinen Party gewusst?“

„Also Tony, wie kannst du so etwas nur sagen?“

„Ein Mann kann eine Menge sagen, wenn jemand gerade versucht hat, ihn umzubringen.“

KAPITEL FÜNF

Captain Flanagan bleckte sofort die Zähne. Montagnachmittag stürmte eine Schar von Polizisten des Hauptquartiers in Klondyke O'Haras Saloon, griffen Tony aus der Menge, die sich dort aufhielt, heraus, und befahlen ihm mitzukommen.

„Ich weiß, was das alles zu bedeuten hat", erklärte Tony dem bestürzten und misstrauischen O'Hara. „Und ich denke, ich komm mit heiler Haut davon. Warten Sie jedenfalls zwei Stunden, bevor Sie einen Kurier mit einem Dokument rüberschicken."

Sie brachten Tony ohne Umwege zum Polizeirevier und schubsten ihn grob in Captain Flanagans Büro, wo sie die beiden Männer allein ließen.

Flanagan stand auf und kam um seinen Schreibtisch herum. Er war ein großer Mann, breitschultrig und stattlich, mit einem kantigen Kiefer, einem unschönen, verbitterten Mund und stechenden, blutunterlaufenen grauen Augen, die zu dicht beieinander standen. „Du bist also der Gauner, der mir gestern Abend im Ike Bloom's eine verpasst hat, ja?", fauchte er.

„Ja, Sir", antwortete Tony gelassen. „Und jeder andere hätte dasselbe getan. Sie auch, hätte jemand das Mädchen beleidigt, das Ihnen Gesellschaft leistete."

„Ist das so? Also, ich kann mir nicht vorstellen, dass ein kleiner Ganove wie du eine Dame bei sich hat, die man beleidigen *kann*. Also!“ Ohne Vorwarnung gab er Tony einen wuchtigen Schlag mit dem Handrücken auf den Mund, einen heftigen, schmerzhaften Hieb, nach dem der Junge einen Moment schwankte und zischend Luft holte, als er die Schmerzen in den aufgeplatzten Lippen spürte. Dann trat ein Funkeln in seine Augen, und er hob die Hände.

„Wage es nicht, mich zu bedrohen, du Bengel!“, fauchte Flanagan. „Sonst ruf ich ein halbes Dutzend Männer von draußen rein und lass sie dich mit Gummischläuchen halb tot prügeln.“

„Das ist keine leere Drohung“, antwortete Tony bitter. „Sie sind genau der Typ dafür.“

„Was meinst du damit – ich bin der Typ?“

„Nichts.“

„Was spielst du überhaupt für ein Spiel?“

„Gar keins.“

„Nicht? Jedenfalls hängst du mit Klondyke O'Haras Bande rum, und das sind üble Typen. Also komm schon, lass die Ausflüchte – was führst du im Schilde?“

„Nichts … Spezielles.“

„Und was machst du für O'Hara?“

„Befehle ausführen.“

„Oh, ein Schlauberger, was?“, meinte Flanagan höhnisch. Er schlug Tony erneut, dann griff er sich an die Hüfte, worauf der Junge automatisch die Hände hob. „Lass die Hände unten, du mieser Ganove. Ich werde dir Respekt vor anständigen Leuten beibringen. Also raus damit, was ist dein Metier – Einbrüche, Überfälle, oder was?“

„Ich war in meinem ganzen Leben noch nie an einem Überfall oder was anderem beteiligt“, erwiderte Tony stolz.

„Und woher hast du dann die schicken Klamotten und das große Auto, das du, wie ich weiß, dein eigen nennst?"

„Ich hab meine Einnahmequellen."

„Das bezweifle ich nicht", antwortete Flanagan mit trockenem Sarkasmus. „Genau darüber will ich ja was wissen – über deine Einnahmequellen. Komm schon, raus damit, sonst lass ich dir von den Jungs eine Tracht Prügel verpassen, die du dein Lebtag nicht mehr vergessen wirst."

„Das würde ich an Ihrer Stelle nicht machen", erwiderte Tony mit kalten Augen und drohender Stimme. „Ich könnte schon eine große Nummer in der Stadt sein – und es Ihnen vielleicht heimzahlen."

„Was soll das heißen – es mir heimzahlen?", fauchte Flanagan. „Willst du damit sagen, dass ich bestechlich bin?"

„Ich sehe keinen Grund, warum nicht – alle anderen Bullen sind es doch auch. Sie wären ein schöner Trottel, wenn Sie nicht absahnen würden, solange es geht."

„Also, von allen frechen Bengeln –", stieß der Polizeichef hervor. Seine Wut war so groß, dass sein Hals regelrecht aus seinem Kragen zu quellen schien. „Hör mir gut zu", sagte er schließlich. „Ich kann keine Zeit mehr mit dir vergeuden. Aber ich gebe dir genau vierundzwanzig Stunden Zeit, die Stadt zu verlassen. Und du solltest besser verschwinden. Kapiert?"

„Ja. Das heißt aber nicht, dass ich gehe." Damit verließ der Junge das Büro.

Tony ging mit aufgeplatzten Lippen und Mordlust im Herzen zu O'Haras Saloon zurück und erklärte Klondyke persönlich die Lage.

Der Bandenchef sah sichtlich beunruhigt aus. „Das ist eine schlimme Sache, Junge", sagte er langsam. „Flanagan ist ein harter Bursche, der jedem das Leben zur Hölle machen kann, wenn er will."

„Der Teufel soll ihn holen!", stieß Tony hervor. „Er ist eine Null."

Tony blieb über die gesetzte Frist hinaus in der Stadt und musste bald feststellen, dass Klondyke O'Hara Recht gehabt hatte. Denn er geriet ins Visier polizeilicher Ermittlungen, die gründlicher waren, als er es sich je hätte träumen lassen. Er wurde fünf, sechs Mal am Tag aufgehalten, in O'Haras Kneipe, auf der Straße, überall und zu jeder Zeit, wurde angehalten und durchsucht und verhört. Er wagte nicht, eine Waffe zu tragen, weil er wusste, wenn sie eine bei ihm fänden, würden sie ihn in die Mangel nehmen; gleichzeitig war er sich aber darüber im Klaren, dass der Rest von Spingolas Bande noch aktiv und ihm rachsüchtig auf den Fersen war. Es war eine nervenaufreibende Woche für ihn.

Die Polizisten stürmten sogar eines Nachts in Vivians Apartment, als er sich dort aufhielt, und nahmen alles auseinander, angeblich auf der Suche nach Hehlerware. Und das Mädchen verhörten sie gründlich und rücksichtslos.

„Das ist also die Dame, die du Al Spingola ausgespannt hast?", sagte einer von ihnen zu Tony und warf einen lüsternen Blick in Vivians Richtung. „Ich kann ihm nicht verübeln, dass er wütend geworden ist. Fällt schwer, sie nicht anzustarren ... Wie wäre es denn mal mit einer Verabredung eines schönen Abends, Kindchen?"

„Hören Sie –", begann Tony mit drohender Stimme.

„Ich *rede* nicht mal mit Bullen, wenn es sich vermeiden lässt", sagte Vivian, wandte sich ab und reckte die Nase in die Luft.

„Vermutlich gab es in Ihrem Leben schon viele Anlässe, wo es sich nicht vermeiden ließ“, blaffte der Polizist zurück. „Und es werden noch viel mehr dazukommen, wenn Sie weiter mit Abschaum wie dem Kerl da rumhängen. Sei nicht so hochnäsig zu uns, Baby; eines Tages können wir dir vielleicht behilflich sein.“

Am Freitag bat Klondyke O'Hara Tony in sein Büro, ein unordentliches, voll gestopftes kleines Zimmer mit einem zerkratzten Schreibtisch und zwei ehemals vergoldeten Stühlen aus Eichenholz. Der Ire trug kein Jackett, die fleckige Weste stand offen, abgesehen von einer schweren goldenen Kette, die sich über den ansehnlichen Bauch spannte. Den Derby hatte er so tief in die Stirn gezogen, dass der vordere Rand fast den Nasenrücken berührte; eine gut angekaute, nicht angezündete Zigarre beanspruchte einen Winkel des schlitzförmigen, tabakfleckigen Mundes für sich. „Setz dich, Tony“, bat er.

Tony setzte sich; ihm war äußerst mulmig zumute, und er fragte sich, was das zu bedeuten hatte. Normalerweise erteilte O'Hara an einem Ende der Bar Befehle, nahm Berichte und Beute dort entgegen und erledigte sämtliche Geschäfte mit seiner Bande dort. Wenn er eine Konferenz in seinem Büro abhielt, musste es um etwas Wichtiges gehen.

„Ich mache mir schon die ganze Woche Sorgen“, sagte der Bandenanführer, „um dich. Die Bullen haben dich auf dem Kieker, das steht jedenfalls fest. Und wegen dieser Sache mit Flanagan werden sie dir im Nacken sitzen, bis sie dir was anhängen können. Flanagan ist hartgesotten und so störrisch und bissig wie eine Dogge – wenn er einen haben will. Wenn du groß genug wärst, dass du ihm jede Woche ein stattliches Sümmchen zukommen lassen könntest, würde er vermutlich

Ruhe geben. Aber das bist du nicht. Also musst du dich damit abfinden. Aber die ganze Angelegenheit bringt mich und die Bande im Hauptquartier in die Klemme. Die Bullen, die jeden Tag hier reingeschneit kommen, haben es natürlich nur auf dich abgesehen, aber trotzdem halten sie auch ständig Ausschau, ob sie nicht noch was anderes finden können. Wenn sie das lange genug machen, dann sehen oder hören sie irgendwann einmal was, das uns ruinieren könnte. Darum muss ich dich bitten, dass du dich hier nicht mehr blicken lässt."

„Sie weisen mir also die Tür, hm?", fragte Tony kalt.

„Das nicht. Herrje, Junge, ich mag dich und hätte dich gern ständig bei mir. Aber begreifst du nicht, dass es unser Ruin wäre, wenn du andauernd unter Polizeibeobachtung stehst?"

„Ja, damit könnten Sie sogar Recht haben. Aber was ist mit den Ideen, die ich hatte, den Sachen, die ich ins Rollen gebracht habe?"

„Du bekommst weiterhin jede Woche deinen Anteil davon; ich schicke ihn jeden Samstag an jeden beliebigen Ort, den du angibst. Und ich bin ehrlich zu dir, Junge; ich möchte, dass du alles bekommst, was dir zusteht. Aber ich wage nicht, dich länger hier rumhängen zu lassen; das wäre den anderen Jungs gegenüber einfach nicht fair."

Sie gaben sich die Hand, dann ging Tony hinaus – entlassen wegen der unerwünschten Aufmerksamkeit, die seine Verfolgung durch die Polizei auf die ganze Bande lenkte.

In der Bar kam einer von O'Haras Handlangern zu ihm. „Hör zu", sagte er aus einem Mundwinkel, „ich hab flüstern hören, dass Spingolas Mob es auf dich abgesehen hat."

„Sie haben es schon versucht", antwortete Tony kalt.

„Ich weiß. Aber diesmal wird es Ernst; die sagen, noch mal werden sie nicht daneben schießen."

„Danke", sagte Tony. „Also, ich schätze, ich muss wieder eine Waffe tragen, Bullen hin oder her, und hoffen, dass ich sie wegwerfen kann, bevor sie mich anquatschen können."

Tony ging langsam auf den Bürgersteig hinaus und winkte seinem Leibwächter, der auf der anderen Straßeseite unter einem Torbogen stand und eine Zigarette rauchte. Der Junge kam über die Straße, ein schlanker, blasser Bursche mit fliehendem Kinn und brennenden schwarzen Augen.

„Ich hab eben zugesteckt gekriegt, dass Spingolas Mob es heute auf mich abgesehen hat", sagte Tony. „Und ich bin nicht bewaffnet. Ich geh jetzt ins Apartment, meine Artillerie holen. Also sei wachsam."

Er sah rasch die Straße hinauf und hinab, dann drehte er sich um und ging mit raschen Schritten den Bürgersteig entlang, während er den Blick aufmerksam in alle Richtungen schweifen ließ und der Junge ihm mit der Hand tief in der rechten Jackentasche in einem Abstand von rund dreißig Metern folgte.

Vivian litt zunehmend unter der Belastung der ständigen Beobachtung und den Belästigungen durch die Polizei. Beim Abendessen war sie gereizt und unleidlich, daher ging Tony allein ins Kino, um einen Film anzusehen.

Amerika war erst vor wenigen Tagen in den Krieg eingetreten, auf der Leinwand lief eine Aufforderung, sich freiwillig zum Dienst in Übersee bei der Armee zu melden. Tony fragte sich, was für Trottel darauf reinfallen würden. Er nicht. Was schuldete er dem Land denn schon? Was hatte das Land je für ihn getan? Er kicherte zynisch in sich hinein, als er nach dem Film das Kino verließ.

Er ließ den Blick auf der Suche nach möglichen Feinden – innerhalb wie außerhalb des Gesetzes – über die Menge schweifen. Aber er sah keine und machte sich auf den Heimweg. Er ging eilig, denn sein Wagen war noch nicht aus der Werkstatt zurück, wohin er es nach dem Anschlag auf sein Leben vor Vivians Apartment in der Nacht des vergangenen Samstag gebracht hatte.

Als er von der Durchfahrtsstraße in das Labyrinth der dunklen Nebenstraßen einbog, hörte Tony plötzlich Schritte. Er drehte unmerklich den Kopf und erblickte drei Männer, die ein Stück hinter ihm auf der anderen Straßenseite in dieselbe Richtung gingen. Ihm wurde innerlich kalt, und er tastete unauffällig nach der Waffe, die er in der Jackentasche trug. Aber zuerst musste er herausfinden, ob diese Männer wirklich hinter ihm her waren – ob es sich um die Killer von Spingolas Mob handelte. An der nächsten Ecke bog er links ab und lief schneller. Die Männer überquerten eilig die Straße und folgten halb im Laufschritt, bis sie sich wieder in der bevorzugten Position, auf der anderen Straßenseite und ein Stück hinter ihm, befanden.

Tony wurde klar, dass ihr Auftrag am heutigen Abend darin bestand, ihn zu erledigen, dass sie nur darauf warten, bis er eine vorher vereinbarte oder von ihnen bevorzugte Stelle erreichte. Und es gab keine Möglichkeit, wie er sich ihrer mörderischen Aufmerksamkeit entziehen konnte. Wenn er rannte, würden sie nur umso schneller schießen; wenn er rief, hätte das genau denselben Effekt, und niemand würde ihm zu Hilfe kommen, denn in dieser Gegend hatte man es zur hohen Kunst entwickelt, sich ausschließlich um seine eigenen Angelegenheiten zu kümmern. Ihm blieb keine andere Möglichkeit, als abzuwarten und sich auf eine

Schießerei mit ihnen einzulassen, wenn sie das Feuer eröffneten.

Das Grauenhafte an der Situation, bis zu seinem Tod gehetzt zu werden mit fast derselben Unausweichlichkeit wie bei einer gesetzlichen Hinrichtung, wurde Tony nicht einen Augenblick bewusst, denn er besaß, wie alle Gangster, nicht die Spur von Fantasie.

Plötzlich machten die drei Männer einen Schwenk, überquerten die Straße und begaben sich direkt hinter ihn. Da Tony den enormen Wert eines Überraschungsangriffs kannte, beschloss er, einen zu riskieren. Schnell wie ein Schatten verschwand er in einem Torbogen und eröffnete das Feuer. Erbittert erwiderten die drei Männer das Feuer mit ihren Pistolen; Kugeln pfiffen an dem Jungen vorbei. Weiter hinten konnte er das Mündungsfeuer seines Leibwächters sehen und dessen Schüsse hören. Die Attentäter waren zwischen zwei Fronten eingeschlossen.

Tony war kalt wie Eis geworden. Er befand sich teils in Deckung und feuerte langsam, aber mit tödlicher Zielstrebigkeit. Er sah einen der Männer stürzen und liegen bleiben. Einen anderen sah er fallen, doch der rappelte sich wieder auf und floh hinkend, zusammen mit dem dritten. Der Feind war in die Flucht geschlagen.

In der Ferne hörte er das typische „Klong-klong-klong" des Gongs eines Streifenwagens. Zweifellos hatten die Polizisten die Schüsse gehört und waren auf dem Weg hierher. Tony lief unter dem schützenden Torbogen hervor, vorbei an der liegenden Gestalt, ohne sie auch nur eines Blickes zu würdigen.

Als er mit seinem Leibwächter auf einer Höhe war, dirigierte er ihn im Laufschritt in eine dunkle, übel riechende

Gasse. „Gute Arbeit, Junge!“, schnaufte Tony und steckte dem Jungen im Laufen einen Zwanziger zu. „Wir haben einen erledigt und einen angeschossen. Aber wir müssen unsere Spuren schnell und vollständig verwischen. Wirf deine Waffe über einen der Zäune hier.“ Er warf seine eigene, und die des Jungen folgte. „Wenn wir jetzt geschnappt werden, haben wir nichts bei uns. Aber wir wollen nicht geschnappt werden. Am Ende der Gasse gehen wir getrennte Wege. Verschwinde von hier, so schnell und so weit du kannst, aber nicht so schnell, dass du Aufmerksamkeit erregst. Wenn du erwischt werden solltest, hast du mich den ganzen Abend nicht gesehen. Du bist im Kino gewesen. Verstanden?“

Der Junge nickte, und als sie am Ende der Gasse an eine Straße kamen, bog er nach rechts ab und verschwand in der Dunkelheit.

Tony wandte sich nach links. Innerhalb von fünf Minuten hatte er sich sieben Häuserblocks weit vom Schauplatz der Schießerei entfernt. Während dieses eiligen Fußmarsches hatte er eine Menge Zeit zum Nachdenken gehabt. Zweifellos gehörte der Tote zu Spingolas Mob. Die Polizisten, die ihn fanden, würden das natürlich wissen und eine ziemlich gute Vorstellung davon haben, wie er zu Tode gekommen war. Tony wurde klar, dass sie auf der Stelle die Suche nach ihm einleiten würden. Mit der Polizei und Spingolas Mob im Nacken – denn der Vorfall der heutigen Nacht würde die Rachgier beider nur noch mehr anheizen –, wurde die Stadt eine Weile ein zu heißes Pflaster für ihn. Er musste ein paar Monate untertauchen. Aber wohin konnte er gehen? Was konnte er tun? Dann fiel ihm der Werbefilm im Kino ein. Und er kicherte. Er würde zur Armee gehen. Jetzt, als er darüber nachdachte, schien ihm das eine Menge Vorteile einzubringen – niemand würde je auf die Idee kommen, dort nach ihm zu suchen, er konnte reisen und neue Erfahrungen sammeln, ohne dass es ihn etwas kosten würde, und so weiter. Jetzt, da Amerika eingegriffen hatte, würde der Krieg nicht mehr lange dauern; er konnte sich ein paar Monate angenehme Ferien gönnen.

Bis dahin saß er jedoch ernsthaft in der Patsche. Die Polizei würde ganz sicher sofort an seinen bekannten Aufenthaltsorten nach ihm suchen. Er konnte weder nach Hause noch zu Vivian noch zu O'Hara gehen.

Er ging in einen Drugstore und rief O'Hara an. „Hallo, Klon", sagte er in gefasstem Ton. „Hier ist Tony. Ich hatte gerade eine Auseinandersetzung mit Spingolas Mob. Einen hab ich umgelegt, einen anderen angeschossen. Ich nehme an, die Bullen sind schon auf der Suche nach mir. Ich hab beschlossen, die Stadt für eine Weile zu verlassen. Ich möchte vorher gern mit dir und Vivian reden, trau mich aber weder zu dir noch zu ihr. Wo können wir uns treffen?"

„Ich denke, am besten treffen wir uns in der Wohnung einer meiner Damen", antwortete O'Hara. Er nannte den Namen und die Adresse. „Dort müssten wir sicher sein. Ich mach mich sofort auf den Weg dorthin und erwarte dich."

Tony rief Vivian an, dann winkte er einem Taxi. Die Adresse erwies sich als großes Mietshaus in einem ruhigen Stadtviertel. Als Tony sich vergewissert hatte, dass die gesuchte Wohnung im zweiten Stock lag, lief er hinauf und klopfte leise. O'Hara ließ ihn ein und stellte ihn einer großen, pfedegesichtigen Blondine namens Gertie vor. Gertie hatte jede Menge flachsfarbenes Haar, hellblaue Augen mit leerem Blick und dunklen Ringen und eine dralle Figur, die sie in ein Negligee mit massenweise gefärbtem Pelz gezwängt hatte. Sie trug lavendelfarbene Pantoffeln mit riesigen Quasten, aber ihre Beine waren nackt. Bei jeder Gelegenheit lachte sie laut und hohl und schien regelrecht von der Angst besessen, dass nicht alle genug zu trinken bekommen könnten. Das Apartment war im Stil des französischen Rokoko gehalten, mit blauem Taft an den Wänden und dermaßen mit verschnörkelten Möbeln voll gestopft, dass man kaum gehen konnte.

Tony erklärte hastig die Situation und seinen Plan, eine Weile zu verschwinden. O'Hara war einverstanden und versprach, dass er Vivian und Mrs. Guarino jede Woche Geld zukommen lassen würde, Tonys Anteil an den Unternehmungen, die er sich ausgedacht und in die Tat umgesetzt hatte.

Dann traf Vivian ein, und O'Hara führte Gertie mit einem Nachdruck, den man sonst nicht von ihm gewohnt war, in ein Nebenzimmer, sodass Tony eine Weile mit Vivian allein sein konnte. In aller Eile erzählte er ihr alles und weihte sie dann in seinen Plan ein, sich zur Armee zu melden.

„Aber du könntest sterben", wandte sie ein.

Tony grinste. „Wenn ich hier bleibe, werde ich entweder umgelegt oder ein paar Jahre weggesperrt."

„Aber Tony, ich kann ohne dich nicht leben", schniefte Vivian.

„Ich hab mit O'Hara vereinbart, dass er dir jede Woche Geld schickt", antwortete der Junge augenzwinkernd. „Du wirst also ein paar Monate zurechtkommen – bis ich wieder da bin. Oh, und ich werde wiederkommen, da sei ganz unbesorgt. Und wenn ich zurück bin", fügte er mit einem drohenden Unterton in der Stimme hinzu, „erwarte ich, dass du auf mich wartest."

„Das werde ich, Tony, oh, das werde ich." Jetzt klammerte sie sich an ihn, küsste ihn mit großer Hingabe und schluchzte hemmungslos. „Oh, ich liebe dich so sehr, Junge. Bitte komm zu mir zurück."

Er küsste sie mit der ganzen Leidenschaft, derentwegen er sein Leben riskiert hatte, um sie zu bekommen, derentwegen er für sie gemordet hatte, dann lief er mit O'Hara hinaus und hatte noch lange ihr Schluchzen und Flehen in den Ohren, dass er bloß auf jeden Fall zurückkommen möge.

O'Hara fuhr ihn nach South Bend; Tony versteckte sich im Kofferraum, bis sie die Stadtgrenze hinter sich gelassen hatten. Kurz nach ein Uhr morgens hielt ein Zug auf dem Weg nach New York dort an. Tony erwischte ihn. Zwei Tage später war er, dem Zugriff seiner Feinde entzogen, in der Armee. Damals stellte man einem Mann, der Soldat werden wollte, nicht allzu viele Fragen.

KAPITEL SECHS

Tony Guarino erwies sich als guter Soldat. Sie steckten ihn in eine Maschinengewehrkompanie, und das gefiel ihm. Die Offiziere fanden seinen unerschütterlichen Gleichmut unter Feindbeschuss bemerkenswert. Sie wussten nicht, dass er es gewohnt war, unter Beschuss zu stehen, und nicht daran gewöhnt, dass ihn tausende Männer dabei unterstützten, einen Angriff abzuwehren. Auch Schützengräben stellten einen Schutz dar, wie es sie bei den Bandenkriegen in den Straßen zu Hause nicht gab. Alles in allem schien ihm der Krieg eine recht angenehme Situation zu sein, und er konzentrierte sich mit aller Inbrunst darauf.

Innerhalb von sechs Monaten brachte er es zum befehlshabenden Sergeanten seiner Kompanie. Die Männer, überwiegend Jungs vom Lande, die nichts mit ihm gemeinsam hatten, mochten ihn persönlich nicht besonders, aber er hatte das gewisse Etwas des geborenen Anführers, sodass sie mit ihm durch dick und dünn gingen. Einmal mussten sie das tatsächlich. Es war bei einem schlimmen nächtlichen Scharmützel in einem Waldstück. Tony kam aus der Dunkelheit getaumelt, trug einen bewusstlosen Captain auf dem Rücken, war fast blind vom eigenen Blut und musste feststellen, dass sämtliche Offiziere gefallen und die Männer ohne Anführer der Panik nahe waren. Tony legte den Captain behutsam auf den Boden, gab zwei Männern Anweisung, mit ihrer Erste-Hilfe-Ausrüstung für ihn zu tun, was sie konnten, dann wischte er sich das Blut aus den Augen und übernahm im Handumdrehen das Kommando.

Kurz nach dem Morgengrauen stellte ein fassungsloser Oberst fest, dass Tony drei Kompanien befehligte, seine Stellung bestens gesichert hatte und seinen Abschnitt des Frontverlaufs mühelos hielt. Tony selbst saß auf einem kleinen Hügel, wo er Scharfschützen ein prächtiges Ziel geboten hätte, hatte sein eigenes Gewehr auf den Knien liegen und ließ den Blick an der Reihe entlang schweifen, um Männer zu finden, die den Rückzug antreten wollten. Mit seinen nackten und verdreckten Beinen, blutigen Taschentüchern um den Kopf und den Wickelgamaschen sah er zum Fürchten aus; nur Augen und Mund hatte er nicht bedeckt.

„Welch eine ungeheure Unverfrorenheit!“, rief der Oberst den Offizieren in seiner Begleitung zu. „Das Kommando über den ganzen Abschnitt zu übernehmen und seine Sache dann noch besser zu machen, als mancher Major es gekonnt hätte. Wenn die Heinis hier durchgestoßen wären, hätten sie uns alle vernichtet. – He“, rief er Tony aus der Deckung des dreckigen Schützengrabens zu, durch den er ging, um sein versprengtes Regiment wieder einzusammeln, „kommen Sie da runter und lassen Sie Ihre Wunden verbinden.“

„Wir haben keine Offiziere mehr“, meldete Tony mit Unschuldsmiene. „Die meisten wurden im Lauf der Nacht erschossen, aber ein paar nur verwundet, die habe ich nach hinten geschickt, damit sie sich zusammenflicken lassen. Natürlich wären die nie gegangen, wenn sie nicht bewusstlos gewesen wären, aber sie waren alle so weggetreten, dass ich keinen Ärger mit ihnen hatte. Die Männer kämpfen großartig, wenn jemand da ist, der sich um sie kümmert“, fuhr er fort, „aber wenn nicht, reagieren sie leicht panisch. Ich werde mich weiter um sie kümmern, bis wieder ein Offizier hier ist."

„Verdammt!", rief der Oberst seinem Stab zu. „Ist denn das zu glauben? Streitet mit mir, damit er da oben bleiben und seinen Hals riskieren kann!" Dann rief er Tony mit lauter Stimme zu: „Ich bin Oberst Riley! Ich schicke Captain Stone her, damit er sich um Ihre Männer kümmert. Und jetzt kommen Sie da runter – *aber sofort*, haben Sie verstanden? – und gehen nach hinten und lassen Ihre Wunden versorgen. Ich kann es mir nicht leisten, dass Männer wie Sie eine Infektion bekommen und mir wegsterben."

Und so kletterte Tony von seinem gefährlichen Beobachtungsposten herunter, salutierte vor dem Oberst, der ihm stumm die Hand schüttelte, und begab sich widerwillig nach hinten.

Der Tag war noch nicht zu Ende, da war Oberst Riley im Besitz einer vollständigen Schilderung über die Vorgänge der Nacht und schickte einen Bericht an das Oberkommando, bei dem Tony die Ohren geklingelt hätten. Für sein Vorgehen in dieser Nacht verliehen sie Tony die Tapferkeitsmedaille und das Croix du Guerre, und er begriff nicht einmal, weshalb; er hatte lediglich getan, was die Situation erforderte; bei einem Bandenkrieg in den Straßen zu Hause hätte er nicht anders gehandelt.

Schließlich kam der Waffenstillstand, und Tony wurde nach Hause geschickt. Er war bereit für die Heimkehr. Als geschickter Spieler hatte er die Trottel ausgenommen und an die sechstausend Dollar Kapital angehäuft, die er bar in einem Gürtel unter der Uniformjacke versteckt hielt. In Frankreich hatte es Zeiten gegeben, da hätte er alles für eine einzige Stunde mit Vivian geopfert.

Nachdem die Regierung ihn offiziell in allen Spielarten der hohen Kunst des Mordens unterrichtet und ihn geistig so konditioniert hatte, dass er jederzeit bereit war, sein Wissen und seine Techniken in die Tat umzusetzen, schien man jetzt zu glauben, dass man ihn mit dem Segen einer ehrenhaften Entlassung wieder freilassen und erwarten durfte, dass er fortan alles wieder vergessen und ein ehrenwerter, gesetzestreuer Bürger sein würde. Was bei einem normalen Menschen schon viel verlangt gewesen wäre, aber umso mehr bei Tony.

Er kam mit einem neuen Gesicht und jeder Menge neuer Einfälle nach Hause, Einfälle, die sich für ihn auszahlen, den Interessen der Gemeinschaft, wo er sie in die Tat umzusetzen gedachte, aber diametral zuwiderlaufen würden. Die schreckliche nächtliche Schlacht im Wald, die ihm die Orden eingebracht hatte – er hatte sie in die Brusttasche gesteckt und zeigte sie nicht, dass jeder sie sehen sollte –, hatte ihm auch eine lange und deutliche Narbe auf der linken Seite seines Gesichts eingebracht, eine breite Narbe, die vom Ohr bis zum Kinn verlief. Auch die Nerven und Muskeln rund um den Mund waren in Mitleidenschaft gezogen worden, sodass ein Mundwinkel jetzt permanent hochgezogen war, nicht viel, aber es veränderte sein Äußeres in überraschendem Maße. Wenn er lächelte, blieb dieser Mundwinkel in seiner starren Haltung, was seinem Gesicht ein erstaunlich bedrohliches Aussehen verlieh.

Er lief hastig aus dem Bahnhof; mit seiner Uniform und der Überseemütze sah er jungenhaft und übermütig aus. Er hatte die Automatik eines deutschen Offiziers, die er als Souvenir mit nach Hause gebracht hatte, nebst Futteral in der Seitentasche seiner Jacke.

Jetzt, da er zu Hause war, wollte er als Erstes Vivian besuchen. Gott! Wie wunderbar, sie wieder in den Armen zu halten, ihren geschmeidigen, anmutigen Körper vor Erwartung bebend an seinen gedrückt zu spüren! Er rief ein Taxi, nannte dem Fahrer die Adresse und befahl ihm, Gas zu geben. Mit seinem gierigen Blick erkannte er das Gebäude selbst in der Dunkelheit aus zwei Blocks Entfernung und suchte nach den Fenstern des alten Apartments. Ja, da brannte Licht. Sie war zuhause! Das hieß, wenn sie noch dort wohnte. Das fügte er als eine zweite, schreckliche Möglichkeit hinzu. Doch dann grunzte er und grinste. Viv würde warten; er erinnerte sich, wie sie geschluchzt und es ihm in der Nacht seiner Abreise versprochen hatte.

Er gab dem Fahrer ein ordentliches Trinkgeld, weil er so zügig gefahren war, lief hastig in den Flur und studierte begierig die Namen an den Briefkästen. Ja, da stand er, noch an derselben Stelle – Vivian Lovejoy. Was würde sie überrascht sein; seit zwei Monaten hatte er nicht mehr geschrieben, weil einfach zu viel zu tun gewesen war. Er versuchte sein Glück an der Eingangstür und hoffte, dass sie offen sein würde. Sie war es. Er lief leise nach oben und klopfte mit angehaltenem Atem an der altbekannten Tür im zweiten Stock. Drinnen konnte er ein leises Schlurfen hören, aber niemand kam. Er klopfte erneut, diesmal etwas lauter und ungeduldiger.

Die Tür wurde einen Spalt breit geöffnet. Tony ließ die ausgebreiteten Arme an die Seiten sinken, und plötzlich loderten Flammen in seinen Augen. Denn ein Mann hielt die Tür auf, ein Frettchen von einem jungen Burschen mit dem Gesicht eines Betrügers, aber sinnlichen Lippen und einer Nase, die Leidenschaft verriet. Er stand hemdsärmelig da.

Mit einem Sprung stieß Tony die Tür ganz auf, stieß den anderen Mann beinahe um und stürmte in das Zimmer. „Wo ist Vivian?“, wollte er wissen.

Sie kam in einem wunderschönen Negligee, das er ihr gekauft hatte, in das Zimmer gelaufen. Er konnte sehen, dass sie darunter nur ein Höschen trug und ihre Beine nackt waren.

„Wer sind Sie?“, fragte sie wütend. „Und warum brechen Sie auf diese Weise hier ein?“

Tony stockte der Atem; sie erkannte ihn nicht. „Na, ich bin Tony. Ich weiß, ich hab mich ein wenig verändert“, er tastete mit den Fingern unbewusst nach der schrecklichen Narbe auf der linken Seite, „aber du musst doch sicher –“

„Tony!“, rief sie verblüfft aus, kam näher und sah ihm erstaunt ins Gesicht. „Aber sie haben gemeldet, dass du vor rund sechs Wochen getötet worden wärst; es stand in allen Zeitungen.“

„Das stimmt jedenfalls nicht. Ich bin hier und so gut wie neu.“ Dann fiel ihm plötzlich der fremde Mann wieder ein, der inzwischen die Tür zugemacht hatte und hinter ihm wartete. Er wirbelte herum und sah die beiden vorwurfsvoll an. „Wer ist das?“, herrschte er Vivian mit einer Stimme an, dass sie zusammenzuckte.

„Ein – ein Freund von mir“, antwortete sie.

„Ein Freund von dir, ja?“, entgegnete er verbittert und sah den anderen Mann verächtlich an. Er wirbelte herum und lief ins Schlafzimmer. Dort fand er im Schrank zwischen Vivians Kleidung Männerschuhe, ein halbes Dutzend Anzüge und sogar einen Herrenpyjama. Als er in den Krieg gezogen war, hatten seine Sachen noch dort gehangen; jetzt jedoch waren sie alle fort – diese Kleidungsstücke waren samt und sonders neu und gehörten offenkundig dem frettchengesichtigen Ganoven draußen im Salon.

Vor Wut bebend lief Tony wieder hinaus. „Du hast mich also hintergangen, du kleine Schlampe!“, fauchte er mit zusammengebissenen Zähnen. „Ich nehme an, du hast *ihn* mit dem Geld ausgehalten, das ich dir jede Woche von Klondyke O’Hara schicken ließ.“

„Nein, Tony“, keuchte Vivian atemlos. Sie griff sich mit den Händen an die Kehle und schien kaum ihrer Stimme mächtig zu sein. „Tony, so darfst du nicht denken. Ich hab keinen anderen Mann auch nur angesehen, während du weg warst, erst als mir mitgeteilt wurde, dass du tot wärst; ich schwöre bei Gott, dass es so ist.“

„Und danach hast du nicht lange gewartet; eine Frau lebt nicht ab der ersten Nacht, in der sie einen Mann kennen lernt, mit ihm zusammen. Du hast dir gar nicht die Mühe gemacht nachzuforschen, ob die Meldung wahr ist; du hast nicht wenigstens ein paar Wochen gewartet, ob ich zurückkommen würde. Nein, du hast dir auf der Stelle einen anderen geschnappt. Und ich sehe keine Trauerkleidung bei deinen Sachen; alles ist so grell und bunt wie immer. Abgesehen von meinem Geld scheine ich dir ja nicht viel bedeutet zu haben.“ Plötzlich sah er rot; sein Verstand schien vor Wut wie gelähmt zu sein. Er griff ganz automatisch nach der Pistole in der Tasche. „Ich habe dir nicht das Geringste bedeutet, du elende kleine –“

Das grässliche Wort, das er ihr entgegenschleuderte, ging im Knall der Waffe unter. Sie fasste sich an den Hals und sackte als flauschiges, blutiges Bündel zusammen. Der Mann versuchte, hinter einem Stuhl in Deckung zu gehen. Aber Tony mähte ihn mit tödlicher Präzision nieder. Dann versteckte er die leer geschossene Pistole unter dem Kissen eines Plüschsessels und lief mit seinem Seesack aus dem Apartment hinaus.

KAPITEL SIEBEN

Es war nach Mitternacht. Auf dem Weg hinaus sah er niemanden. Und auf dem Weg hinein hatte er niemanden gesehen. Er war sicher, dass es keine Zeugen gab, die ihn identifizieren konnten.

Zwei Blocks entfernt winkte er einem Taxi und nannte dem Fahrer den Namen eines der besten Hotels in der Stadt. Selbst wenn die Polizei nach Tony Guarino suchte, würden sie nie auf die Idee kommen, in so einem Hotel nach ihm zu suchen.

Auf den Straßen und selbst in dem recht teuren Hotel, in das er ging, gab es viele Uniformen zu sehen. Er trug sich als *J. H. Stevens, Denver, Colorado* ein und wurde in ein hübsches Zimmer mit eigenem Bad geführt.

Dort zog er das Jackett aus, warf sich in einen Sessel, rauchte und dachte nach. Er hatte Vivian und ihren neuen Liebhaber getötet. Daran konnte kein Zweifel bestehen; drei oder vier Schüsse aus einer Luger würden auf diese Entfernung jeden töten. Und er bedauerte die Tat nicht. Vivian hatte ihn nie geliebt, das wurde ihm jetzt klar. In gewisser Weise erfüllte ihn sogar Erleichterung darüber, dass sie nicht mehr reden konnte. Sie hätte ihn jederzeit wegen des Mordes an Spingola verpfeifen können, und es hätte auch gut zu ihr gepasst, falls sie wegen irgendwas eifersüchtig oder wütend wurde. Ja, jetzt, wo sie nicht mehr unter den Lebenden war, konnte er befreit durchatmen.

Er war also als gefallen gemeldet worden, hm? Er fragte sich, ob Vivian diesbezüglich gelogen haben könnte, ob sie es lediglich als Ausrede benutzt hatte, um ihr Verhalten zu rechtfertigen. Das musste er wissen, denn die Antwort darauf würde einen bedeutenden Anteil am weiteren Verlauf seines Vorgehens haben.

Er griff nach dem Telefon, das neben ihm stand, und wählte die Nummer von Klondyke O'Haras Saloon. „Ich will mit Klondyke sprechen", sagte er mit heiserer, verstellter Stimme.

„Klondyke wurde vor rund sechs Monaten umgelegt", antwortete eine fremde Stimme.

„Zu dumm. Ich war eine Weile weg und hatte nichts davon gehört. Ich wollte eigentlich nur wissen, wo ich einen Jungen finden kann, der für Klondyke gearbeitet hat – sein Name ist Tony Guarino."

„Der? Ach, der ist zum Patrioten geworden und hat sich gleich nach der Kriegserklärung freiwillig gemeldet. Und er wurde eine Woche oder so vor dem Waffenstillstand in Frankreich erschossen."

„Woher wissen Sie das?"

„Stand in allen Zeitungen – in einer Liste der Gefallenen und Verwundeten. Sagen Sie mal, wer sind Sie eigentlich?"

Aber Tony hatte aufgelegt. Eine enorme Erleichterung leuchtete in seinen Augen. Es stimmte also. Alle zuhause glaubten, dass er tot war. Weder die Polizei noch Spingolas Mob würden weiter nach Tony Guarino suchen. Sein Äußeres hatte sich mehr verändert, als er gedacht hatte, das bewies die Tatsache, dass Vivian ihn anfangs gar nicht erkannt hatte. Seine alte Identität war gestorben; er würde sie in Frieden ruhen lassen und sein Leben als neuer Mensch fortsetzen.

Seiner Familie würde dadurch kein Kummer mehr entstehen; sie hatten längst um ihn getrauert, als ob er wirklich gefallen wäre. Er lachte laut auf. Was für ein Glücksfall!

Er stand spät auf, nach einem gesunden Schlaf, und ging in das große Geschäft neben dem Hotel, wo er sich eine vollständige zivile Garderobe zulegte. Er hinterließ die Anweisung, dass die Sachen unverzüglich in sein Hotelzimmer geliefert werden sollten, kehrte in die Hotelhalle zurück, kaufte die Morgenzeitungen und begab sich auf sein Zimmer.

Die Ermordung von Vivian und ihrem Liebhaber bildete die Schlagzeile fast aller Zeitungen. Und sie wurde als großes Rätsel präsentiert. Aus den Artikeln erfuhr er, dass es sich bei dem beteiligten Mann um „Frog" Merlin handelte, Besitzer einer Spielhölle an der North Side und mutmaßlicher Schmuggler. Die Mordwaffe hatte man nicht gefunden, und es gab keinerlei Hinweise auf den Täter. Detective Sergeant Ben Guarino war mit den Ermittlungen betraut worden.

Tony las die letzte Zeile dreimal, dann lachte er brüllend. Ben hatte es demnach inzwischen zum Detective Sergeant gebracht. Schau an, schau an! Wäre es nicht witzig, wenn sie einander einmal über den Weg laufen würden? Dann wurde Tonys Miene verschlossen. Vielleicht wäre es doch nicht so witzig.

Als die Pakete geliefert wurden, legte Tony seine neue Kleidung an und ging auf die Straße hinunter. Nach einem ausgiebigen Frühstück ging er in sein altes Viertel. Die Versuchung, den kleinen Lebensmittelladen aufzusuchen und die Familie zu sehen, schien fast übermächtig, aber er riss sich zusammen und begab sich in die entgegengesetzte Richtung. Er sah eine Menge Leute, die er kannte, gab sich jedoch nicht zu erkennen, und keiner würdigte ihn auch nur eines zweiten Blickes.

Er verbrachte den Tag in verschiedenen schäbigen Bars, hörte sich alles an, was es zu hören gab, und stellte so detaillierte Fragen, wie er riskieren konnte. Die Situation bot sich nicht anders dar, als er es erwartet hatte. Der Alkoholschmuggel machte die Gangster zu reichen Männern, der Wettbewerb um die enormen Profite nahm bereits kriminelle Züge an. Es konnte jederzeit zu offenen Morden kommen.

Unmittelbar nach Einführung der Prohibition hatte ein Mann für kurze Zeit die absolute Kontrolle ausgeübt. Dann wurde er getötet, als er bei einem Ausritt im Lincoln Park vom Pferd fiel – was für ein grässlich nüchterner Tod für einen Gangster, einen Mann, der nach dem Faustrecht gelebt hatte und jederzeit damit rechnen musste, eines gewaltsamen Todes zu sterben. Die ihm untergebenen Anführer hatten ausnahmslos versucht, in seine Fußstapfen zu treten, aber keiner war stark genug gewesen, die Unterstützung von einer Mehrheit der Bande zu erringen. So gingen sie getrennte Wege, jeder nahm seine treuen Gefolgsleute mit, und jetzt trieben ein halbes Dutzend Banden in der ganzen Stadt ihr Unwesen, von denen jede die Alleinherrschaft über eine bestimmte Gegend für sich beanspruchte und die anderen unter Drohungen davor warnte, jemals die Grenzen zu überschreiten.

Tony war sich darüber im Klaren, dass die ganz großen Profite letztendlich an den Mann gehen würden, der über die beste Organisation verfügte, geleitet wie jeder ganz normale Geschäftsbetrieb auch. Denn er wusste, dass durchschnittliche Gangster – selbst die Anführer – nicht mehr Führungsqualitäten besaßen als die Revolver, mit deren Hilfe sie ihr

Regiment ausübten. Er kannte nur das alte Gesetz vom Überleben der Stärksten – die Macht schuf sich ihre eigenen Gesetze, und der Teufel nahm seinen Anteil. Aber wenn man mit Strategie und mit Kraft kämpfte, konnte man als Sieger daraus hervorgehen.

Tonys Erkundigungen ergaben, dass der beste Geschäftsmann des ganzen Haufens Johnny Lovo war, dessen Hauptquartier in Cicero lag, einem großen, aber etwas fragwürdigen Vorort, der im Westen an die Stadt grenzte. Ein Fremder konnte nicht unterscheiden, wo die Stadt aufhörte und der Vorort anfing, aber Cicero stellte dennoch eine eigene Einheit mit eigener Verwaltung dar, und die städtische Polizei hatte kein Recht, sich dort einzumischen. Für Tony schien das der ideale Ort für Geschäfte zu sein, daher machte er sich noch am selben Abend auf, um Johnny Lovo zu besuchen.

Es waren noch die Zeiten, bevor ein großes Geheimnis aus den Umtrieben und Aufenthaltsorten von Bandenbossen gemacht wurde und notwendig war, daher hatte Tony keine Mühe, den Mann in seiner Zentrale im obersten Stockwerk eines Hotels, dessen Fassade weitaus besser war als sein Ruf, ausfindig zu machen.

Lovo war ein gedrungener, untersetzter Mann um die fünfunddreißig; er trug teure Kleidung, jeweils einen großen Diamanten an Ring und Krawattennadel, hatte ein ständiges Lächeln in seinem nicht unansehnlichen Gesicht und kaute unablässig auf einer dicken, schwarzen Zigarre herum. In Cicero genoss er schon einige Jahre lokale Berühmtheit als Betreiber von Lasterhöhlen und Spielhöllen. Die Prohibition hatte ihm lediglich eine weitere Waffe in die Hand gegeben, mit der er das Ziel, ungeheuren Reichtum anzuhäufen, weiter verfolgen konnte.

Tony mochte ihn auf den ersten Blick. Das war ein Mann, der nicht nur handeln und Befehle erteilen, sondern auch planen konnte.

„Ich wurde erst vor zwei Tagen aus der Armee entlassen", erklärte Tony ohne Umschweife. „Und ich möchte in dieser Organisation mitarbeiten. Ich würde Ihnen gern zur Seite stehen."

„Ach ja? Und wer bist du?", fragte Lovo mit dem Misstrauen, das Seinesgleichen eigen war.

„Tony – Camonte." Seine frühere Identität war tot, und dabei wollte er es auch belassen.

„Schon mal in einem Mob gewesen?" Lovo maß ihn regelrecht mit den Blicken seiner stechenden Augen.

„Ja, Sir. Vor dem Krieg war ich Klondyke O'Haras rechte Hand. Natürlich möchte ich nicht, dass das jetzt allgemein bekannt wird. Ich möchte es vergessen."

„Kann ich dir nicht verdenken. Das war Kleinkram."

„So klein nun auch wieder nicht", wehrte Tony rasch ab. „Mein Anteil belief sich auf rund dreihundert die Woche."

„Wirklich?" Lovo betrachtete ihn mit neu erwachtem Interesse. „Du musst ziemlich schlau gewesen sein."

„Das war ich", bestätigte Tony und fügte dann stolz hinzu: „Und ich hab auch nie bei Raubüberfällen mitgemacht, auch nicht bei Einbrüchen oder Diebstählen oder so was."

„Ich verstehe", sagte Lovo lächelnd. Mit seinem wachen Verstand hatte er sich längst ein Bild von Tonys früheren Aktivitäten gemacht. „Und ich glaube, mit der Zeit kannst du ziemlich nützlich für mich sein. Aber du musst natürlich ganz unten anfangen, und ich muss dich erst eine Weile auf die Probe stellen. Ich gebe dir einen Job – du kannst für einhundert die Woche einen Lastwagen fahren."

Tony war niedergeschlagen. Einen Lastwagen fahren – er, der nie ein Schläger gewesen war, sondern stets ein Gangster mit weißer Weste, der sich immer nur um die anständigeren und respektableren kriminellen Aktivitäten gekümmert hatte und in der Bandenszene vor dem Krieg immerhin eine lokale Größe gewesen war. Aber die Zeiten hatten sich geändert, und schließlich wollte er Teilhaber an einem viel größeren Geschäft werden.

„Einverstanden, Sir", stimmte er zu. „Aber ich will das nicht länger machen, als notwendig ist; für derartige Aufgaben kann man jede Menge gewöhnliche Verbrecher anheuern."

„Kannst du schießen?", wollte Lovo leise wissen.

„Ja; hab ich auch schon."

„Du meinst in der Armee?"

„Ja. Und bevor ich dort hinging."

„Interessant. Nein, ich glaube nicht, dass du besonders lange einen Lastwagen fahren wirst … Hast du eine Knarre?"

„Nein, Sir."

„Wir besorgen dir eine … Bist du pleite?"

„Nein, Sir. Ich besitze etwa sechs Riesen."

„Gut. Aber lass das keinen anderen wissen. Miete dir morgen ein Schließfach in der Bank auf der anderen Straßenseite und verstaue das Geld dort. Trage nie zu viel Bargeld mit dir herum, das ist nicht gesund. Sei morgen um die Mittagszeit hier."

Und so wurde Tony ein richtiger moderner Gangster, Mitglied in einer großen, mächtigen, wohlhabenden Organisation, die mehr als ein Drittel der Profite aus Alkohol, Glücksspiel und Prostitution in der zweitgrößten Stadt Amerikas und einem stattlichen Areal im Umland für sich verbuchen konnte.

Tony verbrachte die meiste Zeit damit, Alkohol von den zahlreichen Destillen, die Lovo in allen westlichen Vororten betrieb, zu der großen Fabrik in Cicero zu fahren, wo Whisky hergestellt wurde. Er wurde nie von Polizisten behelligt; die schmierte Lovo alle. Seine einzige Sorge galt Wegelagerern, die allmählich auf den Plan gerufen wurden. Aber er hatte stets zwei Waffen – einen Sechsschüsser und eine Automatik – bei sich im Lastwagen, und wenn er an Wegelagerer dachte, wurde sein Mund immer ganz verkniffen.

Schließlich hatte Tony eine Idee. Warum nicht alle Lastwagen mit Stahlplatten und kugelsicherem Glas ausstatten lassen, sodass jeder Fahrer sich selbst und die Ware seines Brötchengebers ordentlich verteidigen konnte? Er ging zu Lovo und unterbreitete ihm den Vorschlag.

„Großartig!", stimmte der Bandenboss zu. „Ich werde das sofort veranlassen. Hier ist ein kleiner Bonus." Er schälte einen Hundertdollarschein aus einem umfangreichen Bündel und warf ihn über den Schreibtisch. „Ich glaube, du bist lange genug Lastwagen gefahren, Tony. Komm heute Abend um neun her; ich hab eine kleine Aufgabe, die du für mich erledigen sollst."

Tony kehrte pünktlich zur vereinbarten Stunde in Lovos Büro zurück und fühlte sich bester Stimmung. Er war befördert worden; er würde es in diesem Unternehmen doch zu etwas bringen.

„Die Banden der North Side dringen in mein Territorium ein", erläuterte Lovo, in dessen Augen ein hartes, tückisches Licht funkelte, das Tony noch nie gesehen hatte. „Ich will keinen offenen Krieg mit ihnen vom Zaun brechen, wenn ich es vermeiden kann. Aber ich möchte den Saloonbesitzern einen gehörigen Schrecken einjagen und sie bei der Stange halten, damit sie bei keinem anderen kaufen. Und du musst Folgendes tun."

Tony hörte sich die Anweisungen genau an, dann lief er mit äußerst schweren Hüfttaschen hinaus. Fünfzehn Minuten später betrat er gemächlich einen Ecksaloon in einem ziemlich fragwürdigen Viertel. Er nahm an der Bar Platz, bestellte einen Drink und bezahlte ihn. Dann schlenderte er unauffällig durch den Raum, bis er schließlich am Ende der Bar stand, eine Position, aus der er gefahrlos die Situation mit seinen Augen und seiner Waffe kontrollieren konnte.

Außer ihm und dem Besitzer, der als sein eigener Barkeeper arbeitete, befanden sich etwa vierzig Männer in der Kneipe, die laute, grobe, bunt zusammengewürfelte Menge, die man in einem schäbigen Saloon in einem anrüchigen Stadtviertel erwarten durfte.

Tony zündete sich in aller Ruhe eine Zigarette an, dann zückte er mit einer unglaublich schnellen Bewegung seine beiden Waffen. Mit der einen deutete er die Bar entlang, die Mündung der anderen ließ er kreisen. „Kommt her, Jungs, und genehmigt euch einen Schluck", befahl er leise. „Geht alles auf mich."

Die Männer blickten ihn erstaunt an. Aber die Waffen sahen bedrohlich aus, und auch wenn die Aufforderung sie sichtlich verblüffte, kamen die Männer einer nach dem anderen an die Bar. Der überraschte Besitzer schenkte nervös aus, aber sein Blick wanderte oft zu dem Revolver, der starr auf ihn gerichtet blieb.

Nach dem ersten Drink befahl Tony ihnen leise, noch einen zu nehmen, dann noch einen und noch einen. Whisky, Gin, Wein, Bier – alles wurde hinuntergekippt, bis in dem ganzen Laden kein Tropfen mehr übrig war.

Dann winkte Tony mit den Waffen den Besitzer zu sich. „Kaufen Sie nichts mehr von den Leuten der North Side", befahl er mit leiser Stimme. „Bleiben Sie bei Lovo, wo Sie angefangen haben. Wenn nicht, wird eines meiner Schoßhündchen hier beim nächsten Mal wahrscheinlich losgehen. Gute Nacht!"

Er ging rückwärts zur Tür hinaus, rannte einen halben Häuserblock weit, lief durch eine Gasse zur Querstraße und winkte ein Taxi heran.

KAPITEL ACHT

Du hast deine Arbeit gut gemacht, Tony", lobte Lovo ihn, als sich der Junge am nächsten Morgen meldete. „Ich glaube, es war furchtbar komisch, als du dem Saloonbesitzer gesagt hast, dass alles auf deine Rechnung geht." Er warf den Kopf in den Nacken und lachte aus voller Brust.

Tony kniff die Augen zusammen. „Ich hab nicht erzählt, dass ich das gemacht habe."

„Nein", gab der Bandenboss zu. „Aber ich weiß, dass du es gesagt hast. Weißt du, ich hatte letzte Nacht zwei andere Männer dort postiert – die dir helfen sollten, falls du Hilfe gebraucht hättest."

Durch diese Erklärung ließ sich Tony keine Sekunde täuschen. Diese anderen Männer waren dort gewesen, um ihn zu beobachten und festzustellen, wie er sich in einer Stresssituation verhielt. Johnny Lovo war noch gerissener, als Tony ihm zugetraut hätte.

„Du hast das großartig durchgezogen. Ich werde bald wieder einen speziellen kleinen Job für dich haben. Und von jetzt an beträgt dein Gehalt zweihundert die Woche."

Tonys neue Aufgabe bestand darin, Saloons aufzusuchen, diejenigen auf Linie zu halten, die schon zu Lovos Kunden gehörten, und andere zu überzeugen, dass sie ihre Geschäfte künftig mit der Lovo-Organisation machen sollten. Es war eine gefährliche Arbeit, aber Tony liebte sie. Er besaß zweifellos ein Talent, das weitaus größer war als das normaler Jungs seiner Bildung und Herkunft. Und er verstand es, die Daumenschrauben mit einer lächelnden Überzeugungskraft anzuziehen, die man nur meisterlich nennen konnte. Sein Erfolg war überwältigend.

Als er eines Nachmittags seine Runden drehte, kam ein großes Automobil mit quietschenden Reifen neben ihm am Bordstein zum Stillstand. „He, du!“, bellte eine hässliche Stimme. „Komm her.“

Tony drehte sich um. Vier Schläger saßen in dem Auto, die hässlichen Schnauzen abgesägter Schrotflinten waren direkt auf ihn gerichtet. Einen Augenblick verspürte er das hilflose, erstickende Gefühl eines Ertrinkenden, und auf kaleidoskopartige Weise schossen ihm Bilder seines Lebens durch den Kopf. Sollte dies sein Ende sein, ein unwürdiger Tod durch eine Bande primitiver Schläger? Wenn er versuchte, seine eigene Waffe zu ziehen, würde das seinen sicheren Tod bedeuten, ebenso ein Fluchtversuch. Ihm blieb nichts anderes übrig, als zu gehorchen. Er ging über den Bürgersteig zu dem Auto hinüber. „Und?“, fragte er kalt und ließ sich seine Angst nicht im Geringsten anmerken.

„Hör gut zu, du!“, fauchte einer, der offensichtlich der Anführer war, ein hässlicher Haudegen mit einer flachen, ungeschlachten Nase und winzigen, granitfarbenen Augen. Du läufst hier rum und versuchst, der North Side das Geschäft zu vermasseln und die Saloonbesitzer zu überreden, dass sie bei Lovo kaufen. Hör damit auf, klar? Wir warnen dich nur einmal, wie die anderen Leute von Lovo auch. Nächstes Mal machst du eine kleine Spazierfahrt mit uns.“

Das Auto raste davon und Tom sah ihm nach. Eine Spazierfahrt – damit drohten sie ihm also, die gefürchtetste aller

Drohungen im Bandenterritorium. Eine Spazierfahrt endete stets tödlich – normalerweise fand man die Leiche irgendwo auf dem Land –, aber meist war das, was vor dem Tod geschah, das wirklich Schreckliche. Man hatte schon Leichen von Gangstern ohne Ohren, ohne Zungen, auf abscheuliche Weise zerstückelt und mit allen grauenhaften Spuren von Folter gefunden, ehe eine Kugel sie barmherzigerweise erlöst hatte. Aber das war schließlich Sinn und Zweck einer Spazierfahrt – in gleichem Maße Warnung für alle anderen wie Rache an einem bestimmten Mann.

Es war typisch für Tony, dass er seine Aktivitäten nach dieser Warnung keineswegs unterbrach. Aber er fügte seinem Arsenal eine weitere Waffe hinzu und hielt sie die ganze Zeit griffbereit; er behielt seine Umgebung noch eingehender als vorher im Auge und nahm seine alte Gepflogenheit wieder auf, einen bewaffneten Leibwächter ihm unauffällig folgen zu lassen.

Eines Tages wurde Tony um die Mittagszeit mitgeteilt, dass er unverzüglich ins Büro von Lovo kommen sollte. Er fand Johnny mit aschfahlem Gesicht an seinem Schreibtisch sitzend vor, und in seinen schwarzen Augen leuchtete das unheilvolle Funkeln, das man in den Augen einer Klapperschlange sehen kann, kurz bevor sie zustößt.

„Setz dich“, befahl Lovo. Keine Begrüßung, kein Lächeln. Tony wusste sofort, dass etwas Ernstes entweder bereits geschehen war oder unmittelbar bevorstand. „Al Swali wurde auf eine Spazierfahrt mitgenommen.“

Tony stöhnte, und sein brauner Teint wurde einen Moment ebenfalls leichenblass. Al Swali war einer von Lovos besten Männern, ein Mann, der mit demselben Auftrag unterwegs gewesen war wie Tony auch. Die Schläger hatten ihre Drohung also wahr gemacht!

„Man hat seine Leiche auf der anderen Seite von Melrose Park gefunden“, fuhr Lovo mit Bitterkeit fort. „Hände und Füße mit Draht zusammengebunden und ein Dutzend Einschusslöcher. Er wurde anhand der Papiere in seiner Tasche identifiziert; sie haben mich vor wenigen Minuten angerufen.“

„Es war natürlich eine Bande von der North Side, die ihn erledigt hat“, sagte Tony mit leiser Stimme und erzählte Lovo von der Warnung, die er selbst vor wenigen Tagen bekommen hatte.

„Ich nehme an, du bist der nächste auf der Liste für eine Spazierfahrt“, sagte Lovo mit nüchterner Sachlichkeit. „Aber die werden dich nicht kriegen, und auch keinen anderen mehr aus meiner Bande. Ich werde ihnen Ehrfurcht einbläuen, und zwar schnellstens. Wirst du mir helfen, etwas Gewagtes durchzuziehen?“

„Auf jeden Fall.“

„Gut. Wenn du es schaffst, springt ein Tausender für dich dabei raus. Komm um acht Uhr im Smoking hierher ... hast du einen?“

„Nein.“

„Dann kauf dir einen ... mit allen Schikanen. Wahrscheinlich wirst du ihn öfter brauchen. Du musst modisch topaktuell gekleidet sein für den Job, den ich für dich vorgesehen habe ... Vergiss nicht: acht Uhr hier, und nach allen Regeln der Kunst herausgeputzt. Ich werde ein Gun Girl haben, das dich begleitet.“

Tony ging eilig hinaus und verspürte eine seltsame Aufregung. Er wusste, dass für diese Nacht ein Mord geplant war, und es bedeutet selbst für einen erfahrenen Revolverhelden stets einen Nervenkitzel, etwas so Heikles zu erledigen. Und

Lovo hatte gesagt, dass ihn ein Gun Girl begleiten würde. Er fragte sich, ob es *das* Gun Girl sein würde, die Berühmtheit, von der er schon so viel gehört hatte, die atemberaubende Dunkelhaarige, die in dem Cabaret anwesend war in der Nacht, als er Captain Flanagan niedergeschlug, weil der Vivian schöne Augen gemacht hatte. Das schien natürlich unwahrscheinlich, aber dennoch im Bereich des Möglichen. Er empfand eine kribbelnde Vorfreude, wenn er an das Unternehmen des heutigen Abends dachte.

Am Abend näherte er sich Lovos Büro mit klopfendem Herzen. Würde es *das* Gun Girl sein? Er hoffte es inbrünstig; er hatte sie schon immer kennen lernen wollen. Gemäß den Anweisungen trug er einen Smoking „mit allen Schikanen". Und mit seiner aufrechten, gut geformten und herausgeputzten Gestalt sah er recht stattlich aus. Er klopfte, dann drehte er den Türknauf und trat über die Schwelle.

Lovo saß genau so an seinem Schreibtisch, wie Tony ihn vor Stunden zurückgelassen hatte. Und an seiner Seite saß *das* Gun Girl. Tony erkannte sie auf der Stelle und konnte gerade noch einen Ausruf der Bewunderung unterdrücken. Gott! Sie war eine Schönheit! Eine geschmeidige, schlanke Dunkelhaarige mit einer klasse Figur, die durch das hautenge, tief ausgeschnittene Abendkleid wirkungsvoll verhüllt war. Der blütenweiße Stoff bildete einen auffälligen Kontrast zu ihrer dunklen Schönheit, dem Elfenbeinton ihrer Haut, dem langen, modisch frisierten Haar, das so schwarz war, dass es in seinen Tiefen blau funkelte wie edelster Waffenstahl, den großen dunklen Augen mit der Andeutung inneren Feuers, dem wohlgeformten roten Mund.

„Jane – Tony", stellte Lovo sie einander knapp vor. „Setz dich, Junge. Du siehst großartig aus."

Tony ließ sich auf den Stuhl fallen und fühlte sich zittrig unter dem bewundernden Blick der großen, dunklen Augen des Mädchens.

„Das ist ein wichtiger Job, den ich dir heute Nacht anvertraue, Tony“, sagte Lovo. „Möglicherweise eine Nummer zu groß für dich. Aber das glaube ich nicht, und du bist so verdammt loyal mir gegenüber, dass ich dir eine Chance geben möchte. Wenn du versagst, bist du natürlich bei mir unten durch und ich lasse es jemand anderen erledigen. Aber ich gehe nicht davon aus, dass du versagst. *Ich möchte, dass du Jerry Hoffman erledigst.*“

„Jerry Hoffman!“, rief Tony aus.

Das Mädchen sagte nichts und ließ sich nicht einmal die Überraschung anmerken, die sie zweifellos empfinden musste.

„Genau“, fuhr Lovo fort. „Jerry Hoffman ist die größte Nummer der North Side und Anführer des ganzen Mobs. Im Augenblick ist keiner groß genug, in seine Fußstapfen zu treten, und sein Tod wird die gesamte Organisation ruinieren. Die werden natürlich wissen, dass es jemand aus meiner Bande gewesen ist, aber sie werden nie erfahren, wer genau den Job ausgeführt hat – das heißt, wenn du so schlau bist, wie ich glaube –, und sein Ende wird sie in eine solche Panik versetzen, dass sie, denke ich, lange Zeit Angst davor haben werden, irgendwelche Mätzchen gegen uns zu versuchen. Wir spielen um einen hohen Einsatz, Leute, aber die Belohnung rechtfertigt das Risiko.“

„Gut“, antwortete Tony knapp. „Ich bin dabei. Wie sieht der Plan aus?“

„Ich hab herausgefunden, dass Hoffman heute Abend eine kleine Party im Embassy Club gibt.“

„*Er* – im Embassy Club?“, rief das Mädchen, das zum ersten Mal etwas sagte, fassungslos aus. Und ihre Stimme, tief, volltönend, kehlig, sprach Tony so sehr an wie ihr Äußeres.

„O ja“, antwortete Lovo mit einem kurzen Lachen. „Überraschend, wo man sich mit Geld überall einkaufen kann – wenn man genügend davon besitzt. Jedenfalls gibt er heute Abend diese kleine Party. Sehr exklusive Angelegenheit, zwei Richter, ein stellvertretender Bezirksstaatsanwalt und so weiter. Er wird nie und nimmer ahnen, dass er dort und in dieser Gesellschaft angegriffen werden könnte, darum werden seine Leibwächter nicht anwesend sein, und da er keinen von euch vom Sehen her kennt, dürfte es dir nicht schwer fallen, Tony, ihn zu erwischen. Ich werde dir keine Befehle erteilen, wie du den Job im Einzelnen durchführen sollst. Du musst vor Ort improvisieren, wie es dir am besten erscheint. *Aber erledige ihn!* Hast du eine Waffe dabei, Tony?“

„Na klar.“

„Gib sie mir. Jane trägt heute Nacht die Knarre – sie hat sie schon bei sich. Wenn du bereit bist und sie haben willst, gibt sie sie dir. In dem Moment, wenn du den Job erledigt hast, steckst du sie ihr *sofort* wieder zu, sie wird sie wieder verstecken. Wenn dich irgendein Schlauberger erkennt und verpfeift, hast du nichts bei dir, wenn sie dich schnappen. Klar?“

Widerwillig gab Tony seine eigene Waffe ab, nahm die Eintrittskarte für den Embassy Club, die Lovo ihm gab, und führte das Gun Girl zu der wartenden Limousine, die Lovo bestellt hatte.

Der Embassy Club war der exklusivste der teuren Nachtclubs, die seit Kriegsende – und seit der Prohibition – wie

Pilze aus dem Boden schossen. Nicht nur Essen, Tanz und Unterhaltung wurden dort geboten, sondern obendrein der beste Alkohol, und man brauchte auf jeden Fall eine Eintrittskarte, damit man überhaupt reingelassen wurde. Tony hatte keine Ahnung, woher Lovo die Karte hatte, die jetzt in seiner prall gefüllten Brieftasche steckte, aber wie der Bandenboss gesagt hatte – mit Geld konnte man erstaunliche Dinge bewerkstelligen.

Ein großer Tisch, prunkvoll für zehn oder zwölf Personen gedeckt, wies die Stelle aus, wo Hoffmans Gruppe sitzen würde, und Tony brachte den Oberkellner dazu, ihn und seine Begleiterin direkt gegenüber zu platzieren, keine dreißig Schritte entfernt. Es war gleichzeitig eine grandiose Position für den strategischen Rückzug, da der Tisch sich in direkter Linie zur nicht allzu weit entfernten Tür befand.

Tony fühlte sich ein wenig nervös, als er bestellte. Er arbeitete zum ersten Mal mit einem Gun Girl und fand es seltsam, dass er seine eigene Waffe nicht bei sich hatte, sodass er jederzeit danach greifen konnte. Aber Jane war so ruhig, als wären sie nur gekommen, um sich einen schönen Abend zu machen, und ihre Ruhe steckte schließlich auch ihn an. Gott! Sie war so wunderschön! Was hätte er nicht alles gegeben, so eine Frau sein eigen nennen zu können!

Beim Essen plauderten sie über dies und das. Aber sie redete am meisten. Tony begnügte sich damit, einfach am Tisch zu sitzen, ihr zuzuhören und ihre Schönheit zu bewundern. Die kleinen Gesprächspausen, zu denen es ab und zu kam, waren so angespannt, dass sie fast wie elektrisch aufgeladen wirkten. Tony glaubte, dass er Fortschritte machte.

Es erregte eine nicht unbeträchtliche Aufmerksamkeit, als Hoffmans Gruppe eintrat. Der Besitzer, der Oberkellner und ein halbes Dutzend Kellner waren vollauf beschäftigt, bis die ganze Gruppe Platz genommen hatte. Wahrhaftig schien es so, dass Geld – ganz gleich, woher es kam – stets Respekt und Unterwürfigkeit gebot.

Tony erstarrte und schätzte die Situation mit geübtem Blick ein. Er erkannte Hoffman sofort – ein großer, recht schwerer Mann mit rotem Gesicht und sandfarbenem Haar. Tony sondierte den Rest der Gruppe sorgfältig, konnte aber keinen entdecken, der wie ein Revolverheld oder Leibwächter aussah. Nein, hier in diesem exklusiven Cabaret und in Gegenwart von Männern, deren Bedeutung außer Frage stand, fühlte sich Hoffman offenbar ganz sicher. Es würde ein Kinderspiel sein, ihn hier umzulegen; lediglich die Wahl des richtigen Zeitpunkts war kritisch.

Tony wartete und rauchte mit einer äußerlichen Gelassenheit, die auf eine eiserne Selbstbeherrschung zurückzuführen war, eine Zigarette nach der anderen. Jane plauderte unbekümmert über dieses und jenes und lachte hin und wieder grundlos hell auf. Tony wurde klar, dass sie ihre Rolle perfekt spielte und ihrem Tisch eine Aura von Unbekümmertheit und Fröhlichkeit verlieh. Er versuchte, es ihr gleichzutun, aber er war von Natur aus mehr der schweigsame Typ und konnte ohnehin kaum den Blick von dem Mann abwenden, der bald sein Opfer werden sollte.

Am anderen Tisch knallten Champagnerkorken; lautes Gelächter ertönte. Tony bat um die Rechnung und bezahlte sie. Dann wurde die Deckenbeleuchtung ausgeschaltet und ein Scheinwerfer auf die kleine Tanzfläche gerichtet. Ein herausgeputzter junger Mann trat in den Lichtkreis, erzählte von der Show, die gleich beginnen würde, und würzte seine Ankündigung mit komisch gemeinten Bemerkungen.

Jetzt war der Zeitpunkt gekommen, den Job durchzuziehen, da aller Aufmerksamkeit sich auf die Bühne konzentrierte. Tony sah Jane an und nickte unmerklich. Sie warf ihm einen verstehenden Blick zu, dann nahm sie mit demonstrativer Affektiertheit seine rechte Hand und manövrierte sie behutsam unter den Tisch. Er ertastete ihr Knie und ließ die Hand dort liegen. Und der Kontakt erregte ihn. Sie jedoch verzog keine Miene. Dann spürte er kalten Stahl auf der Haut und ergriff die Automatik mit hastigen Fingern. Er entsicherte sie mit dem Daumen und wartete.

Eine Frau sang einen komischen Song, bei dem Tony lachen musste – trotz der Nervosität des Augenblicks –, dann kam der Chor auf die Bühne. Während ihrer ausgefeilten Tanznummer sangen sie aus voller Brust, die Jazzband trötete wie von Sinnen, und das Publikum schlug mit eigens dafür bereitgestellten kleinen Holzstäben den Takt mit. Der Lärm war ohrenbetäubend.

Tony legte sich die Waffe auf den Schoß, dann streckte er behutsam den Arm aus und hielt die Waffe vorsichtig neben den Tisch, jedoch deutlich unter der Höhe der Tischplatte. Auf dieser Seite hatte noch niemand Platz genommen; im Augenblick hielt sich nicht einmal ein Kellner dort auf. Tony zielte sorgfältig und feuerte dreimal so schnell ab, dass die Schüsse fast wie ein einziger klangen. Er sah Hoffman zusammensacken, während er die Pistole wieder unter den Tisch steckte und Jane übergab. Sie nahm sie ihm mit kühlen Fingern und ohne mit der Wimper zu zucken ab.

Natürlich hatten die Schüsse sogar diesen Lärm übertönt, es kam zu einem sofortigen Aufruhr. Die Deckenbeleuchtung wurde wieder eingeschaltet, alle standen auf und blickten von Entsetzen gepackt zu dem Tisch, wo Hoffman zusammengesackt auf seinem Stuhl hing mit einem scharlachroten Blutfleck auf seinem weißen Hemd, der immer größer wurde. Dann setzte ein chaotisches Durcheinander ein, da jeder sich aus dem Staub machen wollte, bevor die Polizei eintraf. Diese Leute hatten keine Lust, sich wegen eines Mordes verhören zu lassen und ihre Namen, möglicherweise sogar ihre Konterfeis in den Zeitungen zu sehen.

Tony und Jane ließen sich von der angsterfüllten, panischen Meute mitziehen. Keine zwei Minuten später saßen sie wohlbehalten in ihrer Limousine und wurden vom Tatort weggebracht.

Tony holte tief Luft. „Das wäre erledigt", sagte er ruhig. Jetzt, da es vorüber war, fühlte er sich gelassen, sogar fröhlich. „Wir haben unsere Sache gut gemacht. Lovo wird zufrieden sein. Und ich glaube, er wird es nicht vergessen. Ich muss schon sagen, Mädchen, du hast wirklich Mumm."

„Heutzutage muss jeder sehen, wie er über die Runden kommt", antwortete Jane Conley leise.

Er griff nach ihrer Hand, liebkoste die Finger. Erfreut nahm er zur Kenntnis, dass sie dic Hand nicht wegzog. „Wir beide werden von jetzt an vermutlich öfter zusammenarbeiten", sagte er heiser. „Warum können wir nicht gute Freunde sein – und zusammen arbeiten?"

„Vielleicht können wir das."

Er folgte einem schlagartig unwiderstehlichen Impuls, nahm sie in die Arme und küsste sie mit der heftigen Inbrunst einer lange unterdrückten Leidenschaft. Und sie wehrte sich nicht dagegen.

KAPITEL NEUN

Jerry Hoffmans Tod sorgte für eine Sensation; tagelang machten Spekulationen in der Stadt die Runde, wer in der Lage wäre, einen derart verwegenen Mord auszuführen. Polizei und Gangster freilich hatten eine ziemlich konkrete Vorstellung davon, wer der Drahtzieher sein konnte. Die Bullen schleppten Johnny Lovo ins Revier und verhörten ihn einen halben Tag lang, aber er erzählte ihnen nichts, abgesehen von seinem Alibi. Und er erweckte auch nicht den Eindruck, als würde er trotzig etwas verschweigen. Im Gegenteil, er überzeugte sie offenherzig und lächelnd davon, dass er wirklich nichts wusste. Aber die Bande der North Side ließ sich nicht so leicht hinters Licht führen, darum schwor man dort, dass man den Tod des Bosses eines Tages rächen würde.

Weder Tony noch Jane wurden je im Zusammenhang mit der Angelegenheit erwähnt. Lovo gab jedem von ihnen tausend Dollar, bedankte sich überschwänglich und versprach ihnen, dass er ihnen in Zukunft weitere kleine Jobs übertragen würde, wenn sich die Gelegenheit bot. In der Zwischenzeit schickte er ein riesiges und teures Blumenbukett mit seiner Karte zu Jerry Hoffmans geschmacklos protziger Beerdigung und erteilte Tony verschiedene Aufträge im Zusammenhang mit den Aktivitäten der Bande. Aber die interessante, wenn auch gefährliche Aufgabe, widerspenstige Saloonbesitzer auf Linie zu bringen, übertrug er Tony nicht mehr – jetzt betrachtete er den Jungen als einen so wertvollen Vertrauten, dass er ihn diesem Risiko nicht mehr leichtfertig aussetzen wollte. Nein, Tony war zum Stabsoffizier befördert worden. Seine Arbeit bestand überwiegend darin, den Handlangern des mächtigen Bosses dessen Befehle zu überbringen und sich Berichte anzuhören, für die Lovo einfach zu beschäftigt war. Es gab nicht eine Kleinigkeit im Betrieb der Bande, über die Tony nicht informiert gewesen wäre.

Seine Freizeit verbrachte er ausschließlich damit, Jane Conley nachzustellen. Und je öfter er sie sah, desto mehr faszinierte sie ihn. Und dennoch blieb sie rätselhaft für ihn. Er hatte nie den Eindruck, als würde er sie voll und ganz durchschauen. Schließlich jedoch nahm er allen Mut zusammen und machte ihr den Vorschlag, eine gemeinsame Wohnung zu nehmen.

„Ich bin an einer Ehe nicht interessiert“, antwortete sie und schüttelte den schönen Kopf.

„Ich auch nicht“, stimmte Tony eilig zu. „Aber wer hat etwas von einer Ehe gesagt? Ich sagte nur, ich fände es schön, wenn wir eine gemeinsame Wohnung hätten.“

Wieder schüttelte sie den Kopf. „Ich habe noch nie mit einem Mann zusammengelebt.“

„Vielleicht wäre es ja eine angenehme Erfahrung für dich.“

„Ja“, gab sie unumwunden zu und sah ihm direkt in die Augen. „Aber andererseits vielleicht auch nicht. Ich fürchte, das wäre zu intim, und auch, dass Leute, selbst wenn sie anfangs sehr verliebt ineinander sind, sehr schnell genug voneinander haben.“

„Gibt es – einen anderen?“

„Keinen Speziellen.“

„Aber es gibt einen?“, beharrte er eifersüchtig.

Sie lachte kurz auf. „Es gibt immer einen anderen. Jedes Mädchen kennt mehr als einen Mann und mag nicht selten mehr als einen ganz besonders.“

„Demnach magst du mich ein bisschen?“ Er rückte an ihre Seite und nahm ihre Hand zwischen seine Hände.

Sie nickte.

„Und wirst du über meinen Vorschlag nachdenken?“

„Ja, ich denke darüber nach.“

Und damit musste er sich begnügen. Diese Jane Conley war eine äußerst seltsame Frau, überlegte er. Er fragte sich häufig, wer sie war, woher sie kam. So viel Zeit er auch mit ihr verbracht hatte, er kannte sie immer noch nicht wirklich. Und er wusste genug über Frauen, um zu begreifen, dass gerade dieses Rätselhafte und Undurchschaubare einer der Hauptgründe dafür war, dass sie ihn so sehr faszinierte.

Aber er hatte auch ohne problematische Liebesaffären genug zu tun. Anders als erwartet, hatte die Bande von der North Side schnell einen neuen Anführer gefunden, und offenbar einen recht tüchtigen obendrein, einen drahtigen kleinen Italiener mit dem vielsagenden Namen Bruno, der Intrigant. Es wurde gemunkelt, dass er absolut alles neu organisierte und eine Kampagne von Repressionen und neuen Geschäften plante, bei der die ganze Stadt mit den Ohren schlackern würde. Dass er durch und durch skrupellos war und beabsichtigte, die Fehden, die sein Vorgänger begonnen hatte, mit Vergnügen fortzusetzen, wurde durch die Tatsache bewiesen, dass ein weiterer von Johnny Lovos besten Männern mit auf eine Spazierfahrt genommen wurde und man seine Leiche auf dem Land fand, mit einer handschriftlichen Notiz, *Im Andenken an Hoffman*, mit der Klinge eines Taschenmessers an seine Brust geheftet.

„Ich sage dir, Tony, das gefällt mir nicht“, sagte Lovo, als der Leichnam des Mannes mit der grausigen Botschaft gebracht wurde.

„Sie kriegen es doch nicht mit der Angst, oder?“, fragte Tony. Er pflegte neuerdings im Gespräch mit Lovo den unverblümten Tonfall des engen Vertrauten.

„Nein, verdammt!“, blaffte der Bandenführer, aber er sagte es mit dem unaufrichtigen Ausdruck eines Mannes, der sich selbst Mut zusprechen will. „Trotzdem gefällt es mir nicht. Du könntest der Nächste sein – oder ich. Ich will nicht den Rest meines Lebens damit verbringen, Leute erschießen zu lassen oder zu verhindern, dass jemand mich oder meine Angestellten erschießt.“

„Vergessen Sie es!“, riet Tony. „Gehört alles mit zum Spiel. Wir kämpfen bis zum bitteren Ende gegen sie und erledigen diesen Intriganten auch noch, wenn es sein muss.“

„Nein, noch nicht. Vielleicht hört er jetzt damit auf. Ich will nicht meine ganze Zeit mit einem Bandenkrieg vergeuden; das geht zwangsläufig auf Kosten des Geldverdienens.“

Tony verspürte nach dieser Unterredung eine große Unzufriedenheit mit Johnny Lovo. Er begriff die grundlegenden Unterschiede zwischen ihnen beiden nicht, dass Lovo weniger ein gerissener und skrupelloser Mann war, der für Geld einfach alles tun würde, dass er mehr ein Geschäftsmann als ein Kämpfer war und nicht über Tonys Kriegserfahrungen verfügte, die den jüngeren Mann eine solche Geringschätzung für Menschenleben gelehrt hatten.

Dann machte Tony zum ersten Mal die Erfahrung, wie eng die Beziehung zwischen dem Verbrechen und dem Gesetz war. Lovo wurde ins Büro des Bezirksstaatsanwalts gebeten und nahm Tony als eine Art Leibwächter und Unterstützung mit.

Der Bezirksstaatsanwalt war ein kleinwüchsiger Mann mit einer flachen Nase, einem kantigen Kiefer mit Überbiss und gemeinen kleinen Augen. „Diese Schießereien müssen aufhören", brüllte er Lovo an. „Sie sind –"

„Aber ich bezahle doch –"

„Aber gewiss doch. Und Sie werden weiter bezahlen, wenn Sie im Geschäft bleiben wollen. Ich habe nichts gegen Ihr Geschäft einzuwenden; nur diese verdammten Schießereien müssen ein Ende haben. Sie bringen die ganze Stadt in Verruf, aber noch wichtiger ist, die Presse erhebt allmählich Vorwürfe gegen mich und meine Behörde. Ich will mich nicht mehr als unbedingt nötig in die Angelegenheiten von euch Jungs einmischen, aber dieses Morden muss aufhören."

„Ich bin jederzeit dazu bereit. Es liegt an der Bande von der North Side."

„Und die sagen, es liegt an Ihnen. Ich hatte heute Vormittag, vor einer Stunde, diesen Intriganten-Bruno hier, und der hat mir versprochen, dass er niemanden mehr umbringen wird, wenn Sie es auch nicht tun. Damit wäre das also geklärt. Und jetzt will ich nichts mehr von Bandenkriegen hören."

Sechs Monate lang herrschte daraufhin Frieden, jedenfalls an der Oberfläche. Es gab keine Schießereien mehr, aber zu Schlägereien und Messerstechereien kam es so häufig, dass es kein Zufall sein konnte. Der Konkurrenzkampf um Marktanteile wurde jeden Tag härter und erbitterter, und beide Seiten wussten, es war lediglich eine Frage der Zeit, bis jemand die Warnungen in den Wind blies und die alten blutigen

Fehden neu aufleben ließ. Darüber hinaus stießen die Banden der South Side nach und nach auch in Gebiete vor, die von anderen Banden beherrscht wurden, und an der West Side waren plötzlich fünf Brüder auf der Bildfläche erschienen, die Schmuggel organisierten und selbst mit einer zahlenmäßig starken Bande in die Geschehnisse eingriffen.

Tony machte die Untätigkeit nervös. Und bestimmte Entwicklungen gingen ihm zutiefst gegen den Strich, zum Beispiel die Tatsache, dass der letzte Mord an einem Mann Lovos noch nicht gerächt worden war, und ebenso die Tatsache, dass die anderen Banden Streifzüge in Lovos Territorium unternahmen und nicht mit dem Kugelhagel empfangen wurden, den sie verdient hätten. Er hatte gerade den Entschluss gefasst, dass er selbst einen Rachefeldzug unternehmen würde, als das Fass zum Überlaufen gebracht wurde.

Er und Johnny Lovo aßen an einem Tisch im Erdgeschoss des Hotels, in dem Lovo sein Hauptquartier eingerichtet hatte und das ihm selbst gehörte. Plötzlich ertönte irgendwo draußen das schnelle Stakkato von Gewehrschüssen, das klirrende Bersten zertrümmerter Schaufensterscheiben und das unheilvolle Heulen von Kugeln. Mit einer ausholenden Armbewegung warf Tony den Tisch um und zerrte Lovo dahinter. Er hatte das eigenartige Stottern der Gewehre draußen erkannt. Maschinengewehre! Warum hatte sie vorher noch keiner benutzt? Warum war er, ein ausgebildeter Maschinengewehrschütze, nicht selbst auf die Idee gekommen, sie einzusetzen in dieser anderen Art von Krieg, bei dem es ausschließlich um Geld ging? Wenn das die Art und Weise war, wie sie das Spiel jetzt spielen wollten, würde er ihnen eine gehörige Dosis ihrer eigenen Medizin verabreichen.

Die Schießerei war ein direkter Versuch gewesen, Johnny Lovo selbst zu erledigen. Und es war das bisher dreisteste Vorgehen des Feindes. Das sogar teilweise von Erfolg gekrönt war. Lovo bekam eine Verletzung an der Schulter ab. Keine schwere Verletzung, aber die Tatsache blieb, dass er zum ersten Mal getroffen worden war, und das gab seinen Augen einen gehetzten Ausdruck, den er nie wieder loswurde. Johnny war kein Krieger, wenn es um seine eigene Person ging; seine Nerven waren einer derartigen Belastung nicht gewachsen.

Der Anschlag auf Lovo machte Tony wütend. Er betrachtete ihn als eine Demonstration von Geringschätzung, die nicht ungesühnt bleiben durfte, wenn Lovos Organisation weiter bestehen und erfolgreich sein wollte. Ohne jemandem ein Wort zu sagen, gelang es ihm, selbst ein Maschinengewehr zu kaufen. Und eines Nachts begann er dann mit seinem Privatkrieg.

Das Hauptquartier der North-Side-Bande lag im ersten Stock über einem Blumenladen, Eigentum und Hobby des ersten und größten Anführers der Bande, des berühmten Tommy Martin, der inmitten seiner eigenen Blumen erschossen worden war – der erste Bandenboss nach dem Krieg, der durch die Kugeln eines Feindes starb. Der Laden befand sich direkt gegenüber einer großen Kathedrale, in einer Seitenstraße, die nachts dunkel und menschenleer war.

Tony saß in seinem Automobil, hatte das Maschinengewehr auf dem Schoß und befahl seinem Fahrer, langsam an dem Laden vorbeizufahren. Während sich das Auto in Bewegung setzte, hob Tony das Maschinengewehr an die Schulter – es war eines der neuesten Bauart, das weitgehend wie ein normales Gewehr bedient wurde – und verwandelte die Fassade des Ladens und des ersten Stockwerks in ein Sieb. Im ersten Stock hatte Licht gebrannt, das in dem Moment gelöscht wurde, als die ersten Schüsse fielen; er wusste nicht, ob er jemanden getroffen hatte. Jedenfalls hatte er hinreichend Schaden angerichtet, dachte er vergnügt, als das Auto vom Tatort wegraste. Er hatte es ihnen mit gleicher Münze heimgezahlt, und obendrein mit ihrer eigenen Waffe. Somit herrschte Gleichstand, seit die Maschinengewehre erstmals in diesem Krieg zum Einsatz gekommen waren.

KAPITEL ZEHN

Anfangs hatte Tony die lange Narbe auf der linken Seite seines Gesichts als einen Segen betrachtet, weil sie sein Äußeres so sehr veränderte. Aber inzwischen kam sie ihm wie ein Fluch vor. Sie stellte ein unverwechselbares Kennzeichen dar. Längst schon bezeichnete man ihn in der gesamten Unterwelt, nicht nur unter den Mitgliedern von Lovos Bande, als „Scarface Tony" – Tony, das Narbengesicht. Und so bekannt zu sein, dass man ihn jederzeit mühelos identifizieren konnte, gehörte ganz bestimmt nicht zu seinen Zielen.

Außerdem hatte er den Eindruck, dass die Narbe seiner Beziehung zum Gun Girl Jane Conley abträglich war. Frauen brachten es nicht über sich, Männer mit entstellenden Malen zu lieben, und die Narbe bot, auch wenn sie im Lauf der Zeit weniger auffällig geworden war, bestimmt keinen schönen Anblick.

Er und Jane waren die besten Freunde, gingen häufig gemeinsam aus und verbachten viel Zeit miteinander. Und doch hatte er den Eindruck, dass er ihr nicht nähergekommen war als nach ihrer ersten Begegnung in jener Nacht, als sie Jerry Hoffman ausgeschaltet hatten. Doch ihre Reize betörten ihn mehr und mehr, falls überhaupt noch eine Steigerung denkbar war.

„Hör zu, Mädchen", sagte er eines Nachts, „ich liebe dich – mehr als ich dir jemals sagen könnte; ich bin nicht gut, was Worte angeht. Aber ich möchte eine Chance, es dir zu beweisen. Bitte sag ja zu dem Vorschlag, den ich dir schon vor langer Zeit gemacht habe."

Jane sah ihm einen Moment lang direkt in die Augen, und die Direktheit ihres Blicks war beängstigend. „Na gut", antwortete sie. „Wir sehen uns morgen nach einer Bleibe um."

„Du sagst ja?", rief er und geriet fast außer sich vor Freude.

„Einen Monat – zur Probe. Wenn ich am Ende dieser Frist nicht zufrieden bin mit … allem, dann werde ich wieder gehen, und du wirst kein Wort sagen, mich nicht einmal mehr wiedersehen, wenn ich es nicht wünsche. Das sind meine Bedingungen. Akzeptierst du sie?"

„Ja."

„Gut. Dann sind wir uns einig."

„Und wenn du zufrieden bist mit … allem?", wollte er wissen.

„Dann wird das Arrangement vermutlich einige Zeit lang Bestand haben", antwortete sie leise.

Tony verließ das Haus in dieser Nacht und erstickte fast an seinem Triumphgefühl. Endlich hatte er gewonnen; das atemberaubende Geschöpf würde ihm gehören – und sei es nur für einen Monat. Aber er wollte ihr das Leben so angenehm machen, dass das Arrangement viel länger halten würde.

Als er am nächsten Morgen Lovo traf, sagte er jedoch nichts davon. Zum einen, weil es seine Privatangelegenheit war und keinen etwas anging; und zum anderen, weil der Bandenboss ganz in Gedanken zu sein schien. Tony beobachtete ihn, wie er nervös in dem Büro auf und ab ging, ab und zu ausdruckslos zur Decke oder auf den Boden schaute, und ein seltsames Gefühl von Furcht kam über ihn. Was beschäftigte Lovo nur so sehr?

„Ich möchte mit dir reden, Tony", sagte Lovo schließlich. „Setz dich."

Tony setzte sich auf der anderen Seite des Schreibtischs hin und spürte eine unerklärliche Dramatik, als würden bedeutende Ereignisse gleich ihren Lauf nehmen.

Schließlich setzte sich Lovo selbst in seinen großen Sessel und zündete sich eine neue Zigarre an. „Ich habe gehört, dass du gestern Nacht den Blumenladen zusammengeschossen hast", begann er.

„Und?", fragte Tony mit einem mulmigen Gefühl. Er fragte sich, ob er eine strenge Zurechtweisung bekommen würde.

„Das war wagemutig, und so weiter, aber auch schrecklich gefährlich. Du musst lernen, dein Leben nicht einfach so zu riskieren."

„Ich ... ich will es versuchen. Aber es macht einen Heidenspaß, so einen Job durchzuziehen."

„Das mag sein", lenkte Lovo ein, „für alle, die Gefallen daran finden. Aber zu denen gehöre ich nicht. Ich bin lieber friedlich und verdiene Geld. Wenn Maschinengewehre ins Spiel kommen, dann wird mir das etwas zu viel. Ich habe jede Menge Geld, Tony, mehr als ich je ausgeben kann, wenn ich vernünftig handle. Ich glaube, ich mache eine Reise nach Monte Carlo oder Havanna oder an ein anderes schönes Plätzchen, wo das Leben angenehm ist."

„Wie lange?"

„Jahre. Ich bezweifle sogar, dass ich überhaupt jemals wiederkommen werde."

„Aber die Bande! Sie können nicht alles aufgeben und im Stich lassen –"

„Es wäre ein Jammer, so eine wunderbare Organisation einfach den Bach runtergehen zu lassen, nicht? Kann denn nicht jemand anderes sie leiten?“

„Na sicher.“ Dann fiel ihm ein, wen er vor sich hatte, und er fügte hinzu: „Vielleicht nicht so gut wie Sie, aber man könnte die Meute zusammenhalten und im Geschäft bleiben. Und es liegt so viel Zaster rum, der nur darauf wartet, dass ihn jemand einsackt.“ Seine Stimme wurde fast zu einem Ächzen, als er die enormen Profite erwähnte, die es einzustreichen galt.

„Ich weiß“, versicherte ihm Lovo. „Es ist ja nicht so, dass ich schon bereit wäre, auf diese Profite zu verzichten ... Hör zu, Tony, könntest du diese Meute führen?“

„Ich weiß, dass ich es könnte“, antwortete der junge Mann eifrig. „Ich wünschte, Sie würden mir die Chance geben.“

„Das werde ich. Es ist eine große Verantwortung für einen jungen Mann, auch für einen älteren. Aber ich werde das Risiko mit dir eingehen und glaube, du wirst deine Sache gut machen. Du wirst mir die Hälfte aller erwirtschafteten Nettoprofite überall hin überweisen, wohin ich es sage. Wenn meine Zahlungen nicht regelmäßig eintreffen, muss ich natürlich wiederkommen und ... andere Arrangements treffen.“ Sie sahen sich in die Augen, als er das sagte, und es war nicht zu übersehen, dass sie sich vollkommen verstanden. „Von der anderen Hälfte wirst du zwei Drittel behalten und das restliche Drittel deiner rechten Hand Steve Libati geben.“

„Sie möchten, dass er so eng mit mir zusammenarbeitet?“, fragte Tony. Er konnte Libati auf den Tod nicht ausstehen.

„Ja. Er ist schon viel länger im Geschäft als du und kann dir guten Rat geben. Außerdem war er stets loyal mir gegenüber, und ich weiß, er würde niemals etwas tun, das der Organisation schadet. Sollte … dir etwas passieren, wird er das Kommando übernehmen."

„Weiß er das alles?"

„Nein. Aber ich werde es ihm in ein oder zwei Stunden erzählen, wenn wir beide die restlichen Details geklärt haben."

Zwei Stunden lang diskutierten der Bandenboss und sein Nachfolger die verschiedenen Aspekte der Bande und ihrer Aktivitäten. Tony stimmte lediglich allem zu, was Lovo sagte, schmiedete im Geiste jedoch bereits einen Plan für eine Kampagne, eine aggressive und brutale Kampagne, die Lovos Organisation die absolute Vorherrschaft sichern würde. Seine Augen funkelten, wenn er an die vielen wagemutigen Einsätze dachte, die er vorhatte.

Schließlich wurde Steve Libati hereingerufen und ins Bild gesetzt. Er war ein hässlicher Schläger Ende dreißig, ein Gangster der alten Schule, die Pullover und formlose karierte Mützen trugen und mit einer Zigarette im Winkel ihrer hässlichen Münder vor verrufenen Ecksaloons herumhingen, während sie mit heiseren Stimmen aus dem anderen Mundwinkel redeten. Er hatte kalte graue Augen, eine leicht zur Seite gebogene Nase und einen unansehnlichen Mund, der höhnisch grinste.

Tony hatte ihn von Anfang an nicht gemocht, und er hatte nie eine besondere Zuneigung zu Tony erkennen lassen. Sie repräsentierten zwei ganz und gar unterschiedliche Epochen des Bandenwesens und hatten praktisch nichts gemeinsam. Steve gehörte zu den Kraftprotzen der Vorkriegszeit, die außer dem Gesetz der Stärke so gut wie nichts kannten. Tony dagegen verkörperte den adretten Geschäftsmann der

Nachkriegszeit, dem an Effizienz und einer organisierten Verwaltung des Verbrechens gelegen war und der die notwendigen Gewalttaten mit atemberaubender Geschwindigkeit und einer Gründlichkeit erledigte, die das angestrebte Ziel erreichte, ohne irgendwelche Spuren der Täter zu hinterlassen.

Darüber hinaus teilte Tony keineswegs Lovos Überzeugung, was die Fähigkeiten und die Loyalität von Steve anging. Er hatte den Burschen nie einen stichhaltigen Beweis für das eine oder das andere abliefern sehen. Und es missfiel ihm, dass ihm der Mann sozusagen auf dem Tablett präsentiert wurde und er lediglich gute Miene zum bösen Spiel machen konnte. Aber eines hatte er bereits entschieden: sollten er und Steve nicht gut miteinander auskommen, würde er sich den Kerl vom Hals schaffen. Es gab Möglichkeiten ...

„Na also, Junge, wir werden den Laden schon schmeißen, was?“, rief Steve übertrieben herzlich aus, als ihm die Bedingungen von Lovos Abdankung verklickert worden waren. Aber er hatte einen verschlagenen Ausdruck in den kalten Augen und einen väterlichen Unterton in der Stimme, über den sich Tony ärgerte.

„Ich hoffe es“, sagte Tony kalt und drehte sich um, um mit Lovo reden zu können.

Tony verließ das Hotel mit merkwürdig gemischten Gefühle. Natürlich empfand er Freude darüber, dass er zum Befehlshaber der großen Organisation Lovos befördert worden war – das verschaffte ihm Chancen, die er schon immer gesucht hatte, und gab ihm die Möglichkeit, im großen Stil aufzuräumen. Aber er konnte Steve Libati nicht ausstehen. Je länger er über ihn nachdachte, desto mehr verabscheute er ihn und desto mehr misstraute er ihm. Er sah ihn nur als Lovos Spion und generellen Unruhestifter an. Na ja, dieses Problem würde sich mit der Zeit von ganz allein lösen.

Er traf sich mit Jane, und sie gingen gemeinsam auf Wohnungssuche. Er erzählte ihr von seiner großen Beförderung, und sie reagierte so aufgeregt wie ein Kind, das ein neues Spielzeug bekommen hat. „Was für eine großartige Gelegenheit!“, rief sie immer wieder aus. „Du müsstest imstande sein, im großen Stil abzusahnen und dich in ein paar Jahren zurückzuziehen.“

„Wer will sich denn zurückziehen?“, wollte er wissen. „Ich will *leben*. Nur weil ich der Boss bin, werde ich mich nicht in einem Büro verstecken und allen anderen den ganzen Spaß überlassen. Ich werde hin und wieder selbst an die Front gehen. Du und ich, wir werden noch ein paar Jobs gemeinsam durchziehen, Mädchen; vergiss das nicht. Und es wird eine Menge Jobs zu erledigen geben. Wenn ich diese Meute leiten soll, dann werde ich ihn *leiten* und keine halben Sachen machen. Und ich werde die Konkurrenz entweder aus der Stadt vertreiben oder abknallen.“

Sie fanden ein hübsches möbliertes Apartment in einem großen Mietshaus in einem der besseren Stadtviertel. Die Miete war exorbitant, aber beide mochten die Wohnung, und immerhin war Tony jetzt eine große Nummer. Sie mieteten das Apartment für einen Monat, er bezahlte die Miete in bar. Am nächsten Tag schon zogen sie ein, und Jane wirkte so glücklich wie eine Braut in den Flitterwochen.

Lovo reiste am Freitag ab. Tony fuhr ihn zu einem kleinen Bahnhof tief in der South Side, wo er den Zug nach New York nahm. So waren keine Reporter zur Stelle, und der Öffentlichkeit blieb weitgehend verborgen, dass er fort war.

Tony wollte, dass alles seinen normalen Gang ging und seine eigene Machtposition ausgebaut und unangreifbar war, bis Lovos Abwesenheit bekannt wurde.

Als Tony in Lovos ehemaliges Büro in dem Hotel zurückkehrte, um das Kommando zu übernehmen, stellte er fest, dass Steve Libati es sich dort schon bequem gemacht hatte.

Er saß in Lovos großem Sessel, hatte die Füße auf dem Tisch liegen und rauchte eine Zigarre. „Hallo, Junge!“, begrüßte er Tony. Und wieder schlug er den väterlichen Tonfall an, der den jüngeren Mann zur Weißglut brachte.

„Würdest du dir bitte einen anderen Stuhl suchen?“, fragte Tony kühl. „Ich will mich dort hinsetzen.“

„Oh, na gut.“ Steve setzte sich auf den anderen Stuhl, und Tony nahm am Schreibtisch Platz. „Da wir die Bande leiten werden, sollten wir beide mal ein paar Takte miteinander reden.“

„Ich wüsste nicht, worüber“, entgegnete Tony kalt, hob ein paar Papiere auf und blätterte sie auf eine geschäftige „Das-ist-mein-übervoller-Arbeitstag“-Art-und-Weise durch. „Ich habe noch keine bestimmten Pläne gemacht. Wenn es soweit ist, informiere ich dich und gebe dir die Befehle für deinen Bereich.“

Die beiden Männer musterten sich eine ganze Weile. Tony ließ die rechte Hand unauffällig zur Seitentasche wandern. Er wartete nur auf eine eindeutige Herausforderung.

Doch dazu kam es nicht. Steve kniff die gemeinen Augen zusammen und verzog den unschönen Mund zu einer höhnischen Grimmasse. Dann entspannte er sich und lächelte gezwungen. „Na gut“, sagte er, „wenn du es so siehst.“ Er nahm seinen Hut und ging hinaus.

Die erste Runde hatte Tony gewonnen. Aber ihm war klar, dass das ernsthafte Kräftemessen zwischen ihnen lediglich aufgeschoben worden war.

Den Rest des Tages, den Abend und den ganzen nächsten Tag arbeitete Tony hart und organisierte alles, in seinem Kopf als auch auf Papier. Tüchtigkeit und Einnahmen der Bande waren in letzter Zeit gesunken, da Lovo vor Vergeltungsmaßnahmen zurückschreckte. Es gab viel zu tun. Als Erstes mussten zwei oder drei wagemutige Aktionen – vorzugsweise Morde – erfolgreich gegen den Feind durchgeführt werden, damit die Jungs Selbstbewusstsein und Stolz auf ihre eigene Organisation entwickelten. Danach würde das große Organisieren losgehen, das enormen Profit bedeutete. Tony wollte binnen sechzig Tagen mehr Gewinne einfahren, als es jemals zuvor unter Lovos Leitung der Fall gewesen war.

Es war fast zehn Uhr am Samstagabend, als Al hereinkam, der kleine Gangster mit der Rattenvisage, der als Wache und Türsteher des Büros fungierte. „Captain Flanagan ist hier", verkündete er.

Tony sah ruckartig auf. „Wer?", hakte er nach.

„Captain Flanagan, der Polizeichef des Hauptquartiers."

Ein grimmiges Lächeln zeigte sich auf Tonys Lippen. Flanagan war also hergekommen! Er erinnerte sich noch gut an den brutalen Polizisten, den er niedergeschlagen hatte, weil er Vivian beleidigt hatte, und der ihn anschließend praktisch aus der Stadt vertrieben hatte. Aber jetzt hatte sich das Blatt gewendet. Tony holte eine hässliche Automatik aus der Schublade und legte sie in Reichweite auf den Schreibtisch. „Führ ihn rein!", befahl er grimmig.

KAPITEL ELF

Captain Flanagan, der Polizeichef, betrat das Büro des frischgebackenen Bandenbosses mit der selbstbewussten, arroganten Art eines Mannes, der sich auf vertrautem Terrain befindet und weiß, dass ihn zwar kein herzliches Willkommen erwartet, seine Position jedoch einen gewissen Respekt und Höflichkeit verlangt.

„Scarface" Tony, der an dem Schreibtisch saß, den er gerade übernommen hatte, und die Automatik auf der Tischplatte wie beiläufig mit der rechten Hand berührte, blickte dem Polizeibeamten entgegen. Eine Woge von Wut, so sengend wie die Hitzewelle aus einer gerade geöffneten Ofentür, durchfuhr ihn. Am meisten jedoch beschäftigte in ihm die Frage, ob Flanagan ihn erkennen würde oder nicht.

Flanagan sah in dem ordentlich gekleideten Mann mit der deutlichen Narbe auf der linken Seite des Gesichts offenbar nicht den hübschen Jungen, der ihn vor nicht einmal drei Jahren niedergeschlagen und den er daraufhin regelrecht aus der Stadt gejagt hatte. Seine granitfarbenen Augen blieben ausdruckslos, als er den Derby nach hinten schob und breitbeinig, die Hände tief in den Hosentaschen, den neuen Anführer der mächtigen Lovo-Bande betrachtete. „Wo ist Johnny?", wollte Flanagan wissen.

„Mr. Lovo ist nicht da." Tonys Augen blieben so kalt und unpersönlich wie sein Tonfall.

„Das sehe ich", schnappte Flanagan, dessen grausamer Mund wütend zuckte. „Ich bin nicht blind. Wo ist er?"

„Nicht in der Stadt. Und er wird eine Weile fort bleiben."

Flanagan schnaubte. „Lass den Quatsch", fauchte er. „Johnny ist am ersten des Monats immer da – wegen mir."

„Oh! Verstehe. Einen Moment." Tony holte ein kleines Notizbuch aus einer Schreibtischschublade, in dem alle Lohnempfänger der Bande aufgelistet waren – alle hohen und niederen Amtsträger, die bestochen werden mussten – und die Höhe der monatlichen Zuwendungen für jeden. Die Liste war sorgsam in alphabetischer Folge angelegt worden, daher fand Tony schnell heraus, dass Lovos Bande monatlich fünfhundert Dollar zum Glück und Wohlstand von Captain Flanagan beisteuerte.

Tony warf das kleine Buch wieder in die Schublade. Dann holte er ein dickes Geldbündel heraus, zählte fünf Hunderter ab und warf sie auf höchst geringschätzige Weise über den Schreibtisch. „Hier. Aber vergessen Sie nicht, dass wir für den Zaster, den wir springen lassen, auch eine Gegenleistung wollen."

„Als ob Sie die nicht kriegen würden", fauchte Flanagan, schnappte sich das Geld und steckte es in die Tasche. „Was könnte ich dieser Organisation nicht alles antun, wenn ich nur wollte."

„Mag sein", antwortete Tony nachdenklich. „Aber wir Jungs haben unsere eigenen Methoden, unsere Feinde zu entmutigen."

„Was soll das heißen?"

„Nichts", antwortete Tony ruhig, aber er konnte sehen, dass seine verschleierte Drohung angekommen war. „Und jetzt, Flanagan, wäre es sicher nicht schlecht, wenn wir beide uns mal kurz unterhalten würden. Ich bin Tony Camonte. Und von jetzt an regiere ich diese Bande."

„Sie!"

„Ich", versicherte Tony ernst. „Johnny Lovo ist gestern in einen langen Urlaub abgereist. Vielleicht kommt er eines Tages zurück, aber ich glaube es nicht. Er hat genügend Zaster und dieses Leben satt. Natürlich ist er nach wie vor interessiert, aber die aktive Kontrolle hat er mir übertragen."

„Werden seine anderen Handlanger Ihre Autorität nicht in Frage stellen?"

„Vielleicht. Aber nicht mehr als einmal." Tony klopfte auf die Automatik und warf Flanagan einen vielsagenden Blick zu.

„Also wirklich!", rief der Captain aus. *„Das* sind ja Neuigkeiten. Aber ich hatte mich schon die ganze Zeit gefragt, ob jemand Johnny den Mumm abgekauft hat. Diese Meute ist eine Weile ziemlich ruhig gewesen."

„Zu ruhig!", stimmte Tony zu. Energische Entschlossenheit blitzte in seinen Augen auf. „Aber das alles wird sich von jetzt an ändern, und zwar verdammt schnell."

„Das dürfte die anderen Bandenbosse sicher brennend interessieren."

„Sollen sie es herausfinden. Man muss es ihnen nicht sagen. Ich will nicht, dass sich diese Veränderung rumspricht oder gar in den Zeitungen landet. Ich wollte aber, dass Sie es wissen, damit Sie wissen, wer ich bin, wenn ich Sie eines Tages anrufe und um einen dringenden Gefallen bitte."

Tony zeigte dem breiten Rücken des Captains eine höhnische Grimasse, als dieser das Büro verließ. Das, dachte er, war ein gutes Beispiel für die Männer, die zwischen den gesetzlosen und den rechtschaffenen Bürgern stehen sollten.

Bereicherte sich an Geschäften mit eben den Leuten, die er laut seines Amtseids zur Strecke bringen wollte. Das war der Dreh- und Angelpunkt der ganzen Sache, *Geld*. Die Unterwelt war mittlerweile so wohlhabend, dass man sich nicht mehr zur Strecke bringen konnte. Aber ein Polizist war auch nur ein Mensch, dachte Tony; wie konnten die Leute so dumm sein und glauben, dass er für fünftausend pro Jahr – und manchmal weniger – seine Pflicht tat, wenn er fünfundzwanzigtausend und mitunter sogar noch mehr damit verdienen konnte, wenn er sie nicht tat?

Ein Klopfen an der Tür riss ihn aus seinen Gedanken über Polizisten im Allgemeinen und Flanagan im Besonderen. „Herein“, rief er knapp und hatte die Automatik auf die Tür gerichtet, bevor jemand auch nur den Knauf drehen konnte.

Aber es war nur Al, der kleine Türsteher mit dem Rattengesicht. „Jemand hat gerade im Hinterzimmer des kleinen Tabakladens unten angerufen“, teilte er mit, „und gesagt, dass Charlie Martino, einer unserer Lastwagenfahrer, vor kurzer Zeit entführt und angeschossen wurde. Er befindet sich jetzt in einer Werkstatt in Maywood – hier ist die Adresse –, und der Anrufer sagte, dass er dringend einen Arzt braucht.“

„Ich frage mich, warum er nicht die Nummer von hier oben genannt hat“, sagte Tony.

„Wahrscheinlich wollte er sie keinem Fremden geben. Charlie ist ein guter, zuverlässiger Junge, Boss“, sagte Al flehend, „ich kenne ihn gut.“

„Wenn es stimmt, will ich ihm jede Hilfe zukommen lassen“, sagte Tony. „Aber wahrscheinlich handelt es sich um ein Manöver der Bande von der North Side, um mich aus der Reserve zu locken. Wir müssen vorsichtig sein.“

Innerhalb von fünf Minuten – so gründlich war Lovos Unternehmen organisiert – befand sich Tony im Besitz von Charlie Martinos Fahrtroute an diesem Abend und seinem bisherigen Führungszeugnis in der Bande. Letzteres war in den letzten zwei Jahren makellos, was Loyalität und Tüchtigkeit anging. Heute Abend sollte Charlie eine Ladung Rohalkohol aus Getreide von Melrose Park herbringen, einem Vorort, wo fast in jedem Haus eine große Destille stand und die italienischen Bewohner ein kleines Vermögen scheffelten, indem sie für die großen Syndikate „Alk kochten“ und zu einem großen Lagerhaus in der Nähe des Hauptquartiers der Bande in Cicero brachten. Ein Anruf in Melrose Park bestätigte, dass Charlie seine Ladung abgeholt hatte und planmäßig aufgebrochen war. Aber ein anderer Anruf ergab, dass er nicht in dem Lagerhaus eingetroffen war. Es sah so aus, als wäre der Hilferuf echt.

„Sag sechs oder sieben der Jungs unten, sie sollen zwei Autos und jede Menge Knarren herbringen“, blaffte Tony, in dessen schwarzen Augen die Aufregung funkelte, obwohl seine Stimme so kühl und beherrscht klang, als würde er nur jemandem seine Telefonnummer geben. „Ich fahr selber hin und seh mir das an.“

Al entfernte sich eilig, um den Befehl in den Tabakladen unten weiterzugeben, der eine Art Treffpunkt für die Bande darstellte. Tony rief einen vertrauenswürdigen Doktor an – einen der seltenen Ärzte, die gegen ein horrendes Honorar die Schusswunden der Unterwelt versorgten, ohne sie den Vorschriften entsprechend der Polizei zu melden –, nannte ihm die Adresse in Maywood und befahl ihm, unverzüglich dorthin zu kommen. Dann schnappte er sich seine Automatik und lief nach unten.

In der dunklen Gasse hinter dem Hotel – in dem sich das Hauptquartier der Bande befand, weil es Lovo gehörte – nahm er schemenhaft eine Gruppe von Gestalten wahr, die sich zwischen zwei großen Limousinen mit Vorhängen in den Fenstern herumtrieben. Als er näher kam, hörte er Metall klirren. Natürlich luden sie die Maschinengewehre ein.

„Fertig, Jungs?", fragte er. „Gut! Gehen wir!" Er sprang ins Auto. Männer saßen um ihn herum und vorne, und er sah weitere Männer in das vordere Fahrzeug einsteigen. Die Motoren erwachten brüllend zum Leben, dann rasten die beiden mit Revolverhelden voll gepackten Wagen mit heulenden Maschinen ihrer Mission entgegen, die entweder Rettung oder ein Blutbad bedeuten würde. Tony hoffte auf beides.

Links konnte er die hässlichen Schnauzen zweier Maschinengewehre in der Dunkelheit sehen. Er streckte die Hand aus und zog eines davon auf seinen Schoß. „Bei diesen Babys geht es mir wie manchen Leuten bei Autos", sagte er mit einem Lachen. „Ich fühle mich sicherer, wenn ich am Steuer sitze."

Einen Block entfernt von der Garage, die ihr Ziel bildete, machten sie die Motoren aus und ließen die Fahrzeuge rollen. Aber ihre geübten Augen konnten auf keiner Straßenseite etwas Verdächtiges entdecken. Unvermittelt sprangen die Motoren wieder an, und die beiden großen Autos, in denen es von modernsten Tötungsmaschinen nur so wimmelte, rasten mit zu allem entschlossenen Insassen in die Werkstatt und kamen quietschend zum Stehen.

Ein Mann im ölverschmierten Overall eines Mechanikers kam nach vorn und wischte sich die Hände an einem Lappen ab.

Tony machte die Tür neben sich auf und sah hinaus. „Wir bekamen einen Anruf, das hier ein Mann sein soll – verletzt“, sagte er schroff.

„Ja. Er liegt da hinten in meinem kleinen Büro. Ein Arzt kam gerade, um nach ihm zu sehen.“ Der Mann zeigte mit einem schmutzigen Daumen zu einem kleinen Coupé, das, wie Tony wusste, dem Arzt gehörte, den er gerufen hatte.

Der Bandenboss legte das Maschinengewehr auf den Boden des Wagens und stieg aus. Aber als er dem anderen Mann durch die Werkstatt folgte, hielt er die Hand in der Jackentasche und suchte mit seinem wachsamen Blick die Schatten auf beiden Seiten ab. Er wusste, dass sich hinter ihm gleichermaßen wachsame Männer befanden und er von einer bemerkenswerten Menge Artillerie Deckung bekam.

Als die beiden Männer die enge, unordentliche Kabine betraten, die vom Rest des Gebäudes abgeteilt worden war, schaute der Arzt auf. Er war ein dünner, nervöser kleiner Mann mit blassem Teint und unruhigen schwarzen Augen. Aber er verstand sein Metier, wie manch ein Gangster, der überlebt hatte, bezeugen konnte. „Ziemlich ernst“, sagte er mit einer Geste in Richtung seines Patienten, der mit geschlossenen Augen auf einer Segeltuchtrage lag und langsam und keuchend atmete. „Zwei Schüsse in die Brust. Er hat viel Blut verloren. Wir müssen ihn irgendwo hinbringen, wo ich ihn operieren kann.“

„Kann er bewegt werden?“, fragte Tony.

„Ja. Ich gebe ihm ein stabilisierendes Mittel.“ Der Arzt füllte rasch eine Spritze aus einem der Fläschchen in seiner Tasche und injizierte den Inhalt dem Patienten ins Handgelenk. Wenige Minuten später schlug der Junge – mehr war er nicht – die Augen auf. Tony ging zu ihm.

„Er ist zu schwach zum Sprechen“, mahnte der Arzt.

Tony ergriff die Hand seines Mitarbeiters. Sie sahen einander in die Augen; der Junge strahlte glücklich, als er ihn erkannte.

„War es die Bande der North Side?“, wollte Tony schroff wissen. „Der Mob von Bruno, dem Intriganten?“

Der Junge versuchte zu sprechen, aber die Anstrengung war zu groß für ihn. Er nickte.

„Okay, wir zahlen es ihnen heim, Junge“, versprach Tony grimmig und drückte die schlaffe Hand fest.

Der Mechaniker riss die Augen auf, als er diese unheilvolle Androhung eines Bandenkriegs hörte. Als Tony sich zu ihm umdrehte, erzählte er hastig seine Geschichte. Er hatte ein Auto aus dem Straßengraben gezogen, den verwundeten Jungen am Rand einer einsamen Straße entdeckt und ihn in die Werkstatt gebracht. Der Junge hatte ihn angefleht, nur eine bestimmte Nummer anzurufen, eine Bitte, der er entsprochen hatte. „Wissen Sie, ich dachte mir, es wäre eine Sache, die man am besten nicht allzu sehr an die große Glocke hängt“, sagte er zum Schluss.

„Das haben Sie gut gemacht“, lobte Tony ihn und steckte ihm einen Hundertdollarschein zu. „Wie sieht es mit Ihrem Gedächtnis aus?“

„Gar nicht gut, Boss“, sagte der Mann grinsend und mit einem wissenden Augenzwinkern. „Ich muss jedes Mal die Nummer nachschlagen, wenn ich in meinem eigenen Haus anrufen will.“

Tony grinste ebenfalls und klopfte dem Mann auf den Rücken. Geld und Macht. Geld und Macht auf einer, kein Geld und keine Macht auf der anderen Seite, und schon verstanden die Menschen einander vollkommen und gründlich.

Sie brachten den verwundeten Jungen in ein Zimmer des Hotels, in dem die Bande ihr Hauptquartier hatte, und der Arzt operierte ihn und versuchte, sein Leben zu retten. Tony zog sich in sein Büro zurück und ließ Steve Libati kommen, den Mann, den Lovo für die Zeit seiner Abwesenheit zum stellvertretenden Anführer der Bande gemacht hatte und der ihm, wie Tony jetzt bewusst wurde, die Position als Boss überaus neidete. Er spürte, dass dies ein guter Zeitpunkt war, dem Mann einen wichtigen Auftrag zu erteilen und damit seine Tüchtigkeit und seine Loyalität auf die Probe zu stellen.

KAPITEL ZWÖLF

Steve Libati kam mürrisch und verdrossen herein. Als Gangster einer älteren Schule als Tony, der Ära von Pullovern und karierten Mützen, hatte er sich nie richtig an die aalglatten, vornehmen, geschäftlichen Methoden der modernen Gangster nach der Prohibition gewöhnen können. Er trug zwar jetzt die beste Kleidung und fuhr ein teures Auto, redete aber immer noch aus einem Winkel seines brutalen Mundes und machte mitunter auch auf andere beunruhigende Weise deutlich, dass er einmal ein gemeiner Straßenräuber gewesen war.

„Der Mob von der North Side will es wieder wissen“, sagte Tony, der ohne Umschweife zur Sache kam. „Sie haben heute Abend einen unserer Alkohollaster entführt und den Fahrer angeschossen. Einen Jungen namens Charlie Martino. Ich war vor einer Weile mit den Jungs draußen und hab ihn geholt. Er ist jetzt hier, den Flur runter, und der Arzt versucht, ihn wieder zusammenzuflicken, damit er uns nicht abkratzt. Ist zwischen Maywood und Melrose Park passiert. Das war das erste Mal, dass deren Organisation sich so weit in unser Territorium vorgewagt hat, und es wird garantiert auch *das letzte Mal* gewesen sein.“

„Glaubst du, du kannst sie aufhalten?“, fragte Libati gelassen; er hatte den Kopf schief gelegt und das linke Auge zugekniffen, damit ihm der Rauch seiner Zigarette nicht hineingeweht wurde.

„Ich *werde* sie aufhalten." Tony bekräftige seinen Schwur, indem er mit der Faust heftig auf den Schreibtisch schlug. „Und wenn ich jedes einzelne Mitglied dieser Bande umlegen lassen muss. In letzter Zeit ist es zu ruhig gewesen; von jetzt an werden wir denen einheizen, dass ihnen die Haare zu Berge stehen. Johnny dachte, wenn wir diesen Jerry Hoffman umlegen, würde das das Ende dieses Mobs bedeuten, aber dann haben sie diesen Bruno, den Intriganten, gefunden, der sich als bester Anführer seit Tommy Martin erwiesen hat, besser als Jerry je hätte sein können. Von jetzt an herrscht Krieg zwischen ihrem Mob und unserem; die anderen können wir getrost vergessen. Also, Steve, kleine Fische wie Charlie abzuknallen ist lästig, aber der Mob kann es verschmerzen. Man findet immer jede Menge Jungs, die bereit sind, für den Preis das Risiko einzugehen. Wenn man einen Mob ruinieren will, muss man die klugen Köpfe erledigen, die Anführer. Und du kannst dich darauf verlassen, dass dieser Intrigant das so gut weiß wie ich. Es ist daher nur eine Frage der Zeit, bis er versucht, mich zu kriegen – oder dich. Also, ich werde den Spieß umdrehen und ihn mir schnappen, bevor er mich schnappen kann. Und ich hab dich für den Job ausgewählt."

Steve erstarrte. Sein hässliches Gesicht verzog sich zu einer wütenden Fratze. „Warum ich?", wollte er wissen.

„Ich brauch jemand Zuverlässigen, bei dem ich mich darauf verlassen kann, dass er es richtig macht."

„Warum machst du es nicht selbst?"

Einen Moment sah Tony seinen Untergebenen mit einem wütenden Blick an. Er beherrschte sich mit offensichtlicher Anstrengung. „Weil ich es nicht machen will. Ich finde, als

Anführer des Mobs ist es meine Aufgabe, im Hintergrund zu bleiben und zu organisieren."

Libati lachte sarkastisch.

Tonys Augen blitzten. „Ich könnte Bruno erwischen", blaffte er wütend, „und zwar binnen achtundvierzig Stunden. Glaub nicht, dass es mir nicht ein Vergnügen wäre. *Und ich werde es tun, sollte es erforderlich sein.* Aber ich finde, in meiner jetzigen Position sollte ich solche Risiken nicht eingehen, wenn es sich vermeiden lässt. Trotzdem werde ich von keinem Mann in diesem Mob etwas verlangen, das ich nicht kann oder selbst tun würde. Ich hab Jerry Hoffman und andere erledigt. Ich hab oft genug bewiesen, dass ich den Mumm für alles habe. *Aber ich hab noch nicht gehört, dass du das auch unter Beweis gestellt hättest.* Jetzt hast du deine Chance."

Libati wurde blass, als er diese Beleidigung hörte, und der brutale Mund erstarrte zu einer hässlichen Linie. Einen Moment sah es so aus, als würde er die Waffe ziehen. Tony hoffte, dass er es tun würde, denn er selbst war bereit und es hätte das Problem, was er mit Steve Libati anfangen sollte, ein für allemal erledigt. Aber der Bursche hatte Verstand genug, sich zu beherrschen.

„Du redest, als wärst du die einzige große Nummer in diesem Mob", fauchte er. „Und was ist mit mir? Bin ich keiner der Anführer?"

„Doch", antwortete Tony leise. „Und ich hab dich nicht gebeten, den Job selbst zu erledigen. Aber ich will, dass du dich darum kümmerst, dass du den Kerl aus der Reserve lockst und dafür sorgst, dass jemand an ihn rankommt und ihn abmurkst. Du kannst es machen, wie du willst, kannst jeden der Jungs dafür haben, aber ich will, dass es *erledigt* wird."

„Und wenn ich es nicht machen will?“, fragte Steve ganz unverfroren.

„Dann hast du in diesem Mob nichts mehr verloren“, antwortete Tony kalt.

„Trotz der Befehle, die Johnny hinterlassen hat?“

„Die haben nicht das Geringste zu sagen. Keiner bleibt in diesem Mob, der meine Befehle missachtet. Das gilt für dich ebenso wie für die Lastwagenfahrer. Und *das da* ist das Zeichen meiner Autorität!“ Er zog seine große, hässliche Automatik und knallte sie auf den Schreibtisch.

Libatis Blick wanderte für einen Moment zu der Waffe, dann sah er Tony an, und der Ausdruck in seinen Augen veränderte sich. Er stand auf. „Einverstanden, ich mache es“, sagte er und ging hinaus.

Tony lächelte verhalten, als der Mann gegangen war. Wieder hatte er über den mürrischen, verstockten Libati gesiegt. Er glaubte, dass er den Burschen letztlich brechen und einen höchst nützlichen Untergebenen aus ihm machen konnte. Eines stand jedenfalls fest: entweder würde er ihn brechen oder dem Streit mit der Autorität, die er gerade deutlich gemacht hatte, ein Ende bereiten.

Tony saß eine halbe Stunde tatenlos da, rauchte und dachte über die Situation nach. Es schien immer mehr, als wäre dieser Bruno, der Intrigant, zu Recht zu seinem Namen gekommen und als wäre er ein würdiger Gegner. Und ihm stand eine der mächtigsten Banden in den Vereinigten Staaten zur Verfügung, um seine Pläne in die Tat umzusetzen. Sein Personal war zahlenmäßig mindestens so stark wie das von Lovos Mob und hatte sich als gleichermaßen erfinderisch und skrupellos erwiesen. Und unter der tüchtigen Führung dieses Bruno, dem Intriganten, schien man dieselbe aggressive Expansionspolitik zu verfolgen, die Tony jetzt mit Hilfe von Lovos Bande in die Tat umsetzen wollte.

Tony hatte auch gehört, dass sich die drei wichtigsten Banden der South Side zusammenschließen und unter einer gemeinsamen Leitung versuchen wollten, ihr Einsatzgebiet auf die ganze Stadt auszudehnen. Das hieß, es gab drei bedeutende Organisationen, die jeweils ein gewisses Territorium kontrollierten, aber versuchten wollten, das der anderen zu erobern. Das würde ein erbitterter Kampf werden, und ein blutiger, denn die größten Profite würden an die Bande gehen, die am treffsichersten schießen und deren Anführer am schnellsten denken konnte. Und Tony freute sich auf den bevorstehenden Krieg, auf jede einzelne mörderische Phase.

Plötzlich griff er mit der Hand unter den Schreibtisch, drückte dort einen Knopf und rief Al, den kleinen Gangster mit dem Rattengesicht, der als Bürobote und Türsteher fungierte. „Ich möchte, dass du etwas für mich tust", sagte er. „Sieh nach, wer unten ist, und gib mir sofort Bescheid."

Nach fünf Minuten stand Al wieder da und leierte eine Liste der Gangster herunter, die sich unten im Tabakladen aufhielten.

Tony überlegte einen Moment. „Sag Mike Rinaldo, er soll raufkommen", befahl er schließlich.

Mike entpuppte sich als schlanker, dunkelhäutiger Mann, der wie ein Geck nach der neuesten Mode gekleidet war und recht elegante Manieren an den Tag legte. Im Smoking hätte er als ausländischer Adliger bei einem Empfang im Ritz durchgehen können. Und doch war er der Boss der Revolverhelden von Lovos Bande und er selbst der wagemutigste und trickreichste Gewehrschütze, den Tony je kennen gelernt hatte.

„Setz dich, Mike“, sagte Tony. „Ich hab einen kleinen Job für dich.“

Mike gehorchte und zog geziert die Hosenbeine über die Knie, damit die rasiermesserscharfe Bügelfalte nicht zerknitterte. Dann zündete er mit einem reich verzierten Feuerzeug aus Silber und Perlmutt eine ausländische Zigarette mit Korkspitze an und blickte erwartungsvoll auf.

„Kennst du Leute vom Mob der North Side?“, wollte Tony wissen.

„Ein paar – vom Sehen“, antwortete Rinaldo misstrauisch; er kniff nach dieser ungewöhnlichen Frage argwöhnisch die Augen zusammen.

„Ich will einen haben. Und du wirst ihn mir herschaffen.“

„Ich fürchte, ich verstehe nicht, Boss.“

„Ich will einen der Männer von Bruno, dem Intriganten – je höher seine Position in der Bande, desto besser – hier bei mir sehen. Mir ist gleich, wie du es machst, aber er muss am Leben sein, wenn du ihn herbringst. Ich will ein paar Einzelheiten über die Organisation dieses Mobs herauskriegen.“

„Aber, Boss, großer Gott – von denen würde keiner singen.“

„Die werden singen!“, blaffte Tony. „Hast du je den kleinen Raum unten im Keller gesehen?“

„Nein“, antwortete Rinaldo, der plötzlich blass wurde. „Aber ich hab davon gehört.“

„Oh ja, er wird reden, glaub mir“, sagte Tony mit einem grimmigen Lächeln. „Du musst ihn nur hierher bringen. Und wenn du mir einen bringst, der was weiß, springen fünfzig Scheinchen für dich dabei raus.“

Der Revolverheld entfernte sich mit funkelnden Augen bei dem Gedanken, dass er sich fünfhundert Dollar auf einen Schlag verdienen konnte.

Es war jetzt nach ein Uhr nachts. Tony fiel keine andere wichtige Aufgabe mehr ein, die in dieser Nacht erledigt werden musste, daher beschloss er, nach Hause zu gehen. Jane Conley, die in der Unterwelt von einem halben Dutzend großen Städten als das „Gun Girl" Berühmtheit genoss, wartete noch im luxuriösen Wohnzimmer des teuren Apartments, das sie angemietet hatten für den dreißigtägigen Zeitraum ihrer ungewöhnlichen Ehe auf Probe, die sie führten. Und er verspürte eine rasche Aufwallung von Leidenschaft, als er die Umrisse der betörenden Kurven ihrer atemberaubenden Figur unter den Falten des durchsichtigen orangeroten und schwarzen Negligees sah, das ihre dunkle Schönheit so strahlend betonte.

Eine Zeitschrift lag offen auf ihrem Schoß, aber ihre Augen sahen rot und angestrengt aus, als hätte sie geweint.

„Was ist denn, Süße?", fragte er, nachdem er sie geküsst hatte. „Schon unglücklich?"

Sie schüttelte den Kopf. „Ich hab nachgedacht. Und ich denke, das hat mich aus der Fassung gebracht. Weißt du, Tony, du solltest besser auf dich aufpassen. Jetzt, wo du Johnny Lovos Platz eingenommen hast, werden die anderen Mobs alle versuchen, dich umzulegen. Du solltest ständig Leibwächter bei dir haben."

„Ja, da hast du wohl Recht, Mädchen. Ich werde mich gleich morgen darum kümmern."

„Und ich finde, wir sollten hier besser bewaffnet sein."

„Gut. Ich bring morgen ein Maschinengewehr mit, wenn du meinst. Niemand weiß, dass wir hier wohnen, und wenn doch, dürften sie Verstand genug haben, in so einer Gegend keine Mätzchen zu versuchen."

„Das weiß man nie, Tony. Die Mobs werden alle zu ehrgeizig, und von jetzt an wird Blut fließen."

„Was ist denn los; gehen dir die Nerven durch?"

„Auf gar keinen Fall!", brauste Jane mit leuchtenden Augen auf. „Du weißt verdammt gut, dass ich keine Memme bin, das hab ich mehr als einmal bewiesen. Aber ich finde es dumm, mehr Risiken einzugehen, als unbedingt nötig ist." Sie kam stürmisch zu ihm und legte ihm eine Hand auf den Arm. „Ich – ich hab mir so meine Gedanken gemacht, Tony, und wenn dir jemals etwas passieren sollte, könnte ich mir das nie verzeihen."

Mit der für seinesgleichen typischen Zurückhaltung und Wortkargheit beließ es Tony bei dieser rätselhaften Bemerkung. Aber insgeheim grübelte er ausgiebig darüber nach. Und es sollte nicht lange dauern, bis er noch mehr ins Grübeln kommen sollte.

KAPITEL DREIZEHN

Am nächsten Morgen las Tony die Zeitungen mit wachsendem Interesse und zunehmender Wut. BANDENFÜHRER FLIEHT, lautete die große schwarze Schlagzeile in allen von ihnen. Darunter folgte ein Bericht über Johnny Lovos Abdankung und Abreise und die Nachricht, dass Tony Camonte, ein junger und bis dahin fast unbekannter Gangster, seine Nachfolge als Leiter des Mobs angetreten hatte. Und alle Zeitungen brachten ein Interview mit Captain Flanagan, dem Polizeichef, der seelenruhig von sich behauptete, er hätte Lovo aus der Stadt vertrieben. Außerdem ließ der Captain in dem Interview durchblicken, dass Lovos Mob so gründlich von den Männern seines Reviers in die Mangel genommen worden wäre, dass dort das völlige Chaos herrschte und die Organisation bald der Vergangenheit angehören würde. Der Captain endete mit einer abgedroschenen, hochtrabenden, letztendlich aber bedeutungslosen Aussage, wonach Recht und Gesetz letztlich immer triumphieren würden, wenn man sie nur nachdrücklich genug durchsetzte, und er auch weiterhin alles in seiner Macht Stehende tun würde, um dem Bandenunwesen in der Stadt ein Ende zu bereiten. Es war nicht zu übersehen, woher die Zeitungen ihre Informationen hatten; die Versuchung, unverdienten Ruhm einzuheimsen, war zu groß für den Captain gewesen.

„Dieser Dreckskerl." Tonys Stimme klang heiser vor Gift,

als er die Worte zwischen knirschenden Zähnen hervorspie. „Das zahl ich ihm heim."

Tony fuhr derart aufgebracht in sein Büro, dass die schmählichen Verwünschungen zahlloser Fußgänger und anderer Autofahrer ihn begleiteten. Als er jedoch an seinem Schreibtisch saß, war seine Wut zu einem eiskalten, wortlosen Zorn abgeklungen, der unendlich gefährlicher war. Bis jetzt war bei ihm noch kein einziger Verrat ungesühnt geblieben.

„Der Bezirksstaatsanwalt ruft seit einer Stunde alle fünf Minuten an", sagte Al, der kleine Türsteher mit dem Rattengesicht. „Er sagte, Sie sollen ihn sofort anrufen, wenn Sie da sind. Hörte sich an, als wäre er wegen irgendwas ganz aus dem Häuschen."

„Der Teufel soll ihn holen!", fauchte Tony. „Wenn er mit mir reden will, weiß er, wo er mich findet. Für das stolze Sümmchen, das wir ihm jeden Monat bezahlen, können wir schließlich auch was erwarten."

„Bei dem sollten Sie vorsichtig sein, Boss", mahnte Al. „Er ist gefährlicher als jeder Bandenboss in der Stadt. Der hat eine starke Truppe zur Verfügung, die schon manchen armen Teufel mit auf eine Spazierfahrt genommen hat."

Tony dachte einen Moment nach, dann griff er mit einem wütenden Grunzen nach dem Telefon und rief das Büro des Bezirksstaatsanwalts an. Schließlich hörte er am anderen Ende die bärbeißige Stimme, die er noch von der längst vergangenen Unterredung her kannte, zu der er Johnny Lovo einst begleitet hatte.

„Camonte?", ertönte die plärrende Stimme brüsk. „Hier ist Bezirksstaatsanwalt Crowder. Ich habe in der Morgenzeitung gelesen, dass Lovo die Stadt verlassen hat."

„Ja."

„Und dass Sie jetzt seinen Mob leiten."

„Ja, das stimmt."

„Ich nehme an, Sie sind über seine – ähem – Vereinbarungen mit mir im Bilde?"

„Ja, ich habe die vollständige Lohnliste hier und werde mich daran halten, genau wie er."

„Sagen Sie so was nicht am Telefon", befahl der Bezirksstaatsanwalt schneidend und in einem so besorgten Ton, dass Tony grinsen musste. „Dann wird alles seinen normalen Lauf nehmen?"

„Ja, aber mit etwas mehr Dampf. Dieser Mob ist in letzter Zeit zu ruhig gewesen."

„Sorgen Sie dafür, dass nichts in die Presse dringt."

„Das wäre viel einfacher, wenn die Bullen nicht so verdammte Großmäuler wären."

„Ich weiß. Also gut, ich schicke Moran morgen Nachmittag zu Ihnen."

Tony legte auf und verzog die Lippen zu einem höhnischen Lächeln. Der Bezirksstaatsanwalt hatte sich nach Lovos Rückzug um seine monatlichen Zuwendungen Sorgen gemacht. Und er würde Moran am nächsten Nachmittag herschicken. Moran gehörte zu seinen jüngeren Assistenten, ein brillanter Ankläger, wenn er und sein Chef es wollten, aber in der Zwischenzeit der Kassierer für seinen Vorgesetzten.

Reporter belagerten das Hauptquartier den ganzen Vormittag, aber Tony ließ keinen herein und schickte nicht einmal eine Erklärung hinaus. Je weniger er im Blickpunkt der Öffentlichkeit stand, desto besser.

Kurz nach Mittag brachte ihm Al eine Notiz herein. Sie war mit einer anmutigen femininen Handschrift auf billiges Papier geschrieben und lautete:

Lieber Mr. Camonte,
Könnte ich Sie fünf Minuten sprechen? Danke!
Katherine Merton

Tony sah mit einem ärgerlichen Stirnrunzeln auf. „Wer ist diese Frau?“, wollte er wissen.

„Keine Ahnung, Boss. Hab sie noch nie gesehen. Aber sie ist eine echte Augenweide.“

„Ach ja?“ Tonys Laune schien sich ein wenig zu bessern. „Sie sieht nicht wie ein Gun Girl oder so was aus?“

„Nee. Eine Dame mit solchen Augen könnte keiner Fliege was zu Leide tun.“

„Na gut. Ich geh das Risiko ein. Schick sie rein.“

Einen Moment später trat Miss Merton ein, und als Tony nur einen Blick auf sie geworfen hatte, war er froh, dem Gespräch zugestimmt zu haben. Der Ausdruck „Augenweide“ erwies sich als äußerlich zutreffend, beschrieb aber weder ihre Würde noch ihren Charme angemessen. Sie gehörte zu dem Typ Mädchen, bei dem sich ein junger Mann sofort und unbewusst eine intimere Bekanntschaft wünscht und ein alter Mann seine hohen Jahre bedauert. Groß, mit einer athletischen Figur und einem anmutigen, beschwingten Gang betrat sie sein Büro mit einer ruhigen, unerschütterlichen Selbstsicherheit. Sie trug einen Hosenanzug aus grauem Tweed und einen kleinen grauschwarzen Hut, der sich an die wohlgeformten Konturen ihres Kopfes anschmiegte.

„Wie geht es Ihnen, Mr. Camonte?“, fragte sie und streckte die Hand aus. „Ich bin Miss Merton.“

Tony ergriff die Hand und bedauerte, dass er keinen Grund und kein Recht hatte, sie länger zu halten, als die Schicklichkeit gebot. Ihre Stimme klang volltönend und sanft, beherrscht und wohlklingend, und in ihren offenen blauen Augen leuchtete das ansprechende Funkeln eines hellen Verstands und unbekümmerten Humors.

„Ich möchte Sie um einen Gefallen bitten, Mr. Camonte", begann sie. „Ich habe festgestellt, dass Männer Ihres Formats fast immer ritterlich sind, wenn sich ihnen die Möglichkeit dazu bietet."

„Ja, klar", murmelte Tony verlegen. „Wenn es in meiner Macht steht."

„Das dachte ich mir. Also, das Problem ist Folgendes: Ich habe einen Job, den ich um jeden Preis behalten möchte. Und im Augenblick sind Sie der einzige Mensch in der Stadt, der dafür sorgen kann, dass ich ihn behalte."

„Ach ja? Wie das?"

„Ich arbeite für den Examiner", fuhr das Mädchen leise, fast schüchtern fort. „Und der Chefredakteur hat mir heute Morgen gesagt, wenn ich nicht ein Interview mit Ihnen bekäme, würde er mich entlassen."

„Eine Reporterin!", rief Tony erstaunt aus, und in seinen schwarzen, ausdrucksvollen Augen blitzte Wut auf. „Ich empfange keine Reporter."

„Das wusste ich natürlich. Und ich verstehe Ihre Beweggründe. Aber Sie müssen auch meine Position verstehen – ich *musste* herkommen und versuchen, Sie zu sprechen, sonst hätte es mich den Job gekostet. Aber ich nehme an, dass ich ihn auch so verlieren werde." Sie seufzte, schaffte es einen Moment, klein und erbärmlich auszusehen und schniefte hörbar.

Tony knurrte verhalten und zündete sich eine Zigarette an. „Also, Miss, ich kann Ihnen nichts über meine Geschäfte erzählen", wandte er zerknirscht ein.

„*Natürlich* nicht." Sie schien erstaunt, dass er so etwas dachte. „Und mir würde nicht im Traum einfallen, Sie so etwas zu fragen, nicht einmal, um meinen Job zu retten. Ich wollte nur wissen, ob Mr. Lovo tatsächlich abgereist ist und Sie von jetzt an die Nummer eins sind – herrje, ich denke, man braucht jede Menge Köpfchen und Nerven, um so ein – ähem – Unternehmen zu führen. Und Sie sehen so jung für eine so wichtige Position aus."

In den folgenden zwanzig Minuten sicherte sich Miss Merton ihr Interview. Ihre Fragen wirkten vordergründig harmlos und kreisten nur um Fragen der Organisation der Bande, die ohnehin bereits bekannt waren oder bald bekannt sein würden, und Tony hatte keine Ahnung, wie viel er tatsächlich preisgegeben hatte.

„Ich wette, Sie wären ein wunderbarer Ehemann", sagte sie abschließend und ließ die Augen funkeln, dass es ihm durch Mark und Bein ging. „Das ist immer so bei Männern, die ein abenteuerliches Leben führen; sie wissen ein ruhiges, gemütliches Heim zu schätzen." Und damit lenkte sie das Gespräch in romantische Gefilde, und sie plauderten eine Zeit lang über Liebe, Ehe und so weiter. Überwiegend tauschten sie Gemeinplätze aus, aber ab und zu konnte sie ihm eine persönliche Bemerkung entlocken, die ein gefundenes Fressen für einen reißerischen Zeitungsartikel zum Thema „Was ein Bandenboss über die Liebe denkt" oder eine andere Schlagzeile für die schlichten Gemüter von Verkäuferinnen und dergleichen sein würden.

„Übrigens", sagte sie schließlich, „haben Sie je ein Mädchen namens Vivian Lovejoy gekannt?"

Diese Frage versetzte Tony so einen Schock, dass er beinahe laut aufgeschrien hätte. Nur seine eiserne Selbstbeherrschung verhinderte, dass er sich durch seine Reaktion verriet. Ob er Vivian Lovejoy kannte? Kannte Romeo seine Julia? Vivian war eine Revuetänzerin und seine erste große Liebe gewesen. Er hatte Al Spingola, den bedeutendsten Bandenboss der Stadt, nur getötet, damit er sie haben konnte. Seine glühende Liebe zu ihr war der Grund dafür gewesen, dass er die Verbrecherlaufbahn eingeschlagen hatte. Und als er aus dem Krieg zurückgekehrt und festgestellt hatte, dass ein anderer Mann bei ihr wohnte, hatte er sie beide getötet. Als er ihren Namen hörte, schossen ihm diese Ereignisse alle wieder durch den Kopf wie bei einer privaten Kinovorführung.

Schließlich kniff er die Augen zusammen und schürzte grimmig die Lippen. „Nein“, sagte er. „Warum fragen Sie?“

„Ich habe sie einmal interviewt“, antwortete das Mädchen liebenswürdig. „Und Sie haben große Ähnlichkeit mit einem Bild, das sie besaß. Etwas in Ihren Augen –“

Tony war höchst beunruhigt. Seines Wissens hatte Vivian nie ein Bild von ihm besessen. Und auch sonst niemand. Er konnte nicht sagen, ob überhaupt jemals ein Foto von ihm gemacht worden war. Er hielt nichts von Fotos, die Wahrscheinlichkeit, dass sie in falsche Hände gerieten, war einfach zu groß, davon abgesehen, dass man sie jederzeit zur Identifizierung verwenden konnte.

„Und übrigens“, fuhr Miss Merton genauso liebenswürdig fort, „treffen Sie sich hin und wieder mit der atemberaubenden Brünetten, die an dem Abend, als Jerry Hoffman erschossen wurde, bei Ihnen war?“

Bei dieser Frage zuckte Tony tatsächlich zusammen. Nicht einmal eiserne Nerven wie seine konnten so einen Schock ertragen. Er und Jane Conley, das „Gun Girl“, das

Mädchen, mit dem er jetzt zusammenlebte, hatten an jenem Abend im Embassy Club, dem teuersten Etablissement der Stadt, Jerry Hoffman getötet, der damals Anführer der Bande der North Side gewesen war. Johnny Lovo hatte die Anweisung gegeben und für den Job bezahlt. Und soweit Tony wusste, war Lovo, abgesehen von ihm selbst und Jane, der einzige andere Mensch, der wusste, dass sie an jenem fraglichen Abend in dem Club gewesen waren.

„Ich habe keine Ahnung, wovon Sie reden", sagte er.

„Sehen Sie, ich war an jenem Abend dort, und mein Begleiter hat mir alle beachtenswerten Anwesenden gezeigt. Sie gehörten auch dazu. Er sagte, dass Sie seiner Meinung nach äußerst erfolgreich im Beruf Ihrer Wahl sein würden." Sie lachte herzlich.

„Wer war Ihr Begleiter in dieser Nacht?", wollte Tony wissen.

„Oh, ich glaube, es wäre nicht fair, Ihnen das zu sagen." Sie stand lächelnd auf und streckte die Hand aus. „Ich will Ihre kostbare Zeit nicht weiter in Anspruch nehmen, Mr. Camonte. Aber vielleicht können wir ein andermal ein wenig plaudern. Haben Sie jedenfalls herzlichen Dank für das interessante Interview. Jetzt werde ich meinen Job ganz sicher behalten." Damit entfernte sie sich und ließ einen höchst beunruhigten Bandenboss zurück.

Jetzt, da er nicht mehr unter dem Einfluss ihrer Persönlichkeit stand – und ihrer gekonnten Schmeicheleien –, wurde ihm klar, was für eine tüchtige Reporterin sie war und dass sie ihr Ziel erreicht hatte. Aber woher wusste sie so viel? Und was hatte sie nur damit bezwecken wollen, dass sie diese alten Geschichten ihm gegenüber erwähnte? Je länger er darüber nachdachte, desto besorgter wurde er. Schließlich kam ihm ein schrecklicher Verdacht, er griff zum Telefon, wählte die Nummer des Examiner und wollte Miss Katherine Merton sprechen. Einen Moment später legte er benommen und mit einem mulmigen Gefühl wieder auf. *Beim* Examiner *arbeitete niemand mit diesem Namen.* Wer konnte das Mädchen dann gewesen sein? Und welches Ziel hatte sie verfolgt?

KAPITEL VIERZEHN

Charlie Martino, der Lastwagenfahrer, der am Abend zuvor entführt und angeschossen worden war, starb am Nachmittag, ohne dass er noch einmal zu Bewusstsein gekommen wäre und sagen konnte, was genau passiert war, oder eine Beschreibung der Täter geben konnte. Tony sah einen Moment auf den Jungen hinab, dann nutzte er abermals die überragenden, wenn auch unbewussten psychologischen Kenntnisse, die er besaß, und befahl allen Mitgliedern seiner Bande, die sich in Reichweite aufhielten, paarweise in das Zimmer zu kommen und sich den Leichnam anzusehen. Er glaubte, der Anblick eines toten Kameraden würde den Kampfgeist in ihnen wecken. Schließlich gab er ein ordentliches Begräbnis für den Jungen in Auftrag, ging grimmig schweigend in sein Büro zurück und schwor der Bande der North Side blutige Rache.

Tony, der sich nach den Ereignissen des Tages nicht eben bester Laune erfreute, wollte gerade nach Hause gehen, als Mike Rinaldo, der adrette Revolverheld, sich meldete. Und die drei Männer, die ihm in Tonys Büro folgten, lieferten den Beweis dafür, dass seine Mission erfolgreich gewesen war. Denn bei dem Mann in der Mitte handelte es sich ganz eindeutig um einen Gefangenen.

„Ich hab ihn, Boss“, verkündete Mike mit einer eleganten Geste in Richtung des finster dreinblickenden Gefangenen.

„Wer ist das?", wollte Tony wissen. Sein Tonfall ließ keinen Zweifel daran aufkommen, dass er keinen unterhalb von Cäsar persönlich gelten lassen würde.

„Benny Peluso, eine der großen Nummern im Mob der North Side."

„Ist er gefilzt worden?"

„Na klar", antwortete Rinaldo sichtlich verärgert über die Frage. „Und wir haben ihm eine hübsche Ladung Knarren abgenommen."

„Dann filzt ihn hier noch mal. Zieht ihn bis auf die Haut aus."

Von seiner Position hinter dem großen Schreibtisch beobachtete Tony den Gefangenen, während seine drei Handlanger den Mann auszogen und jeden Zentimeter seiner Kleidung nach möglichen Waffen durchsuchten. Der Bursche war klein und ein wenig untersetzt und hatte ein grobschlächtiges, brutales Gesicht, das sofort Misstrauen erregte. Seine schwarzen Augen, in denen Empörung loderte, waren unruhig und standen zu dicht zusammen.

Tony holte eine schwere Automatik aus der Schreibtischschublade und legte sie in bequemer Reichweite seiner geübten rechten Hand auf die Tischplatte. „Also gut", sagte er, als die drei Männer ihre vergebliche Suche abgeschlossen hatten und der Gefangene entrüstet seinen Mantel überstreifte. „Du", er zeigte mit der Pistole auf den Gefangenen, „setzt dich dort hin. Alle anderen warten draußen, bis ich sie rufe." Er spielte wortlos mit der Waffe, bis die Tür hinter seinen Männern ins Schloss gefallen war. Dann sah er Peluso so lange an, bis der andere Mann die Augen niederschlug.

„Weißt du, wo du bist?", fragte Tony unvermittelt.

„Ja", fauchte der Gefangene zurück.

„Sei etwas freundlicher, wenn du lebend hier rauskommen willst", blaffte Tony. „Weißt du, wer ich bin?"

„Nein."

„Also, ich bin Scarface Tony Camonte, der neue Boss von Lovos Mob. Und ich bin etwa zehnmal hartgesottener, als es Johnny Lovo je gewesen ist. Ich hab selber sechs oder acht umgelegt, und auf einen weiteren – besonders eine Ratte wie du eine bist – würde es mir in meinem jungen Leben nicht ankommen. Kapiert?"

„Ja." Aber der Tonfall des Mannes klang nicht mehr trotzig und wütend, sondern mürrisch, und er hielt den Blick wie hypnotisiert auf die Pistole gerichtet.

„Ich will ein paar Dinge wissen. Und du *wirst* sie mir erzählen."

„Da hast du dir den Falschen ausgesucht, Bruder. Ich singe nicht."

„*Und wie* du singen wirst!" Tony beugte sich über den Tisch, während die Pistole weiterhin unerbittlich auf den hilflosen Gefangenen zeigte. „Willst du eine Ladung Blei damit verpasst bekommen?"

„Nee, natürlich nicht. Aber wenn ich rede, würden meine Jungs mich alle machen."

„Vielleicht nicht." Tony lehnte sich zurück. „Wie viel Zaster verdienst du bei deinem Mob?"

„Um die dreihundert die Woche. Manchmal mehr."

„Dreihundert, hm? Das ist nicht gerade viel für die ganze Arbeit, die du machst, und die Risken, die du eingehst, oder?"

„Ich bin mehr wert", stimmte der Mann finster zu.

„Ja. Aber du wirst nie mehr bekommen, nicht von diesem Bruno, nach allem, was ich so über ihn gehört habe. Was meinst du denn, wie er zu dem Namen Intrigant gekommen ist? Wenn einem Mann so ein Spitzname angehängt wird, dann hat das einen Grund. Hör zu, Benny, ich bin kein übler Kerl, wenn man mich nicht reizt. Und ich achte immer darauf, dass die Jungs ihren gerechten Anteil bekommen." Er beugte sich über den Schreibtisch. „Wie würde es dir gefallen, fünfzehn Riesen zu verdienen – auf einen Schlag?"

Die Augen des Gefangenen leuchteten, und er leckte sich die Lippen. „Herrgott!", rief er aus. „Das ist ne Menge Zaster, auch wenn man ihn nicht hat."

„*Ich* habe ihn. Und er gehört dir, wenn du reden willst."

„Was willst du wissen?"

„So gefällt mir das schon besser", sagte Tony lächelnd. „Ich möchte eine Menge über Brunos Mob wissen, wo ihre Lagerhallen sind, ihre Brauereien und ihre wichtigsten Alkoholdestillen. Ich will wissen, in welchen Garagen sie ihre Laster unterstellen und auf welchen Straßen sie ihre Ware hauptsächlich aus der Stadt raus- oder in die Stadt reinfahren. Ich bin sicher, im Lauf des Gesprächs fallen mir noch ein paar Sachen ein."

„Herrgott! Das kann ich dir unmöglich sagen!"

„Warum nicht?"

„Die würden mich ganz sicher alle machen."

„Und wenn du mir nicht sagst, was ich wissen will, dann mach *ich* dich alle."

„Und wenn ich rede, dann die. Was hat ein armer Kerl da für ne Chance?"

„Hör mal, du Trottel!", brauste Tony auf. „Begreifst du nicht, dass fünfzehn Riesen eine Menge Geld sind? So viel machst du im Jahr bei deinem Mob, und wenn du bei denen bleibst, hast du nie so viel auf einmal in der Hand. Mit so viel

Zaster könntest du nach Frisco oder New York oder sogar nach Mexiko oder an einen anderen abgelegenen Ort und eine Spielhölle oder ein anderes Unternehmen eröffnen. Du hättest für den Rest deines Lebens ausgesorgt."

„Ja, ich weiß. Ich – ich hätte es wirklich gern. Aber die Jungs würden mich *überall* hin verfolgen."

„Die wüssten gar nicht, wo du steckst. Die würden glauben, du bist auf eine Spazierfahrt mitgenommen worden. Verschwinden denn nicht jedes Jahr eine Menge Leute von diesen Mobs?"

„Ja, das stimmt wohl. Aber ich könnte es nicht. Die würden mich ganz sicher kriegen. Und was nützt einem toten Mann schon der viele Zaster?"

„Komm schon, sei kein Narr!", fauchte Tony bedrohlich und richtete die Pistole wieder auf ihn. „Entweder du redest oder du bist dran."

Die Augen des Mannes funkelten in seinem aschfahlen Gesicht; er leckte sich unablässig die Lippen. „Also ich weiß, dass ich dran bin, wenn ich rede", antwortete er resigniert. „Also muss ich wohl das Risiko eingehen, dass ich dran bin, wenn ich nicht rede."

„Du rückst also nicht freiwillig damit raus?", fragte Tony zähneknirschend.

Für den Gefangenen musste die Mündung der Pistole so groß wie ein Fass aussehen. Aber er holte plötzlich tief Luft, machte die Augen zu und schüttelte den Kopf.

„Ich glaube, du wirst reden!", sagte Tony. „Steh auf!" Er rief seine Handlanger aus dem Nebenzimmer herein. „Der ist eine harte Nuss", erklärte er. „Bringt ihn in den Keller."

Rinaldo wurde blass. Er konnte einen Mann erschießen, ohne auch nur einen Gedanken daran zu verschwenden, aber allein die Erwähnung des Kellers machte ihm die Knie weich.

„Los!“, bellte Tony und forderte sie alle mit einem bedeutungsvollen Schwenk der Waffe auf mitzukommen.

„Nehmt ihr mich mit auf eine Spazierfahrt?“, fragte der Gefangene, als sie mit dem Fahrstuhl hinunter fuhren.

„Nein“, entgegnete Tony grimmig. „Noch nicht.“

Der Ort, wohin sie ihn brachten, war ein Subkeller unter dem normalen Keller des Hotels. Man erreichte ihn über eine recht baufällige Treppe aus Holz; es handelte sich um einen großen quadratischen Raum mit Betonwänden, von denen an Eisenketten mehrere recht befremdliche Gerätschaften hingen. Ehe Peluso richtig begriffen hatte, wie ihm geschah, hatten sie ihm den Oberkörper entblößt und mit hoch über den Kopf gestreckten Armen an der Wand festgebunden, sodass sein Körper nur an den von engen Metallringen gefesselten Handgelenken hing. Tony gab einem seiner Männer ein Zeichen, worauf dieser zu einer kleinen Vorrichtung ging, die eine gewisse Ähnlichkeit mit einem Brennofen hatte.

Tony selbst hob ein großes, rasiermesserscharfes Messer auf, prüfte es vielsagend und sah seinen Gefangenen an. „Weißt du, Benny“, sagte er grimmig, „viele der Ganoven, die sie irgendwo draußen auf einer Straße finden, wenn sie mit auf eine Spazierfahrt genommen wurden, sehen nicht mehr so hübsch aus; Ohren ab, keine Zunge und ähnliche unschöne Details. *Und das passiert alles, bevor der Kerl umgelegt wird.* Ist nicht schön, darüber nachzudenken, was?“ Tony drehte sich wieder zu dem Ofen um.

Rinaldo folgte ihm. „Ich sag das nicht gern, Boss“, meinte der Revolverheld heiser und mit gedämpfter Stimme, „aber ich glaub nicht, dass ich das ertragen kann.“

„Dann schau nicht hin oder geh raus. Mir gefällt das so wenig wie dir, aber es ist erforderlich. Wenn wir diesen Vogel zum Singen bringen, bedeutet das, dass wir die Stadt über kurz oder lang kontrollieren werden. Und vergiss eines nicht, Mike: Bruno oder jeder andere des Mobs von der North Side würde dir oder mir dasselbe ohne zu zögern antun, wenn er die Möglichkeit dazu hätte.“ Er drehte sich unvermittelt zu dem anderen Mann um. „Fertig?“, fragte er schroff.

„Kann losgehen, Boss.“ Der Gangster zog eine lange, dünne Eisenstange aus dem Ofen. Ein Ende war glühend rot.

Tony hielt die Stange am kalten Ende und näherte sich dem gefesselten Gefangenen. „Also gut, verdammt“, fauchte er, „entweder redest du, oder ich bohr mit diesem Ding ein Loch mitten durch dich durch.“ Und damit führte er die zischende Eisenstange langsam, aber sicher näher an die nackte Haut des Gangsters.

Der Mann wand sich, seine Augen wurden vor Entsetzen groß. Schließlich schrie er, obwohl das Eisen ihn noch gar nicht berührt hatte.

„Nur zu, schrei“, sagte Tony grimmig. „Niemand wird dich hören.“

Einer Pistole gegenüberzustehen ist eine Sache; eine rot glühende Eisenstange auf der eigenen Haut und andere unbekannte Foltern sind eine andere. Peluso brach zusammen. „Ich rede! Ich rede! Ich rede!“, stammelte er, als die Eisenstange noch einen Zentimeter von ihm entfernt war. „Herrgott! Nimm das Ding weg!“

Sie nahmen ihn eine Stunde lang ins Kreuzverhör; Rinaldo und die anderen schrieben Einzelheiten mit, während

Tony die Fragen stellte. Die Augen des Bosses leuchteten; er erhielt gerade umfassende Einblicke in die Machenschaften seiner wichtigsten Feinde.

„Also, krieg ich jetzt den Zaster?", fragte Peluso, als er sie schließlich überzeugt hatte, dass er nicht mehr wusste.

„Ja", gab Tony zurück. „Wenn wir deine Geschichte überprüft und einen oder zwei Pläne in die Tat umgesetzt haben, die ich gerade ausbrüte. Bis dahin bleibst du *hier*; ich gehe nicht das Risiko ein, dass du zu Bruno läufst und ihm brühwarm alles erzählst, damit er sein ganzes Unternehmen neu organisiert, bevor ich es ihm ruinieren kann."

Tony wählte unverzüglich ein halbes Dutzend seiner schlauesten Männer aus – Mike Rinaldo eingeschlossen – und schickte sie los, damit sie bestätigen konnten, was Peluso gesagt hatte. Über eine Woche arbeiteten sie Tag und Nacht, zogen kreuz und quer durch die Stadt, spionierten, stellten scheinbar belanglose Fragen, fuhren viel mit den Autos durch die Gegend und kundschafteten jedes Stadtviertel gründlich aus. Und sie meldeten, dass die Darstellung des Gefangenen in jeder Hinsicht korrekt zu sein schien.

Wie berauscht setzte Tony die gesamte Maschinerie in Gang, über die er inzwischen gebot. Ein Dutzend neue Maschinengewehre wurden über geheime Kanäle aus New York hergeschafft. Bestimmte Männer der Bande, bei denen es sich um ausgewiesene Experten handelte, wurden mit dem Bau von Bomben, oder „Ananas", wie sie in Bandenkreisen genannt wurden, beauftragt. Während dieser Vorbereitungen war Tony ein regelrechtes Energiebündel; sein unerschöpflicher – und mörderischer – Enthusiasmus steckte alle anderen an, bis die gesamte Bande eine bebende Kampfmaschine war, die es kaum erwarten konnte, gegen den Feind vorzugehen.

Libati kam an einem Spätnachmittag in Tonys Büro gestapft. „Also ich denke, wir sind alle bereit, der Krieg kann beginnen. Wie sieht unser erster Schachzug aus?"

„Ich lass es dich wissen, wenn ich mich entschieden habe", antwortete Tony kühl.

„Was ist mit diesem Peluso? Was machen wir mit ihm?"

„Was wir mit ihm machen? Sobald der Feldzug gegen die Bande der North Side angefangen hat, gebe ich ihm den versprochenen Zaster und setz ihn in einen Zug nach Westen. Ich nehme an, er wird die Stadt mit dem größten Vergnügen verlassen."

„Sollte man meinen. Aber du wirst doch sicher nicht so blöd sein und ihn wirklich ausbezahlen. Er hat uns alles gesagt, was er weiß. Warum nehmen wir ihn nicht auf eine Spazierfahrt mit und sparen die Knete?"

Tony, den der kaltblütige Vorschlag ungewöhnlich schockierte, sah ihn mit blitzenden Augen an. „Ich halte mein Wort, Steve, ob Freund oder Feind, und ganz gleich, was ich versprochen habe, etwas Gutes oder etwas Böses", erwiderte er grimmig. „Ich hatte dir doch den Auftrag gegeben, einen bestimmten Mann auszuschalten? Das hast du noch nicht erledigt. Weißt du noch, was ich dir versprochen hatte, wenn du es nicht machst?"

Steve wandte nervös den Blick ab. „Ja."

„Das gilt immer noch. Und ich habe nicht vor, den ganzen Sommer über zu warten. Mach lieber ein bisschen Dampf."

KAPITEL FÜNFZEHN

An diesem Abend ging Tony mit Jane Conley, dem „Gun Girl“, in einen der besseren Nachtclubs. Beide genossen die abwechslungsreiche Unterhaltung, die stets Erinnerungen weckte. Es war wie im Ike Bloom's, wo Tony sie zum ersten Mal gesehen hatte und von ihrer Schönheit betört gewesen war. Und im Embassy Club, wo sie gemeinsam saßen und darauf warteten, dass Jerry Hoffman hereinkam, damit sie sein Todesurteil vollstrecken konnten, das Tonys Arbeitgeber Johnny Lovo verhängt hatte, waren sie einander wirklich nähergekommen.

Tony, dessen tadellose Abendgarderobe wie angegossen saß, abgesehen von einer leichten Wölbung unter dem linken Arm, wo eine Automatik im Schulterhalfter hing, sah sich in dem luxuriösen, aber überfüllten und lauten Etablissement um, dann betrachtete er Jane mit einem zufriedenen Ausdruck in den ausdrucksvollen Augen. Sie war die schönste Frau in dem Club, oder dem „Laden“, wie er ihn im Geiste nannte. Er fragte sich mit einem plötzlichen Anflug von Eifersucht, ob sie bei ihm bleiben würde, wenn die Probezeit von dreißig Tagen abgelaufen war.

Ihm entging nicht, dass sie heute Abend ein wenig zerstreut wirkte. Ihre Hände bebten nervös, winzige Sorgenfalten furchten ihre Stirn, und sie ließ ständig den Blick schweifen, als würde sie nach jemandem Ausschau halten, aber hoffen, dass sie ihn nicht sehen würde.

„Was ist los, Baby?“, fragte Tony besorgt.

„Nichts. Mir ist nur ein wenig unwohl.“

„Ach, amüsier dich! Lass uns tanzen!“

Sie standen auf und betraten die kleine, überfüllte Tanzfläche – das schönste Paar im Saal. Jane war eine hervorragende Tänzerin, Tony mit seiner angeborenen italienischen Anmut und dem Gefühl für Rhythmus tanzte gleichermaßen gut. Keiner, der sie ansah, hätte je vermutet, dass sie beide getötet hatten, nicht in der Hitze der Leidenschaft, sondern kaltblütig und vorsätzlich – für Geld; und dass sie wieder töten würden, sobald die Situation es zu erfordern schien. Und doch waren sie keine Mörder, außer im Sinne des Gesetzes. Sie selbst waren der Überzeugung, dass ihre Taten samt und sonders gerechtfertigt gewesen waren. Und dass ihr Unternehmen niemals auch nur die geringste Gefahr für die Öffentlichkeit als solche darstellen würde. Wenn sie mit der Absicht zu morden auf die Pirsch gingen, dann jagten sie stets eine bestimmte Person, die es nicht anders verdient hatte und die im umgekehrten Fall ebenso mitleidlos gehandelt hätte wie sie selbst. Und sie achteten stets darauf, dass unschuldige Passanten verschont blieben.

Als das fröhliche Treiben in dem Cabaret in den frühen Morgenstunden seinen Höhepunkt erreicht hatte, sah Tony Katherine Merton, das geheimnisvolle Mädchen, das ihm in der Verkleidung einer Zeitungsreporterin einen Besuch in seinem Büro abgestattet und ihm viele Fragen über alles Mögliche gestellt hatte. Sie saß auf der anderen Seite des Clubs, trug ein recht gewagtes Abendkleid aus schimmerndem Satin und befand sich in Begleitung eines dunklen, hübschen Mannes im Dinnerjackett, dessen allgemeines Äußeres Tony alles andere als beruhigend fand.

Er fragte sich plötzlich, warum sie hier war, ob ihre Anwesenheit einen anderen Zweck als bloße Unterhaltung haben konnte. Diese Möglichkeit beunruhigte ihn. Er fragte sich, ob sie ihn gesehen hatte, und hoffte, dass es nicht so war.

„Sag mal, Baby", meinte er, „kennst du die Dame dort drüben, die mit dem Diamantkleid?"

Jane drehte sich um und sah durch den Raum. Als sie das geheimnisvolle Mädchen schließlich entdeckte, wurden ihre Augen groß und sie biss sich auf die Lippen. „Nein", antwortete sie scharf. Dann: „Lass uns gehen!"

Tony begleitete sie verwirrt aus dem Club hinaus. Er wusste, dass sie gelogen hatte. Aber warum? Zeitungsjungen priesen die frühen Ausgaben der Morgenzeitungen an. Tony kaufte eine, dann wurde sein Gesicht verschlossen und ein unwillkürliches „Verdammt!" entfuhr ihm.

„Was ist denn?", fragte Jane nervös.

„Steve hat daneben geschossen, der unfähige Trottel!", fuhr Tony sie an.

Das Mädchen nahm ihm die Zeitung aus der Hand und überflog sie. In dieser Nacht war ein Anschlag auf Bruno, den Intriganten, verübt worden, den Anführer der Bande von der North Side. Aber auf wundersame Weise hatte er es unverletzt überstanden. Im Verhör mit der Polizei hatte er zu Protokoll gegeben, dass er eine ungefähre Ahnung davon hätte, wer hinter dem Angriff steckte, sich aber geweigert, weitere Einzelheiten preiszugeben. Die Polizei war der Meinung, dass der Anschlag den Beginn eines neuen Bandenkriegs bedeutete.

„Dieser ungeschickte Idiot!", fauchte Tony. „Ich hätte schlau genug sein müssen, den Job nicht ihm anzuvertrauen.

Jetzt wird Bruno sofort hinter *uns* her sein. Und er selbst wird so vorsichtig sein, dass wir eine ganze Weile keine Chance mehr haben, an ihn ranzukommen."

„Oh, Tony, das macht mir Sorgen", sagte Jane. „Du musst sehr vorsichtig sein."

Er fuhr sie, innerlich vor Wut schäumend, nach Hause, während blutrünstige Pläne, wie er seine Feinde vernichten könnte, ihm durch den Kopf schossen. Vor dem luxuriösen Mietshaus, in dem sie wohnten, hielt er an und ließ Jane aussteigen. „Ich parke den Wagen und bin gleich da", sagte er geistesabwesend.

An der Ecke bog er nach links ab und fuhr zu der Garage, die einen Häuserblock entfernt lag. Plötzlich wurde ihm bewusst, dass von hinten ein schweres Auto mit heulendem Motor angebraust kam. Er wurde sofort misstrauisch und gab ebenfalls Gas. Aber das andere Auto zog mit ihm gleich. Er konnte sehen, dass es lang und schwarz und flach war; an den Seitenfenstern waren zugezogene Vorhänge – der typische Todeswagen. Dann schoss ein dünner roter Strahl aus der Seite heraus; er hörte das Prasseln von Maschinengewehrfeuer, Kugeln hinterließen ein Muster auf der Seite seines eigenen Wagens. Aber die Karosserie seiner Limousine bestand aus dickem Stahl, und das Glas war kugelsicher. Es schüttelte die Kugeln ab wie eine Ente das Wasser. Aber die Feinde, wer immer sie sein mochten, würden sich erst zufrieden geben, wenn sie ihre mörderische Mission erfüllt hatten.

Ihm war klar, dass er es nicht riskieren konnte, in die Garage zu fahren, denn der Todeswagen wurde ihm dorthin folgen und den Rest erledigen. Und die Angestellten würden ihm nicht zu Hilfe kommen. Er musste in seinen eigenen Bezirk, wohin ihm diese Männer kaum folgen würden, und falls doch, würden sich genügend seiner Gangster in dem kleinen Tabakladen im Erdgeschoss des Hotels, das ihm als Hauptquartier diente, aufhalten, ihm zu Hilfe kommen und kurzen Prozess mit den Eindringlingen machen.

Unvermittelt trat er das Gaspedal bis zum Anschlag durch; das große Auto schnellte vorwärts. Mit einer aberwitzigen Geschwindigkeit raste er durch die dunklen, menschenleeren Straßen der Stadt. Und der andere Wagen blieb ihm unerbittlich auf den Fersen. Mehrmals konnten die anderen ein klein wenig aufholen und kamen fast nahe genug, um wieder ihre Gewehre zum Einsatz zu bringen. Aber irgendwie schaffte es Tony doch jedes Mal, ihnen davonzufahren.

Immer weiter führte sie dieses seltsame Rennen, für ihn ein Wettlauf um sein Leben, für die anderen ein Wettlauf um den Tod – seinen Tod; sie bogen schlitternd um Kurven und gaben auf geraden Abschnitten Vollgas. Wenn er nur sein Hauptquartier erreichen konnte, bevor etwas passierte. Sie würden ganz bestimmt nicht wagen, ihm dorthin zu folgen.

Hinter ihm ertönte abermals das stotternde Rat-ta-ta-ta von Maschinengewehrfeuer. Zwei seiner Reifen, die offenbar von Kugeln getroffen worden waren, platzten mit lautem Knall. Das Auto schmierte nach rechts ab, prallte mit schrecklicher Wucht gegen den Bordstein und überschlug sich. Tony spürte, wie er fiel, dann wurde alles schwarz.

Als er wieder zu Bewusstsein kam, lag er in einer unbequemen Haltung auf dem Bauch. Unter sich sah er einen Teppich, um sich herum Füße, und er nahm eine ruckelnde, schwankende Bewegung wahr. Da ging ihm auf, dass er sich in einem Auto befand und dieses Auto sich bewegte. Es konnte nicht sein Auto sein. Also musste es sich um das des Feindes handeln. Er richtete sich auf und sah sich hektisch um. Auf dem Rücksitz saßen zwei Männer, aber es war so dunkel, dass er ihre Gesichter nicht erkennen konnte.

„Er ist doch nicht tot!“, sagte eine unbekannte Stimme. „Herrje! Ist das nicht ein Jammer?“

„Was hat das alles zu bedeuten?“, fragte Tony.

„Das wirst du früh genug erfahren.“

„Lasst mich auf den Sitz da rauf. Hier ist es zu unbequem.“ Er wollte aufstehen und musste feststellen, dass er schwach war und sich schwindlig fühlte.

Einer der Männer streckte die Arme aus und zerrte ihn auf den Sitz zwischen die beiden. Jetzt konnte er sehen, dass auf den Vordersitzen ebenfalls zwei Männer saßen.

„Du solltest die Spritztour genießen, Junge!“, fauchte einer der Männer ihm ins Ohr. „Es ist nämlich die letzte, die du je machen wirst.“

Tony blieb fast das Herz stehen. Er hatte Gefahren getrotzt und war schon öfter in der Klemme gewesen, aber noch nie in einer solchen Situation. Er wurde auf eine Spazierfahrt mitgenommen und würde bald das Opfer der endgültigsten und gefürchtetsten Methode werden, mit der sich die Banden ihrer Feinde entledigten.

Er drehte sich zu dem Mann um, der gesprochen hatte. „Ich nehme an, dies ist eine der verfluchten Organisationen von der North Side“, sagte er verbittert.

„Ja.“

„Und wer, zum Teufel, sind Sie?“

„Ich?“ Der Mann lachte humorlos, ein drohendes Lachen, das sich seltsam wie eine Klapperschlange vor dem Zubeißen anhörte. „Ich bin Jerry Hoffmans Bruder.“

KAPITEL SECHZEHN

Im Geiste ging Tony die Stationen durch, die vor ihm lagen. Die schnelle, unheilvolle, schweigsame Fahrt aufs Land. Wenn eine hinreichend abgelegene Stelle erreicht war, würde man ihn aus dem Auto werfen, mit Kugeln durchlöchern und tot im Straßengraben liegen lassen, wo ihn Passanten finden konnten oder er von den Geiern gefressen werden würde, wenn die Stelle entlegen genug war.

Bei einer Schießerei auf der Straße hatte man wenigstens eine gewisse Chance, auch wenn die Umstände gegen einen waren, aber eine Spazierfahrt war auswegloser als die Todesstrafe, die von Geschworenen und einem Gericht verhängt wurde. Denn es half kein Flehen. Es hab kein Entrinnen. Sie wurde mit der kalten, tödlichen Präzision einer staatlichen Hinrichtung durchgeführt. Und sie war unausweichlicher – jedenfalls war es bis jetzt immer so gewesen.

Ein nervöser oder sensibler Mann hätte, den sicheren und grausamen Tod innerhalb einer Stunde vor Augen, geschrien, geweint, gefleht, vielleicht mit aus nackter Verzweiflung geborenem Wagemut gegen seine Fänger gekämpft. Aber Tony war weder nervös noch sensibel. Ein Mann, der einen ruhigen Finger am Abzug braucht, kann sich das nicht leisten. Tony dachte nach. Nicht mit hektischer, fieberhafter Hast: kalt, nüchtern, erfinderisch.

Die Hoffnungslosigkeit seiner Situation wirkte nicht niederschmetternd auf ihn. Sie stimulierte lediglich diese unnatürliche animalische Schlauheit, die ihn mit Mitte zwanzig zum wagemutigsten und mächtigsten Bandenboss in einer Stadt gemacht hatte, die für ihre wagemutigen und mächtigen Bandenbosse berüchtigt war.

Und schließlich fand sein reger Verstand eine Möglichkeit – und konzentrierte sich ganz darauf. Es war ein verrückter Plan; selbst wenn er klappen sollte, standen die Chancen hundert zu eins dagegen, dass Tony mit dem Leben davonkam. Die Erfahrung hatte ihn gelehrt, dass ein Plan, der scheinbar keine Erfolgsaussichten hat, manchmal gerade deshalb erfolgreich ist, weil die Leute nie glaubten, dass jemand töricht genug sein könnte, ihn auszuprobieren. So, wie es aussah, würde er mit Sicherheit binnen einer Stunde tot sein; wenn er seinen verrückten Plan ausprobierte, hatte er den Hauch einer Chance. Er entschied, ohne zweimal darüber nachzudenken, dass er das Risiko eingehen würde.

Er vertrieb sich gelassen und ruhig die Zeit und saß zwischen seinen beiden Fängern auf der Rückbank des Autos, während die beiden anderen vorn saßen.

Schließlich sah er aus der Gegenrichtung ein Auto kommen. Er kniff die Augen zusammen, als er versuchte, die jeweiligen Geschwindigkeiten und den Abstand zueinander abzuschätzen. Dann schnellte er plötzlich mit einem Sprung wie ein Panther vorwärts, verpasste dem Fahrer einen heftigen Schlag auf den Kopf und griff nach dem Lenkrad. Das rasende Auto schlingerte wie verrückt. Aber der überraschte Fahrer ließ nicht los. Tony schlug dem Mann auf den Kopf und versuchte, ihn mit einer Hand zu würgen, während er mit der anderen am Lenkrad zerrte. Er spürte Schläge auf seinem eigenen Kopf und dem Rücken, dann blitzte Mündungsfeuer in dem Auto auf, und er spürte einen brennenden Schmerz an der Seite. Aber er biss die Zähne zusammen und ließ nicht locker.

Der große Wagen scherte nach rechts aus und landete mit einem ohrenbetäubenden Krachen im Straßengraben, dann überschlug er sich mehrmals, während der Motor mit einem schrillen, gequälten Winseln aufheulte, bis er schließlich bebend wie ein getroffenes Tier auf der Seite liegen blieb.

Tony lag auf den beiden anderen Männern, die mit ihm auf dem Rücksitz gewesen waren, und schüttelte den brummenden Kopf, um sein Denken zu klären. Sein ganzer Körper schien eine einzige Masse quälender Schmerzen zu sein, aber er war noch bei Bewusstsein. Ihm wurde dumpf bewusst, dass keiner der anderen sich bewegt oder etwas gesagt hatte. Sein linker Arm war unter ihm in einer unnatürlichen Haltung abgeknickt. Er versuchte, ihn zu bewegen, konnte es aber nicht. Und der Arm schmerzte fürchterlich. Vorsichtig streckte er die rechte Hand aus und tastete nach den Taschen seiner reglosen Begleiter. Als er eine wohlbekannte Wölbung spürte, zog er eine 45er Automatik heraus.

Das Gefühl des kalten Stahls auf seiner Haut und das Wissen, dass er bewaffnet war, belebten ihn wie kaltes Wasser. Er mühte sich hoch und suchte nach einem Weg aus dem verbeulten Wrack. Dann hörte er auf dem Frost knirschende Schritte, die näher kamen, und sah einen Schatten neben dem umgekippten Wagen stehen. Das war natürlich jemand aus dem anderen Automobil; damit hatte er gerechnet.

„Hallo!“, sagte er heiser und stellte mit Missfallen fest, dass sich seine Stimme unsicher anhörte. „Helfen Sie mir hier raus, ja?“

„Klar!“, antwortete der Fremde. „Ich bin überrascht, dass überhaupt noch jemand am Leben ist. Großer Gott! Das war ein schrecklicher Anblick!" Er half Tony durch die zertrümmerte und verbogene Tür heraus, dann richtete er das Licht einer Taschenlampe auf die anderen. Der Fahrer und seine Gefährten waren eindeutig tot, Glasscherben hatten ihre Gesichter grässlich entstellt. Die beiden Männer auf der Rückbank schienen bewusstlos, aber am Leben zu sein.

„Kommen Sie, gehen wir", sagte Tony.

„Aber die anderen –", wandte der Fremde betroffen ein.

„Zum Teufel mit den anderen!", fauchte Tony schroff. „Sie sind Gangster und hatten mich mit auf eine Spazierfahrt genommen. Ich hoffe, sie sind alle tot. Wahrscheinlich sollte ich dafür sorgen –" Er hob die Pistole und zielte auf die beiden reglosen Gestalten auf dem Rücksitz.

„Um Himmels willen!", keuchte der Fremde und legte ihm eine zitternde Hand auf den Arm. „Nicht! Sie können doch nicht –"

Tony drehte sich um und sah ihn einen Moment lang an, dann zuckte er geringschätzig die Achseln und ließ die Waffe sinken. Er war zum Ergebnis gekommen, dass es vermutlich das Beste wäre, keine Morde vor einem Zeugen zu begehen, besonders, weil er diesen Zeugen in der kommenden halben Stunde dringend brauchen würde. „Na gut!", knurrte er. „Aber Sie bringen mich jetzt dahin, wo ich hin will, und zwar schnell. Kommen Sie!"

Er stieß den Fremden mit der Automatik an und grinste beinahe, als der Mann zitterte und hastig voranging zu seinem Auto, das am Straßenrand parkte. Tony befahl dem Mann, mit Höchstgeschwindigkeit zum Hauptquartier der Bande zu fahren, dann ließ er sich schweigend in den Sitz sinken und schmiedete Rachepläne. Aber die Schmerzen ließen nicht zu, dass er sich ausgiebig mit dem Thema beschäftigte. Sein linker Arm war gebrochen, die rechte Seite pochte und brannte wegen der Schussverletzung; es war ihm unmöglich, eine Haltung einzunehmen, die auch nur im entferntesten bequem schien. Und Schmerzen und warme Flüssigkeit zeigten ihm, dass auch sein Gesicht nicht von den herumfliegenden Glasscherben verschont geblieben war. Alles in allem fühlte er sich wie ein völliges Wrack und vermutete, dass er auch so aussah.

Den Mann an seiner Seite brachte die Neugier offenbar schier um. Mehrmals versuchte er, seinem Beifahrer Fragen zu stellen, aber Tony antwortete entweder mit Grunzlauten oder gar nicht, und so gab er schließlich auf. Aber er fuhr wie ein Irrer; sie hielten viel früher vor dem Hotel mit dem Hauptquartier der Bande an, als Tony erwartet hatte.

„Sie sind in Ordnung“, sagte der Bandenboss knapp und griff nach seiner Brieftasche. Er stellte fest, dass sich dreihundertundvierzig Dollar darin befanden, die er dem überraschten Fremden großzügig in die noch zitternde Hand drückte. „Hier ist ein wenig Benzingeld“, sagte er und versuchte zu lächeln. Dann nahm sein Gesicht einen ernsten Ausdruck an, und er stieß heiser zwischen zusammengebissenen Zähnen hervor: „Aber halten Sie den Mund!“, befahl er ungestüm. „Sonst bekommen Sie das, was die heute Nacht für mich vorgesehen hatten.“

Selbst um diese nachtschlafene Zeit hielten sich ein paar Gangster in dem rund um die Uhr geöffneten Tabakladen und der dunklen Hotelhalle auf. Tonys Auftritt in seinem Zustand sorgte für eine Sensation; alle sahen ihn neugierig an.

„Hatte einen Autounfall“, gab Tony knapp preis, dann begab er sich sofort in sein Privatquartier im obersten Stock und rief einen Arzt.

Eine Stunde später, als seine Wunden versorgt waren und sein gebrochener Arm geschient, ging Tony zu Bett. Er war sicher, dass er keinen Schlaf finden würde, und doch war es schon nach Mittag, als er erwachte. Er schleppte seinen geschundenen, zerschlagenen Körper mühsam aus dem Bett und versuchte, sich anzuziehen. Aber mit nur einem Arm und so wund und steif, dass er sich kaum bewegen konnte, musste er Al rufen, damit der kleine Türsteher mit dem Rattengesicht ihm half.

Zum Glück bewahrte Tony einen Teil seiner umfangreichen Garderobe in dem Hotel auf; es hätte merkwürdig ausgesehen, hätte er die Aktivitäten des heutigen Tages in Abendkleidung dirigiert. Er ließ sich ein üppiges Frühstück aufs Zimmer bringen, dann schickte er nach Steve Libati. Und seine Augen blitzten, als er den Befehl erteilte. Dies würde der Tag der Abrechnung werden.

KAPITEL SIEBZEHN

Der stellvertretende Boss der mächtigen Lovo-Bande trat mit einer selbstbewussten Ausstrahlung ein, die irgendwie gekünstelt wirkte. Sein hässliches Gesicht lächelte, aber die Augen blickten zusammengekniffen und unstet, als wüsste er nicht, was für eine Art von Empfang ihn erwartete.

„Das mit deinem Unfall tut mir Leid, Boss“, sagte er. „Die Bullen haben angerufen, dass dein Auto irgendwo in der North Side gefunden worden wäre. Heute Morgen sind auch eine Menge Reporter hier gewesen; sie sagten, es wären Einschusslöcher in deinen Reifen. Aber ich sagte ihnen, du bist nicht da –“

„Ja“, knurrte Tony giftig, „du bist mir eine große Hilfe.“ Er erstarrte, beugte sich über den Schreibtisch und verzog den Mund zu einer höhnischen Grimasse. „Wie, zum Teufel, konntest du Bruno verfehlen?“, wollte er wissen.

Libati zuckte die Achseln. „Das war einfach nur Pech.“

„Was soll das heißen – Pech?“, fragte Tony ungestüm. „Kugeln fliegen dahin, wohin man zielt … Wie hast du überhaupt versucht, den Job durchzuziehen?“

Libati erklärte es ihm. Einer der beiden Revolverhelden, die er ausgesucht hatte, um Bruno, den Intriganten, zu ermorden, den trickreichen Anführer der starken Bande der North Side, hatte herausgefunden, dass Bruno am Abend zuvor um zweiundzwanzig Uhr einen bestimmten Ort aufsuchen wollte. Sie hatten ihm in einem auf der anderen Straßenseite parkenden Auto aufgelauert. Ein paar Minuten später kam er heraus, und sie hatten gerade das Feuer eröffnen wollen, als ein anderes Auto die Straße entlanggefahren kam und das Ziel einen Moment verdeckte. Als sich die Gelegenheit schließlich bot, ging er gerade hastig zu seinem Wagen. Sie hatten eine volle Salve auf ihn abgefeuert und waren dann geflohen, bevor seine Freunde im Saloon herauskommen und einen Schusswechsel daraus machen konnten.

„Ihr habt alle drei auf ihn gefeuert?", erkundigte sich Tony.

„Ja."

„Und ihn alle drei verfehlt?"

„Muss – wohl so gewesen sein. In den Zeitungen heute Morgen stand, dass er den ‚mysteriösen Angriff' überlebt hätte!"

„Ihr seid mir eine schöne Bande von Revolverhelden", schnaubte Tony angewidert. „Ich könnte eine Knarre nach einem Kerl werfen und würde ihn treffen … Warum, zum Teufel, habt ihr es nicht zu Ende gebracht?"

„Aber die Jungs drinnen –"

„Wenn ich etwas hasse, dann Feiglinge … du hast vermutlich nicht gewusst, dass Bruno, wenn ihr ihn nicht erwischt, genau wissen würde, wer hinter den Angriffen steckt, und mir seine sämtlichen Gorillas auf den Hals hetzen würde … Hör zu, Steve, es gibt zwei Arten von Männern, die in diesem Gewerbe nichts zu suchen haben – diejenigen, die Befehle nicht ausführen können, und diejenigen, die Befehle nicht ausführen wollen. Und ich glaube sogar, auf dich passen beide Beschreibungen."

Libati lief langsam rot an, bis sein blasser Teint fast eine lila Farbe angenommen hatte. Und in seinen unsteten schwarzen Augen funkelte es bedrohlich. „Ich – glaube, ich verstehe nicht“, sagte er langsam und kniff die Lippen zu einer dünnen, harten Linie zusammen.

„Nicht? Dann will ich es einfacher ausdrücken, damit sogar *du* es verstehst. Entweder taugst du nichts, genau wie die Männer, die du ausgesucht hast, um Bruno zu erledigen, oder du bist zum Feind übergelaufen und hast absichtlich daneben geschossen.“

„Verdammt!“, stieß Libati hervor, sprang auf die Füße und griff mit der rechten Hand nach der Jackentasche.

Aber Tony hatte mit der unglaublichen Schnelligkeit des Experten die Automatik von der Tischplatte gehoben und auf die Brust des Mannes gerichtet, noch ehe sein Stellvertreter ganz aus dem Stuhl hochgeschnellt war.

„Lass sie bloß stecken, du Narr!“, zischte der Boss. „Ich habe keine Skrupel und schieße nie daneben. Und du solltest deine Rechte in meiner Gegenwart besser nie wieder nervös werden lassen. Nur mein *linker* Arm ist gebrochen, weißt du“, fügte er mit Galgenhumor hinzu.

Steve ließ die rechte Hand sinken, dann hob er sie überdeutlich, um sich eine Zigarette anzuzünden, die er aus der linken Tasche geholt hatte.

„Du bist auf meinen Job scharf, seit Johnny fort ist“, sagte Tony. „Und du bist nicht der Typ, der Skrupel hat, wie er ihn bekommen kann – oder etwas anderes, wenn wir schon dabei sind. Wenn ich tot wäre, hättest du ihn, klar? Darum wäre es für dich ausgesprochen praktisch, wenn Bruno, der Intrigant, noch leben und hinter mir her sein würde. Also, ich bin noch nicht tot, Steve, und so soll es auch noch eine ganze Weile bleiben. Und darum glaube ich, dass du deine kostbare Zeit vergeudest, wenn du hier rumsitzt und auf mein Ableben wartest." Er fuhr mit der kalten, nüchternen Stimme eines Richters fort, der ein Urteil verkündet. „Du und die beiden anderen Ganoven, die gestern bei dir waren, sind raus aus dem Mob."

„Red keinen Blödsinn!", bellte Steve. „Du kannst mich nicht aus dem Mob rauswerfen. Johnny –"

„Johnny ist nicht mehr da. Und er hat mich zum Boss gemacht. Das ist meine Autorität", er hob die schwere Automatik und betrachtete sie zärtlich. „Von heute an bekommst du keinen Cent mehr, und wenn ich höre, dass du weiterhin hier rumhängst, wird das ernste Folgen für dich haben. Du bist erledigt, kapiert? Du kannst entweder so hier rausgehen oder in einem Sarg, das ist mir egal."

Die beiden Männer sahen einander lange Zeit in die Augen. Die von Tony waren kalt, hart und unerbittlich; die von Steve unstet und funkelnd vor Wut. Aber schließlich drehte sich der zweite Mann wortlos um und verließ den Raum. Abermals hatte Tony gewonnen, und diesmal für immer, wie es schien.

Als Nächstes besorgte sich Tony einen erfahrenen Leibwächter. Dann kehrte er mit einem Geleitschutz, der einer Person seiner Bedeutung – und Gefährdung – angemessen war, in sein Apartment zurück. Von jetzt an würde er, so wie in diesem Moment, zwischen zwei wachsamen Handlangern auf dem Rücksitz einer Limousine mit stahlverstärkter Karosserie und Panzerglasscheiben fahren, während der gut bewaffnete Chauffeur und der Mann an seiner Seite, ebenso wie die vier Männer, die ihm dicht in einem ähnlichen Auto folgten, permanent in alle Himmelsrichtungen nach verdächtigen Automobilen und Personen Ausschau halten würden.

Tony betrat sein luxuriöses Apartment mit raschen Schritten und vor Zorn funkelnden Augen. Er hatte Jane eine Menge Fragen zu stellen.

Sie hatte es sich in einem großen Sessel im Wohnzimmer bequem gemacht, las einen Roman und vertilgte mit, wie er fand, unverzeihlicher Gemütsruhe eine Schachtel Pralinen.

Sie sah überrascht auf, als er eintrat, dann wurden ihre Augen groß vor Schreck, als sie seinen Zustand bemerkte. „Herrje, Tony!", rief sie aus. „Was ist passiert?"

„Als ob dich das interessieren würde!", knurrte er. „Ich fahre um die Ecke, das Auto parken, komme erst am nächsten Tag zurück, und du siehst aus, als hättest du dich nicht im geringsten gefragt, was mir zugestoßen sein könnte."

„Aber das *habe* ich mich gefragt, Tony. Ich war schrecklich nervös. Aber ich dachte mir, du verstehst dein Geschäft und würdest bestimmt nicht wollen, dass ich mich in deine Angelegenheiten einmische."

„Ach ja? Also gestern Nacht hat Brunos Mob versucht, mich auf eine Spazierfahrt mitzunehmen. Und ich glaube, du hast gewusst, dass es dazu kommen würde!"

„Tony!" Das Gesicht des Mädchens war leichenblass geworden, ihr Augen glitzerten. „Wie kannst du sagen –"

„Wer war diese Frau gestern Nacht im Cabaret, dieses gut aussehende Flittchen in Weiß mit dem dunkelhäutigen Ganoven im Abendanzug?"

„Ich – ich weiß nicht."

„Doch, du weißt es. Ich hab sie dir gezeigt und konnte in deinen Augen sehen, dass du sie kennst." Er ging dicht an sie heran, umklammerte ihren Arm wie mit einem Schraubstock und drehte ihn brutal herum. „Wer ist sie?", krächzte er.

„Sie ist – ein Gun Girl“, stieß Jane schließlich keuchend hervor. „Das Flittchen von Bruno, dem Intriganten.“

„*Das* ist es also, hm?“ Er ließ Janes Arm los, trat zurück und sah voller Verachtung auf sie hinunter. „War das Bruno, ihr Begleiter?“

„Ja.“

„Herrgott! Wenn ich das gewusst hätte“, sagte der Bandenboss zähneknirschend und mit Mordlust in den Augen. „Und du hast es die ganze Zeit gewusst und mir nichts gesagt.“

„Nein. Denn dann hättest du versucht, ihn gleich dort umzulegen. Und du wärst entweder von Leuten seines Mobs getötet worden – er geht nie ohne Leibwächter aus dem Haus –, oder die Bullen hätten dich festgenommen und wegen der Sache drangekriegt.“

„Pah! Dass ich nicht lache! Die könnten mir in dieser Stadt überhaupt nichts anhängen!“

„Da sei mal nicht so sicher! Schmuggel ist eine Sache, aber Mord steht wieder auf einem anderen Blatt.“

„Warum wolltest du sofort gehen, als du sie und Bruno gesehen hast?“

„Ich – ich hatte Angst, die könnten etwas versuchen. Ich wollte nach Hause – aus ihrer Reichweite entkommen.“

„Pah! Mir scheint, du hast mehr Angst um deine eigene Haut als um meine gehabt!“

„Und wenn ich nicht erledigt werden wollte?“, gab das Mädchen zurück, und ihre normale, trotzige Selbstsicherheit gewann wieder die Oberhand. „Niemand will in meinem Alter ins Gras beißen. Aber ich habe mir auch Sorgen um dich gemacht, Tony“, fuhr sie hastig fort, als sie die Sturmwolken über sein Gesicht ziehen sah. „Versuche ich dich nicht seit Tagen zu überreden, dass du dir Leibwächter zulegen sollst?"

Tony überlegte und sah ein, dass das stimmte. Sie flehte ihn schon seit zwei Wochen an, dass er sich einen tüchtigen Leibwächter suchen sollte. Aber er hatte gezögert, weil er dachte, wenn er andauernd mit einem Trupp bewaffneter Männer herumspazieren würde, ihm das als Schwäche und mangelnde Tapferkeit ausgelegt werden könnte. Und doch wurde er den Verdacht, dass sie ihn verraten hatte, nicht ganz los. Und sein skrupelloser und gradliniger Verstand kannte nur eine Strafe für Verrat – den Tod.

„Ich liebe dich, Tony", fuhr sie fort, während er sie mit seinem stechenden Blick betrachtete. „Und ich habe alles getan, um dich zu beschützen."

„Ach ja? Also, ich hab da meine Zweifel. Aber ich gebe dir eine Chance, es zu beweisen. Wenn du mich liebst, dann erledige Bruno, den Intriganten, für mich."

Ihre Augen wurden groß, als ihr klar wurde, was für eine enorme Aufgabe das war und welche Gedankengänge ihn veranlasst haben mussten, sie ihr zu übertragen.

Tony lachte. „Hat dich der Mut verlassen?", erkundigte er sich.

Plötzlich sah Jane ihn verächtlich an. „Natürlich nicht!", fauchte sie. „Ich hab so viel Mumm wie du – und das jederzeit, Großkotz!"

„Ja? Dann beweis es mir, und dass du mich liebst, indem du den Intriganten erledigst."

„Was für ein netter, ritterlicher Ganove du doch bist!", krächzte sie spöttisch. „Überträgst mir den Job, den größten Fisch in der Stadt zu erledigen – neben dir. Und das allein. Du weißt verdammt gut, Tony, dass ich nie einen Job allein ausgeführt hab. Aber ich kann ziemlich hilfreich sein, wenn du dich nur zurückerinnerst, wie wir Jerry Hoffman zusammen im Embassy Club erledigt haben. Wenn du mir hilfst, mache ich es. Ich schnüffle rum und finde raus, wann er wo ist. Dann ziehen wir den Job gemeinsam durch."

„Also gut, einverstanden", knurrte er. Sein erster Zorn war mittlerweile verraucht, und als er die üppigen Reize des Mädchens betrachtete, die ihr Negligee nur unzureichend verbarg, entschied er, dass es wahrscheinlich besser wäre, sie noch nicht zu verlieren. Aber natürlich durfte er sie das nicht merken lassen. Er trat vor und packte sie wieder am Arm. „Hör zu, du kleine Teufelin", stieß er zwischen zusammengebissenen Zähnen hervor, „wenn ich dich je dabei erwische, dass du mich reinlegst oder irgend was gegen mich abziehst, ist es *aus*. Kapiert?"

Und so gaben diese beiden, die nie bei einem Auftragsmord versagt hatten, sich selbst einen Auftrag und besiegelten mündlich das Todesurteil von Bruno, dem Intriganten. Aber Tonys Zweifel und der sich anschließende Streit hatten einen Riss in ihrer Beziehung aufgetan, der noch weit reichende Konsequenzen haben sollte.

KAPITEL ACHTZEHN

Tony leitete sofort einen waghalsigen, jedoch exakten und tödlichen Rachefeldzug gegen den von dem zwielichtigen Intriganten Bruno geführten Mob der North Side ein. Allmählich empfand er eine klammheimliche Hochachtung vor dem berüchtigten Intriganten. Er hatte eine Menge Beispiele für die Dreistigkeit und unerhörte Tapferkeit dieses mutigen Bandenbosses gesehen, aber die Sache in dem Cabaret hatte allem die Krone aufgesetzt. Ein Mann, der eine Stunde nach einem missglückten Anschlag auf sein Leben in einem Cabaret nur wenige Tische von demjenigen entfernt sitzen konnte, der für diesen Anschlag die Verantwortung trug, war ein Mann, der Bewunderung verdiente. Aber die Einsicht, wie mutig und tüchtig sein Gegner tatsächlich war, festigte Tonys Entschlossenheit nur noch, den Kampf zu gewinnen, und zwang ihn, atemberaubende Coups zu planen.

Sie legten Bomben in Lagerhallen, entführten Lastwagen, einzelne und ganze Flotten, schüchterten die Besitzer von Destillen ein, die die North Side belieferten, damit sie zu ihnen überliefen, und erschossen ein paar, um für die anderen Exempel zu statuieren; sie zwangen Saloonbesitzer, bei ihnen zu kaufen, und versprachen ihnen umfassenden Schutz dafür; sie töteten ein halbes Dutzend von Brunos besten Revolverhelden und drohten anderen dasselbe Schicksal an, wenn sie nicht umgehend die Stadt verließen; sie überfielen mehrfach

Spielhöllen, die bekanntermaßen Bruno gehörten, und raubten sie aus und sprengten alle, die mit Stahltüren und Gucklöchern ausgerüstet als Flüsterkneipen dienten, d. h. keine Konzession besaßen; und sie setzten der anderen Bande in jeder erdenklichen Weise zu, die einem erfinderischen Boss und einer mächtigen Organisation möglich war.

Als sein Feldzug in vollem Gange war, ließ Tony Benny Peluso, Brunos ehemalige rechte Hand, der entführt und zum Reden gezwungen worden war, zu sich bringen. Immerhin war der Erfolg des momentanen Feldzugs weitgehend auf die Informationen zurückzuführen, die Benny unter Zwang preisgegeben hatte.

Der vierschrötige, hässliche Gangster sah mürrisch und mehr als ein wenig ängstlich aus, als die beiden Revolverhelden, die ihn damals entführt hatten, ihn hereinführten.

„Also, Benny", sagte Tony, „die Informationen, die du mir gegeben hast, waren nützlich. Und hier ist der Zaster, den ich dir versprochen hatte", womit er einen Umschlag über den Schreibtisch warf. „Diese Männer bringen dich zu einem Zug nach Westen; sie werden dich vor allen Mitgliedern von Brunos Mob beschützen, die es dir vielleicht heimzahlen möchten."

Der kleine Gangster, der für einen bestimmten Preis überredet worden war, seine Kumpels zu verpfeifen, nahm den Umschlag und blätterte gierig die fünfzehn Tausenddollarscheine durch, die sich darin befanden. Dann sah er Tony an und lächelte dankbar. In der Bandenszene war es wirklich eine Freude, wenn man einem Feind – oder einem Freund – begegnete, der sein Wort hielt, auch wenn er es gar nicht musste. „Danke", sagte er. „Ich hätte nicht gedacht, dass du damit rüberkommen würdest."

„Ich halte stets meine Versprechen – die guten wie die bösen“, erwiderte Tony, den die Dankbarkeit seines ehemaligen Gegners zutiefst rührte. „Mach dich auf den Weg – und viel Glück.“

Tonys Revolverhelden führten Peluso unter dem Kommando des adretten, herausgeputzten Mike Rinaldo hinaus.

Eine Stunde später kam Rinaldo mit recht betretener Miene zurück. „Ich bringe leider schlechte Nachrichten, Boss“, sagte er. „Auf dem Weg runter zum Bahnhof hat uns ein anderes Auto gezwungen, rechts ranzufahren, dann sind zwei Ganoven rausgesprungen und haben Benny erledigt, ehe wir auch nur die Knarren ziehen konnten. Wir sind raus aus dem Auto und abgehauen, bevor die Bullen da waren. Ein paar von Brunos Mob müssen rausgekriegt haben, dass wir ihn hier hatten, und haben offenbar nur darauf gewartet, bis wir ihn rausbringen.“

„Na gut“, sagte Tony niedergeschlagen. „Ich nehme an, die Bullen und die Zeitungen werden mir die Schuld daran geben, dass er erledigt wurde, weil sie immer noch glauben, dass er unser Feind gewesen ist … Sieh zu, dass wir das Auto wiederbekommen.“

Tony dachte eine Weile über diese Meldung nach, als der adrette, aber gefährliche Rinaldo fort war. Er kannte sich mit Revolverhelden aus und hegte den starken Verdacht, dass Rinaldo und sein Assistent Peluso selbst wegen der fünfzehntausend Dollar ermordet hatten. Aber es dürfte schwer sein, ihnen das nachzuweisen; der unversöhnliche Hass, den Brunos Mob zweifellos gegen Peluso hegte, wenn sie vermuteten, was er getan hatte, machte es fast unmöglich, zwei kleine Ganoven zu verdächtigen. Aber was spielte es schon für eine Rolle; er selbst hatte seinen Teil der Abmachung eingehalten, und Peluso war ohnedies eine feige Ratte gewesen. Tief in seinem Herzen wusste Tony, dass sie alle feige Ratten waren, wenn eine Situation Charakterstärke und moralischen Mut erforderte. Sein Verdacht wurde zu einem gewissen Teil bestätigt, als Rinaldo in der folgenden Woche mit einem teuren neuen Auto aufkreuzte.

Tony konzentrierte sich wieder ganz und mit ungebrochenem Eifer auf den Feldzug gegen die Bande der North Side. Denn Bruno, der Intrigant, ließ sich die Angriffe seiner Feinde nicht widerstandslos gefallen. Er wehrte sich mit allen Mitteln, die ihm sein messerscharfer, wagemutiger Verstand und seine mächtige Organisation ermöglichten. Alles in allem hatte man es mit einer verzweifelten Schreckensherrschaft zu tun, wie sie dieser Kontinent in Friedenszeiten noch nie zuvor erlebt hatte. Und die Zeitungen stimmten ein Geheul über Bürgerrechte und die Gefahren für Leib und Leben unschuldiger Passanten an.

„Der Teufel soll sie holen!", knurrte Tony eines Nachts Jane an. „Wissen die denn nicht, dass wir nur Ganoven was antun? Weder ich noch einer meiner Männer hat je die Hand gegen einen anderen als einen Gegner erhoben, hinter dem er her war. Und ich habe noch nie gehört, dass es bei einem anderen Mob anders gewesen wäre. Und wir werfen nie eine Ananas, wenn wir nicht wissen, was in dem Laden vor sich geht. Wenn einige der Läden anständigen Bürgern gehören, sollen sie dafür sorgen, dass sich keine Gangster dort aufhalten; keiner kann mir erzählen, dass jemand nicht weiß, was sich in seinen Häusern abspielt. Wenn er die Chance sieht, eine höhere Miete zu kassieren, dann ist er nicht besser als die Schurken, an die er vermietet, und er muss damit rechnen, dass ihm die Bude in die Luft gesprengt wird."

Aber am nächsten Morgen erhielt Tony einen Anruf vom Bezirksstaatsanwalt. „Camonte?“, ertönte die altbekannte, dröhnende Stimme. „Ich möchte Sie heute Nachmittag sprechen, Suite F im Sherman-Hotel. Punkt vierzehn Uhr.“

„Warum nicht im Büro?“, fragte Tony. „Was ist eigentlich los?“

„Unwichtig. Seien Sie da, das ist alles.“ Damit legte der Staatsanwalt auf.

Tony grübelte bis halb zwei über diese offizielle Aufforderung nach. Er kam nicht dahinter. Eine Zeit lang mutmaßte er eine Falle und hätte beinahe entschieden, nicht hinzugehen, aber dann überlegte er sich, dass der Bezirksstaatsanwalt nicht wagen würde, mit der Ermordung eines so prominenten Bandenbosses in Verbindung gebracht zu werden. Aber eines stand fest, es bedeutete nichts Gutes.

Er beschäftigte sich immer noch mit seinen düsteren und etwas unbehaglichen Grübeleien, als er in Begleitung seiner Leibwächter in die Innenstadt fuhr. Die Männer stiegen vor dem riesigen Hotel aus den Autos, formierten einen dichten Kreis um ihn und geleiteten ihn ins Innere. Sie drängten sich eilig in einen leeren Fahrstuhl, den sie nahezu ausfüllten, und befahlen dem Fahrstuhlführer, sie zur Suite F zu bringen, „aber ein bisschen plötzlich“. Der Fahrstuhlführer zögerte und wollte noch auf zwei oder drei Passagiere warten, aber dann betrachtete er die soeben Eingestiegenen genauer und gehorchte.

Als sie den Flur im obersten Stock betraten, wurde die gesamte Gruppe sofort von einem Dutzend Polizisten umstellt, die sie systematisch und nicht eben sanft filzten und ihnen sämtliche Waffen abnahmen.

„He! Was hat das zu bedeuten?“, wollte Tony erbost wissen.

„Das wirst du schon noch früh genug herausfinden“, antwortete ein feister Bulle. „Gib deine Knarren auch ab. Hier wird heute keiner umgelegt.“

Tony knirschte mit den Zähnen, leistete jedoch keinen Widerstand. Es war eine Sache, einen Polizisten in der Hitze und Anonymität einer Schießerei auf der Straße abzuknallen, aber ihn in einem angesehenen Hotel im Beisein von einem Dutzend Kollegen zu erschießen, wieder eine andere. Doch äußerlich war Tony höchst entrüstet und innerlich höchst unsicher. Seine Gefolgsleute blieben stumm und fügsam, wie alle modernen Gangster, wenn sie sich entwaffnet einer Übermacht gegenübersehen.

Als die Entwaffnung beendet war, wurde die ganze Meute den Flur entlang zu einer offenen Tür geführt; sie trieben Tonys Männer in das angrenzende Zimmer.

„Ihr bleibt schön hier, bis wir euch holen kommen“, sagte der Polizist, der das Kommando zu haben schien. „Und dass mir keiner Ärger macht, sonst nehmen wir euch mit aufs Revier und verprügeln euch mit den Gummischläuchen, die wir für Verbrecher wie euch reserviert haben.“ Dann sperrte er die Tür ab, steckte den Schlüssel ein, ließ zwei seiner Männer vor der Tür Wache stehen und geleitete Tony weiter den Flur entlang zu einer geschlossenen Tür mit einem „F“ darauf. Er klopfte, machte die Tür auf und schubste Tony regelrecht hinein.

Tony hörte, wie die Tür hinter ihm geschlossen und ein Schlüssel im Schloss herumgedreht wurde. Dann fiel sein Blick auf die neue Umgebung, und er erstarrte.

An einem großen Tisch in der Mitte des luxuriösen Salons

saß ein halbes Dutzend Männer. Ein freier Stuhl schien für ihn reserviert zu sein. Tony kannte die Männer alle. Am Kopfende des Tischs saß für sich allein der Bezirksstaatsanwalt, ein gedrungener, etwas korpulenter Mann mit gemeinen Augen und dem kantigen Kiefer einer Bulldogge. Bei den anderen handelte es sich um jeden prominenten Bandenboss der Stadt und des Umlands, Bruno, den Intriganten, eingeschlossen.

„Kommen Sie und setzen Sie sich, Camonte“, blaffte der Staatsanwalt brüsk. „Das Treffen kann beginnen.“

Tony trat selbstbewusst nach vorn und schützte eine Kaltblütigkeit vor, die er nicht empfand, setzte sich und warf finstere Blicke zu Bruno, der sich ein knappes Lächeln gönnte, das die Lippen seines schmalen, hübschen Gesichts verzog, als er Tonys linken Arm in der Schlinge sah. Es war ihr erstes Zusammentreffen.

„Was ist denn mit Ihrem Arm los?“, fragte er. Sein Tonfall und Benehmen waren höflich, aber darunter verbargen sich eine Geringschätzung und Heiterkeit, die Tonys Blut zum Kochen brachten.

„Ich hatte neulich einen kleinen Autounfall“, erwiderte Tony. „Aber es kamen noch andere Leute zu Schaden“, fügte er mit grimmiger Zufriedenheit hinzu, als er sich an das umgestürzte Auto mit seinen Verwundeten und Toten erinnerte.

Brunos Lächeln verschwand so plötzlich wie ein Schmutzfleck, der rasch mit einem Tuch weggewischt wird; sein Gesicht erstarrte zu einer harten, ausdruckslosen Maske, in der einzig und allein die Augen etwas Lebendiges darstellten. In ihnen loderte ein unversöhnlicher und bösartiger Hass. Auf Grund seiner eigenen Gefühle wusste Tony, dass es Bruno in der rechten Hand nach einer Waffe juckte.

„Das reicht“, bellte der Staatsanwalt. „Heute werde ich reden.“

Die sechs Männer, die bedeutendsten Unterweltbosse der Stadt, die jede Art von Verbrechen repräsentierten, von kleinen Diebstählen einmal abgesehen, verstummten und sahen den mächtigsten Mann unter den Gesetzeshütern an, den Mann, den vertrauensvolle Bürger gewählt hatten, damit er sie vor den Machenschaften eben jener kriminellen Elemente beschützte, mit denen er jetzt an einem Tisch saß. Alle bezahlten ihm gutes Geld und alle verabscheuten ihn aus tiefster Seele und empfanden die Verachtung für ihn, die jeder verdient, der ein in ihn gesetztes Vertrauen missbraucht. Und dennoch fürchteten sie alle insgeheim seine enorme Macht, da er sie, wenn er es wollte, jederzeit um ihre Existenz bringen konnte.

„Dieser Krieg muss aufhören!“, verkündete der Staatsanwalt und schlug auf den Tisch, um seinen Worten Nachdruck zu verleihen. „Die Zeitungen machen uns die Hölle heiß, und sogar einige der wichtigen Politiker sind besorgt. Ein paar der einflussreichsten Männer von hier sind beim Gouverneur gewesen und haben ihm gesagt, die Stadt hätte inzwischen einen so schlechten Ruf, dass niemand mehr herkommen will, was schlecht für das Geschäft ist. Man redet sogar davon, einen speziellen Sonderankläger zu berufen – einen reichen, furchtlosen Anwalt, der sich nicht bestechen lässt –, sowie spezielle Geschworene, die die Bandensituation untersuchen sollen. Und Sie alle wissen, was das bedeuten würde.“

Die Bandenbosse rutschten nervös auf den Stühlen hin und her. Sie wussten genau, was solche Ermittlungen bedeuten würden – jede Menge Ärger, wenn nicht gar die eigene Auslöschung.

„Camonte“, fuhr der Staatsanwalt fort und maß Tony mit finsteren Blicken. „Ich weiß, dass Sie und Bruno die Hauptschuldigen an dem jüngsten Bandenkrieg sind, dem schlimmsten, den wir je erlebt haben. Aber ich weiß auch, alle anderen mischen nur aus dem einen einzigen Grund nicht mit, weil sie nicht groß genug sind, dass sie es mit den beiden aufnehmen können, und Verstand genug besitzen, es auch selbst einzusehen ... Jeder von Ihnen kann hier gute Geschäfte machen, und Sie müssen einen Waffenstillstand schließen und friedlich arbeiten, sodass jeder seinen Anteil bekommt.“

„Glauben Sie, *der* würde sich an einen Waffenstillstand halten?“, wollte Bruno mit einem verächtlichen Nicken in Tonys Richtung wissen.

„*Sie* ganz bestimmt nicht, so viel steht fest“, fauchte Tony, der den Mund zu einer hässlichen Fratze verzogen hatte.

„Das würde ich nicht wagen – bei Ihnen. Wer will schon einen Schuss in den Rücken bekommen?“

„Sie elender –“

„Ruhe!“, brüllte der Staatsanwalt wütend. „Und hören Sie mir zu. Oder ich jage Sie alle aus der Stadt.“

„Damit würden Sie einen enormen Teil Ihres Einkommens verlieren“, sagte Tony höhnisch, da ihn der Wortwechsel mit Bruno zur Weißglut getrieben hatte.

Von dieser anmaßenden Bemerkung erbost, runzelte der Staatsanwalt die Stirn und warf Tony einen wütenden Blick zuwarf. „Lieber habe ich nur einen Teil meines Einkommens als gar keins“, erwiderte er mit zusammengebissenen Zähnen. „Noch so eine Unverschämtheit von Ihnen, und *Sie* sind der Erste, der geht.“

Tony gab klein bei, schäumte aber vor Wut. Wenn man ihm genug Zeit ließe, würde er seine Feinde ausnahmslos erledigen können, vielleicht sogar den Staatsanwalt selbst. Man hatte schon Pferde kotzen sehen, und der Mann hatte es ganz gewiss nicht anders verdient.

Der Bezirksstaatsanwalt hatte eine große Karte des gesamten County auf dem Tisch ausgebreitet, deren größten Teil die Stadt selbst beanspruchte. Die Karte war bereits mit roten Linien unterteilt worden; in jedem so entstandenen Feld stand der Name eines der anwesenden Männer.

„Dies sind die Gebiete, die ich jedem von Ihnen zugeteilt habe", fuhr der Staatsanwalt fort. „Und ich denke, Sie werden alle mit mir darin übereinstimmen, dass ich ausgesprochen fair gewesen bin. Die großen Fische bekommen natürlich den Löwenanteil, aber die kleinen Mobs sollen auch ihren gerechten Anteil haben, denn auch sie müssen leben."

Die Bandenbosse starrten die Karte an. Tief in ihren Herzen erkannten sie, dass der Staatsanwalt eine gerechte Aufteilung des Territoriums vorgenommen hatte. Und jedem wurde klar, dass die Bezirke, in denen ihnen die Alleinherrschaft zugesichert wurde, ausreichend Profite abwerfen würden, um den Mob beschäftigt zu halten und allen hinreichenden Wohlstand zu sichern. Aber es hatte stets zu ihrem Kodex gehört, dass sie das eigene Gebiet hielten und versuchten, dem Gegner seines abspenstig zu machen; wie sie auch davon ausgingen, dass der Gegner versuchen würde, ihnen ihres abspenstig zu machen. Dem Sieger fielen dann die Profite beider zu.

„Hier sind noch weitere Karten, für jeden von Ihnen eine, auf denen Ihre Territorien eingezeichnet sind", fuhr der Staatsanwalt fort und reichte die zusammengelegten Karten herum. „Der erste Mann, der seine Grenzen verletzt, wird aus der Stadt gejagt, wobei für mich ganz egal ist, um wen es sich handelt. Sie werden Ihre jeweiligen Banden über diese Vereinbarung in Kenntnis setzen und sie gründlich mit den Grenzen vertraut machen, innerhalb derer sie aktiv sein dürfen, und dafür sorgen, dass sie sich auch daran halten. Jeder Mann ist für die Taten seines Mobs verantwortlich; wenn er seine Leute nicht im Griff hat und dafür sorgt, dass sie seinen Befehlen gehorchen, verdient er es nicht, Anführer seiner Bande zu sein. *Und keine Schießereien mehr, oder ich werde die Schuldigen wegen Mordes anklagen, und es ist mir ganz egal, wer sie sind* ... Sie können jetzt gehen – Camonte, Sie und Ihre Männer zuerst. Alle anderen können nach und nach gehen, wenn er mit seinen Leibwächtern fort ist. Und sehen Sie zu, dass Sie sofort verschwinden, Camonte. Meine Polizisten sind draußen postiert; sollten Sie in der Hoffnung bleiben, dass Sie Rache an irgendjemandem hier nehmen können, wird das zur sofortigen Verhaftung und Anklage führen.“

Tony stand auf und ließ den Blick über die Versammelten schweifen, wobei er Bruno einen ganz besonders durchdringenden Blick widmete, dann drehte er sich um und ging mit ausholenden Schritten aus dem Raum. Für ihn hatte die Konferenz etwas Gutes gebracht – er war Bruno, dem Intriganten, von Angesicht zu Angesicht begegnet. Jetzt wusste er ganz genau, wie sein Gegner aussah, und von jetzt an würde er ihn auch auf einige Entfernung mit Sicherheit identifizieren können. Für einen Schuss in der Nacht konnte das überaus hilfreich sein.

KAPITEL NEUNZEHN

Eine Weile, fast vier Monate, blieb alles ruhig. Alle verdienten Geld, Schießereien blieben aus. Dann wurden die Männer unruhig, wie es bei Männern der Tat nach längeren Phasen der Untätigkeit stets der Fall ist. Das Wiederaufleben der Feindseligkeiten begann mit kleinen Reibereien zwischen unbedeutenden Mitgliedern der verschiedenen Banden, die üblicherweise wenig mehr als blutige Nasen oder Veilchen um die Augen zur Folge hatten. Dann kam es hin und wieder zu einer Messerstecherei bei den sonst eher harmlosen Auseinandersetzungen, und schließlich zu dem einen oder anderen Schusswechsel. Die Lust auf Aufregung, auf Krieg und Rache, wurde ausgeprägter. Eine gespannte Atmosphäre wachsamen Abwartens, greifbarer Bedrohung, schwebte über den Hauptquartieren der verschiedenen Banden. Im Geiste glichen die Männer Bluthunden, die an ihren Leinen zerrten.

Tony entging die Situation nicht. Auch er hatte die Untätigkeit satt. Und das fortwährende Stillhalten seiner Feinde machte ihn misstrauisch. Er wusste, dass sie und ihre Leute ebenso wenig imstande waren, einen dauerhaften Frieden zu halten, wie sein eigener Mob. Es lief immer mehr auf die Frage hinaus, wer zuerst zuschlagen würde.

Zu Tonys verschiedenen wertvollen Besitztümern gehörten eine Reihe von Spielhöllen. Eine davon lag im ersten Stock eines Gebäudes im Herzen der Stadt. Trotz der zentralen Lage befand sie sich in einer Straße ohne Geschäfte und in einem Häuserblock mit Großhandelsunternehmen für Friseurbedarf und ähnlichen Firmen, die wenig Laufkundschaft hatten. Was bedeutete, dass sich kaum Fußgänger auf den Bürgersteigen aufhielten.

Tony stattete dem Laden fast täglich einen Besuch ab, eine Tatsache, die er nie versucht hatte zu verheimlichen. Als er eines Tages vor dem Gebäude aus seiner Limousine stieg und einen Moment wartete, bis sich seine Leibwächter um ihn geschart hatten, hörte er plötzlich das unverkennbare stotternde Ra-ta-ta-ta eines Maschinengewehrs. Er sah zwei seiner Leibwächter im tödlichen Kugelhagel zu Boden gehen, während sich die anderen duckten, die Deckung nutzten, die die beiden Limousinen boten, und hektisch nach der Quelle dieses Angriffs Ausschau hielten. Tony selbst hechtete in den Eingang des Hauses, in dessen erstem Stock sich sein Laden befand, aber nicht ohne zuvor ein Dutzend schwere Schläge am Oberkörper zu spüren. Die Treffsicherheit seiner Angreifer war tödlich, aber er trug eine kugelsichere Weste.

In der relativen Sicherheit des schmalen Flurs, der zur Treppe führte, drehte er sich um. Die Automatik hatte er schon gezückt und zur Gegenwehr bereit. Er konnte sehen, wie zwei seiner Männer in die Höhe schossen, zu den Fenstern des kleinen Hotels auf der anderen Straßenseite hinauf. Aber nach seinem Verschwinden hatte das tückische Stottern der Maschinengewehre aufgehört. Er ging davon aus, dass die Angreifer längst geflohen waren und verzweifelt versuchten zu entkommen, bevor die Polizei eintraf. Und seine eigenen Männer mussten ihrem Beispiel folgen, damit sie einer Festnahme und ernsthafter Anklage entgingen. Eine

Schießerei am hellichten Tage auf einer Straße im Stadtzentrum konnte man den Behörden nicht so leicht erklären.

Er ging zur Haustür und warf einen kurzen, aber gründlichen Blick zu den Fenstern des Hotels. Ihm fiel nichts Verdächtiges auf. „Aufhören!“, bellte er. „In die Autos, schnell! Verschwinden wir!“

Er rannte zu einer der wartenden Limousinen und sprang hinein. Die Männer drängten sich um ihn und in das andere Automobil. Die beiden großen Wagen rasten die Straße hinunter. Einem Verkehrspolizisten, der wie von Sinnen in seine Pfeife blies, konnten sie gerade noch ausweichen und verfehlten ihn nur um Zentimeter, dann brausten sie weiter nach Hause und in Sicherheit. In Tonys Augen funkelte eine kalte, tödliche Wut, aber dennoch verspürte er ein innerliches Hochgefühl. Der Krieg hatte wieder begonnen!

„Die waren im zweiten Stock des Hotels, Boss“, keuchte einer der Männer. „Wir konnten sie deutlich sehen – zwei Mann. Einer benutzte ein Thompson, der andere hatte eine Automatik.“

Ein Thompson ist ein bestimmtes Modell von Maschinengewehr, die Lieblingswaffe des modernen Gangsters, eine leicht zu transportierende, aber wirkungsvolle Todesmaschine, die man so einfach wie ein Gewehr handhaben kann und die bei einem Gewicht von nur fünf Kilo einhundert Kugeln pro Minute ausspuckt.

Als sie das Hauptquartier erreichten, ging Tony sofort in sein Büro und rief den Bezirksstaatsanwalt an. „Man hat gerade versucht, mich aus dem zweiten Stock des Victor-Hotels umzulegen“, verkündete er fast beglückt.

„Ich weiß. Ich hab eben die Meldung vom Polizeirevier reinbekommen.“

„Das müssen Leute von Brunos Mob gewesen sein. Was werden Sie deswegen unternehmen?“

„Genau das, was ich bei unserer letzten Konferenz versprochen habe. Heute Abend verhaften wir so viele vom Mob der North Side, wie wir können, verhören sie und bringen sie morgen früh vor Gericht.“

Das hörte sich gut an, fand Tony, hatte aber nicht das Geringste zu bedeuten. Höchstwahrscheinlich waren die echten Attentäter längst über alle Berge, keiner der anderen würde reden – vermutlich wussten sie nicht einmal etwas von dem Anschlag, bis sie in den Zeitungen davon lasen oder festgenommen wurden –, und das Büro des Bezirksstaatsanwalts würde ihnen nichts Schwerwiegenderes anhängen können als das Tragen versteckter Waffen. Tony war klar, dass die Verhaftungen und anschließenden Aktivitäten nichts weiter sein würden als eine publikumswirksame Geste, die die Zeitungen an die Bevölkerung weitergeben konnten.

Aber Tony dachte bei sich, dass so eine Razzia eine Gelegenheit darstellte, die man sich unmöglich entgehen lassen konnte. Er rief ein Dutzend seiner zuverlässigsten Revolverhelden zu sich und machte sie mit den Einzelheiten eines Plans vertraut, der das wagemutigste Unternehmen werden sollte, das sich je eine Bande in dieser Stadt geleistet hatte.

Die Abendzeitungen – stets reißerischer aufgemacht als die am Morgen – berichteten lang und breit über das Attentat und widmeten ihm riesige Schlagzeilen und ausführliche Artikel. Und einige der Informationen stießen bei Tony auf größtes Interesse. Bei der Durchsuchung des Hotels nach dem Anschlag hatte die Polizei in einem Zimmer im zweiten

Stock ein Maschinengewehr der Marke Thompson, eine leere Automatik und einen toten Mann mit einem halben Dutzend Einschusslöchern gefunden. *Und der Tote war später als Steve Libati identifiziert worden.*

„Dieser dreckige ...!“, stieß Tony erbittert hervor. „Zum Verräter geworden, ja? Und ein paar von den Jungs haben ihn erwischt. Oder sein eigener Partner hat ihm in den Rücken geschossen, damit er ihn später nicht verpfeifen kann. Wie auch immer, er hat es nicht anders verdient.“

Tony studierte die verschiedenen Aspekte dieses Vorfalls einige Zeit. Dass sein ehemaliger Stellvertreter als einer der Attentäter identifiziert worden war, führte ein neues Element ein. Natürlich bestand die Möglichkeit, dass Steve die Tat als persönlichen Racheakt begangen hatte. Doch das schien unwahrscheinlich. Dazu fehlte es ihm an Hirn. Nein, der gerissene Intrigant Bruno hatte die ganze Sache eingefädelt und den bereitwilligen Libati als Strohmann benutzt. Vermutlich hatte sich Steve, nachdem er von Tony gefeuert worden war, der Bande der North Side angeschlossen, wo man ihn mit offenen Armen empfing, weil er Bruno wertvolle Informationen liefern konnte und einen unversöhnlichen Hass auf Tony verspürte.

Die Morgenzeitungen berichteten etwas zurückhaltender über die ganze Angelegenheit, meldeten jedoch, dass während der Nacht die gründlichste Razzia seit langem in der North Side stattgefunden hatte – mit dem Ergebnis, dass ein großer Teil der berüchtigten North-Side-Bande, einschließlich des schlauen Intriganten selbst, verhaftet worden war und sie jetzt in Zellen saßen, von wo aus sie diesen Morgen wegen verschiedener Anklagen dem Haftrichter vorgeführt werden sollten.

Um halb zehn verfrachtete Tony ein Dutzend handverlesene Revolverhelden in zwei große Limousinen und begann die kleine Expedition, die er am Tag zuvor geplant hatte. Keine zehn Häuserblocks von dem Polizeirevier entfernt, wo der Mob von der North Side inhaftiert worden war, wie Tony ganz genau wusste, ließ er die Autos parken – aber mit laufendem Motor, damit sie sofort fliehen konnten –, und wies seine Männer an, sich entlang der Straße zu verteilen. Er sah zu, wie sie ihre Positionen einnahmen, dann lächelte er kalt und voller Vorfreude. Wenn Bruno, der Intrigant, und seine Männer herauskamen – was ganz sicher bald geschehen würde –, würden sie eine tödliche Überraschung erleben. Und da sie gerade aus dem Gerichtsgebäude kamen, würden sie natürlich unbewaffnet sein. Es sah so aus, als würde die Führungsriege des North-Side-Mobs an diesem Vormittag drastisch dezimiert werden.

Plötzlich wurde die Doppeltür des Polizeireviers geöffnet – das Gericht befand sich im ersten Stock über dem Revier – und ein Strom von Detectives und uniformierten Streifenpolizisten kamen heraus und marschierten auf Tonys Männer zu.

„Verdammt!“, rief Tony, der mit dem Chauffeur in einem der Autos sitzen geblieben war. „Die Bullen haben sie gesehen. Abhauen!“

Die große Limousine bog mit heulendem Motor um eine Ecke, aber zuvor waren zwei Schüsse durch die Straße gehallt und zwei Kugeln hatten sich ins Heck des Automobils gebohrt.

„Stopp!“, befahl Tony, worauf das Auto zum Stillstand kam. Sie waren noch immer in der Nähe des Reviers, aber außer Sichtweite. „Gib mir deine Knarre!“

Der Fahrer reichte ihm rasch seinen Revolver, und Tony ließ ihn gelassen in einen offenen Gully fallen. Seine eigene schwere Automatik warf er hinterher, dann holte er die kleinere Automatik aus der Innentasche und schob sie in eine seiner Socken. Als zwei Polizisten mit gezückten Revolvern schnaufend um die Ecke gerannt kamen – was er nicht anders erwartet hatte – stand er seelenruhig neben dem Auto.

„Wollten Sie mit mir reden?", erkundigte er sich stirnrunzelnd.

„Das will ich meinen", antwortete einer von ihnen keuchend. „Zum Glück hat Lieutenant Grady zum Fenster rausgesehen und einige Ihrer Gorillas erkannt, die sich draußen rumgetrieben haben, sonst hätten wir es jetzt mit einer ganzen Straße voller Toter zu tun."

„Lieutenant Grady war es also?", fragte Tony liebenswürdig. „Das muss ich mir merken."

„Mir ist gleich, was Sie sich merken. Kommt beide mit, ihr zwei Halunken."

„Haben Sie einen Haftbefehl?"

„Nee, natürlich nicht."

„Wie lautet die Anklage?"

„Tragen versteckter Waffen."

„Aber ich trage keine versteckten Waffen."

„Nee?", rief der untersetzte Polizist ungläubig aus. „Hm! Ihr wollt euch rausreden, was? Lass sie nicht aus den Augen, Jim, ich filze sie." Er durchsuchte Tony rasch und gründlich, aber natürlich nicht unterhalb der Knie. Sichtlich verwirrt zerrte er den Fahrer aus dem Auto und durchsuchte ihn – ohne Ergebnis. Er betrachtete die beiden Männer, die doch auf jeden Fall bewaffnet sein sollten, mit unverkennbarer

Bestürzung. Dann kam ihm eine Idee, was bei ungewöhnlich hellen Polizisten mitunter keine Seltenheit ist. „Ich hab's!", rief er mit plötzlichem Enthusiasmus. „Ihr habt sie auf den Boden fallen lassen oder irgendwo im Auto versteckt. Das ist ein alter Trick von Galgenvögeln wie euch." Er ging zu dem Automobil, als wollte er es auseinander nehmen. Und das machte er auch, so gut er es eben konnte, ohne Dynamit oder Werkzeuge zu Hilfe zu nehmen. Aber er konnte nichts Ungesetzliches finden.

„Sehen Sie?", sagte Tony. „Ich habe die Wahrheit gesagt. Ich bin nur zu einer kleinen Spazierfahrt unterwegs." Er nahm zwei Fünfzigdollarscheine zur Hand und gab jedem der fassungslosen Polizisten einen. „Und jetzt kauft ihr Jungs euch ein paar Zigarren und vergesst, dass ihr mich heute Morgen in dieser Gegend gesehen habt. Und ich werde keinem erzählen, wie ihr euch zum Narren gemacht habt." Er stieg in sein Auto und fuhr weg, und drei Häuserblocks später holte er die kleine Automatik aus der Socke und steckte sie für den Notfall wieder in die Innentasche.

„Himmel, Boss! Das war eine reife Leistung!", rief der Chauffeur bewundernd aus.

„Wenn die Bullen so schlau wären wie wir, hätten wir keine Chance!", antwortete Tony weise.

In seinem Büro im Hauptquartier rief er Captain Flanagan an. „Hier ist Tony Camonte!", sagte er unwirsch. „Ich hab gehört, dass ein paar meiner Männer in der Lawrence Avenue festgenommen wurden."

„Ja. Hab ich auch eben gehört."

„Also, wie wäre es, wenn sie freigelassen werden? Ich muss für meine monatlichen Zahlungen auch mal eine Gegenleistung bekommen."

„Tut mir Leid, Tony, aber ich kann nicht viel tun. Wenn sie hier im Revier wären, wäre es etwas anderes, aber es würde merkwürdig aussehen, wenn ich mich da draußen zu sehr einmische. Ein naseweiser Reporter könnte es mitkriegen und an die große Glocke hängen. Aber ich werde dafür sorgen, dass keiner für etwas Schlimmeres als Tragen einer versteckten Waffe drankommt. Wäre freilich in jedem Fall besser, wenn Sie einen Rechtsverdreher für sie rüberschicken würden."

Und so rief Tony einen der fähigen Anwälte, die zu seinem Personal gehörten, an, damit dieser seine Männer während des Verhörs vertreten konnte, dann verfiel er in düsteres und rachsüchtiges Grübeln. Ein Plan war schief gegangen. *Der nächste musste klappen.*

KAPITEL ZWANZIG

Eines Morgens erhielt Tony Camonte eine ungewöhnliche Zustellung mit der Post, eine aufwändige, geprägte Einladung zur Eröffnung des Woodland-Kasinos, eines neuen Restaurants nebst Spielkasino ein Stück weit draußen auf dem Land, weit außerhalb des Zuständigkeitsbereichs der städtischen Behörden, aber nicht so weit entfernt, dass es für die Stadtväter nicht erreichbar gewesen wäre. In der Einladung hieß es weiter, dass zu dieser Eröffnung ein Bal Masque stattfinden und Einlass nur mit Eintrittskarte gewährt würde.

Tony hatte keine Ahnung, was ein Bal Masque war und auch nicht die Absicht, es herauszufinden. Aber eine andere Information weckte in bescheidenem Maße sein Interesse. Wie andere wohlhabende, aber gesellschaftlich unakzeptierte Persönlichkeiten verspürte er eine unbezähmbare Neugier, das Innere exklusiver Lokalitäten zu sehen. Die Einsicht, dass hunderte dieser Einladungen verschickt worden sein mussten, konnte nicht verhindern, dass er sich geschmeichelt fühlte, ebenfalls eine bekommen zu haben; und es blieb die Tatsache, dass nicht *alle*, die hinein wollten, auch hinein durften.

Einen Augenblick sonnte er sich in dem Gedanken, dass er dabei war, ein bedeutender Mann in dieser Stadt zu werden. Doch dann gewann sein natürliches Misstrauen vor allem und jedem, das auf angeborener Schlauheit und bitterer Erfahrung beruhte, die Oberhand. Vermutlich handelte es sich um eine Falle; vielleicht um den Versuch, ihn aus der Reserve zu locken. Er studierte die geprägte Eintrittskarte eingehend. Sie schien keinerlei Spuren aufzuweisen, anhand derer man ihre Herkunft identifizieren konnte, aber die angeborene Vorsicht hatte seine Träume von gesellschaftlicher Anerkennung verfliegen lassen. Ganz sicher würden die Hälfte aller Gangster der Stadt an so einem Ort anzutreffen sein; es hörte sich ganz nach einem Anlass an, der sie ansprechen musste. Aber hielten sie ihn wirklich für so einfältig, dass er darauf reinfallen würde? Er knüllte die Einladungskarte mit kräftigen Fingern zusammen und warf sie in den Papierkorb.

Ein paar Minuten später läutete das Telefon auf seinem Schreibtisch. Es war Jane. „Könntest du ein paar Minuten nach Hause kommen, Liebling?“, fragte sie. „Ich muss dir etwas Wichtiges sagen.“

„Sag es mir jetzt.“

„Geht nicht. Man weiß nie, ob nicht ein neugieriger Ganove – oder Bulle oder sonst jemand – in der Leitung mithört.“

„Hat es nicht bis heute Abend Zeit?“

„Mag sein“, sagte sie zweifelnd. „Aber ich wünschte, du würdest kommen.“

„Na gut“, knurrte Tony.

Er rief seine Leibwächter, fuhr nach Hause und befahl ihnen, draußen zu warten, während er in sein luxuriöses Apartment hinauflief und von einem vagen Unbehagen erfüllt wurde.

Aber Jane war glücklich und lächelte. „Darling!“, rief sie fröhlich aus. „Ich habe eine Möglichkeit gefunden, wie wir

Bruno erwischen können ... Er wird morgen Abend bei der Eröffnung des neuen Woodland-Kasinos anwesend sein. Das ist unsere Chance."

Tony kniff die Augen zusammen. „Ach ja?", sagte er. „Wie hast du das herausgefunden?"

„Frag mich bitte nicht. Ich bin nicht sehr stolz darauf, wie ich an die Information gekommen bin, aber ich *habe* sie – nur darauf kommt es an. Und das ist unsere große Chance, ihn zu erledigen, Tony. Bei so einem Anlass wird er nicht mit Ärger rechnen, und er wird keine Schar Leibwächter dabei haben – vielleicht gar keinen. Jedenfalls ist es ein Maskenball – alle werden Kostüme und Masken tragen –, also wird keiner wissen, wer wir sind."

„Nicht? Und wie sollen wir dann wissen, wer *sie* sind?"

„Das müssen wir eben herausfinden."

„Ich denk darüber nach."

Er kehrte in sein Hauptquartier zurück, rettete die alles entscheidende Eintrittskarte aus dem Papierkorb und dachte den ganzen restlichen Nachmittag darüber nach. Etwas warnte ihn davor, hinzugehen, aber die Chance, Bruno selbst zu töten, erwies sich als Versuchung, der er nicht widerstehen konnte. Er beschloss, das Risiko einzugehen.

Am nächsten Vormittag ging er in Begleitung von vier Leibwächtern los, um Kostüme anzusehen. Aber er wählte keines aus, da er nicht wollte, dass der Kostümverleiher sein Kostüm kannte. Er befürchtete, diese Information könnte an seine Feinde weitergegeben werden, und ihm war vollkommen bewusst, dass nur die strikte Wahrung seiner Anonymität seine Sicherheit gewährleistete. Aber am Nachmittag schickte er einen seiner Männer los und ließ das Kostüm des

Heinrich VIII. holen. Das hatte er bereits am Morgen ausgewählt, weil sich unter dem bauschigen Samtstoff jede Menge Artillerie verbergen ließ, und der dazugehörige Bart würde die Narbe an der linken Seite seines Gesichts vollkommen verbergen.

Er und Jane – sie hatte sich bezaubernd als Julia verkleidet – fuhren kurz nach zweiundzwanzig Uhr los und nahmen vier furchtlose Meisterschützen als Leibwächter mit. Zwei der Letzteren, die schlank und zierlich genug waren, dass man es ihnen abkaufte, trugen Frauenkostüme, sodass sie wie eine nette, aus drei Paaren bestehende Gruppe aussahen. Tony hatte einen seiner Männer eine Limousine für den Abend mieten lassen, einen kleineren und weniger teuren Wagen, als er sonst fuhr, damit weder Auto noch Nummernschild möglichen wachsamen Feinden einen Hinweis liefern konnten. Aber es handelte sich um ein verdammt schnelles Auto – darauf achtete er.

Hundert Meter von dem Etablissement entfernt ließ Tony den Wagen anhalten, und sie setzten ihre Masken auf. Dann fuhr man weiter und parkte an der Straße. Tony war sich nicht sicher, ob sie eine so große Gruppe mit nur einer Karte einlassen würden, aber der Türsteher, der das prächtige Kostüm eines türkischen Haremswächters trug, hieß sie alle mit eifrigen Verbeugungen willkommen und ließ sie hinein. Tony hatte keine Ahnung davon, wie eifrig dieses Willkommen war. Denn es gab einige Dinge bei der ganzen Angelegenheit, die Jane nicht herausgefunden hatte und die er nicht ahnte. *Zum Beispiel hatte Jane nicht herausgefunden, dass Bruno, der Intrigant, der Besitzer dieses neuen Restaurants war, und Tony hatte keine Ahnung, dass seine Karte die einzige von allen war, die das Wort „Spielkasino" in der linken unteren Ecke eingraviert hatte.* So wurden sie in dem Moment identifiziert, als sie die Räumlichkeiten betraten. Tatsächlich waren sie die Ehrengäste, aber das wussten sie nicht.

Das Woodland-Kasino war für ein derartiges Etablissement außergewöhnlich geräumig und aufwändig. Ein großer Speisesaal, nach Art eines Cabarets mit einer Tanzfläche in der Mitte angelegt, beanspruchte fast das gesamte Erdgeschoss. An einem Ende des Saals spielte eine große Band Jazz, der in die Beine ging; Kellner wuselten mit Tabletts voll Essen und Getränken hin und her. Tony und seine Gruppe, die ohne es zu ahnen unter den mordlüsternen Blicken von einem Dutzend Augenpaaren dahinschritten, studierten die Anwesenden mit unauffälligen Blicken und gingen dann nach oben.

Der erste Stock war in zahllose Spielsäle unterteilt, in denen man sein Glück auf jede nur erdenkliche Weise mit dem des Spielleiters messen konnte. Und es wurde ausschließlich um hohe Einsätze gespielt. Tony versuchte sein Glück geistesabwesend beim Roulette, und da ihn das Spiel nicht interessierte und ihm Gewinne oder Verluste gleichgültig waren, gewann er binnen einer halben Stunde mehr als zweitausend Dollar. Der Croupier, der alles für das Haus zurückgewinnen wollte, drängte ihn zum Weiterspielen, aber Tony schüttelte den Kopf und führte seine Gruppe von dem Tisch weg.

Sie gingen wieder nach unten. Inzwischen tummelte sich dort eine deutlich größere und ausgelassene Menge. Der Lärm war beängstigend, aber doch irgendwie unterhaltsam. Wäre ihre tödliche Mission nicht gewesen, hätten Tony und seine Begleiter den Abend sicher genießen können. Tony selbst war angespannt und wortkarg, wie stets vor einem Mord. Er wies seine Helfershelfer flüsternd an, nicht so dicht bei ihm zu bleiben, dass es auffallen würde, aber stets wachsam zu sein. Er tanzte drei- oder viermal mit Jane, und jedes Mal tanzten die Leibwächter ganz in seiner Nähe.

Dann führte er sie zur Seite. „Misch dich ein wenig unters Volk“, befahl er. „Sieh zu, ob du herausfinden kannst, ob Bruno hier ist und was für ein Kostüm er trägt.“

Jane nickte und entfernte sich langsam. Tony ließ seinen aufmerksamen Blick suchend über die versammelte Menge schweifen. Wenn er nur wüsste, in welcher Verkleidung Bruno hier war. Hier und da fielen ihm unbewusst außergewöhnlich schöne Frauen auf. Dann blieb sein Blick plötzlich an der Aufsehen erregendsten Frau im Saal hängen. Sie war groß und schlank und wie eine Königin in ein offensichtlich sündhaft teures weißes Kleid mit langer Schleppe gekleidet. Auf dem Kopf trug sie, um den Eindruck vollständig zu machen, eine reich verzierte Krone mit funkelnden Brillanten.

Sie ging, als er sie das erste Mal sah, und es war dieser Gang, der ihm besonders auffiel. Ein anmutiger, königlicher Gang, der angemessene Gang für die Königin, die sie darstellte. Und er hatte ihn schon einmal gesehen. Er versuchte, sich zu erinnern, doch es gelang ihm nicht. Aber er war ganz sicher, dass er genau diesen Gang schon einmal gesehen hatte, und sein Unterbewusstsein sagte ihm, dass es nicht in einem angenehmen Zusammenhang gewesen war.

Er beobachtete sie eingehend, zermarterte sich weiter das Gehirn und stellte fest, dass ihr die verhüllte Gestalt eines Satans besondere Aufmerksamkeit widmete – ein großer, gut gebauter, stattlicher Mann, der sich mit der geschmeidigen Schnelligkeit eines trainierten Körpers bewegte, der von einem lebhaften Geist angetrieben wird.

Schließlich entfernte sie sich von ihrem in Rot gekleideten Gefährten und näherte sich Tony. Sie zögerte, als sie ihm direkt gegenüberstand, und sah ihn unverhohlen an. Durch die Maske wirkte der Blick seltsam rätselhaft, aber die leuchtenden Augen hinter der Maske schienen einladend zu blicken. Dann ging sie weiter. Unter der Tür hielt sie inne und warf einen Blick zurück, dann trat sie durch das Portal. Das war so offensichtlich, als hätte sie laut gesprochen. Sie ging auf die große, breite Veranda hinaus und forderte ihn auf, ihr zu folgen. Er erwärmte sich für die Jagd und machte Anstalten, ihr zu folgen.

Aber in dem Moment fiel ihm plötzlich ein, wo er diesen Gang schon gesehen hatte. Das war Katherine Merton, das Mädchen, das sich als angebliche Reporterin Zutritt zu seinem Büro verschafft hatte, in Wahrheit jedoch das Flittchen von Bruno, dem Intriganten, war. Demnach musste Satan Bruno sein. Was für ein unglaublich passendes Kostüm für den Intriganten, dachte er. Und unter dem Umhang ließ sich eine fast grenzenlose Menge Artillerie verbergen. Schlagartig wurde ihm das ganze Ausmaß der Verschwörung bewusst. Ihm war unbegreiflich, wie sie seine Identität erraten haben konnten – aber sie *hatten* es. Und dieses Flittchen versuchte, ihn auf die Veranda zu locken, damit sie ihn erledigen konnten, ohne dass es die anderen Gäste mitbekamen. Schlau, aber es würde nicht funktionieren.

Er lief nach oben und sah vorsichtig zum Fenster hinaus. Vier oder fünf kostümierte und maskierte Gestalten schlichen langsam vor dem Haus herum. *Und der Teufel mit dem wallenden Umhang war unter ihnen.* Es war tatsächlich eine tödliche Verschwörung.

Er lief eilig wieder nach unten und scharte, ohne eine Spur von Hast, seine Gruppe um sich.

„Bring Jane hinaus und setz sie in das Auto“, befahl er einem der Revolverhelden, der als Frau verkleidet war. „Ohne Eile ... aber das Auto muss für eine rasche Flucht bereit sein ... die anderen kommen mit mir.“

Er wusste, dass Jane und ihr Begleiter keine Ziele für die Attentäter sein würden. Sie waren hinter *ihm* her. Er führte seine drei anderen Revolverhelden zur Küche, neben der sich rechts eine Bar aus Mahagoniholz befand, wo sich die durstigen Gäste gerade in Dreierreihen drängten. Gewiss gab es in der Küche noch einen anderen Ausgang. Dann sah er eine offene Tür. Bevor der überraschte Koch und seine Helfer ihn daran hindern konnten, führte Tony seine Leibwächter durch die Küche und in die Nacht hinaus. Rasch, aber geräuschlos schlichen sie weiter, bis Tony vorsichtig um eine Ecke des Gebäudes spähte. Die Männer hatten sich nicht von der Stelle gerührt und warteten in gespannter Erwartung. Auf der Veranda spähte die Gestalt in Weiß zurück ins Foyer. Offenbar verstand das Flittchen nicht, warum er ihr nicht folgte.

„Seht ihr die Ganoven da draußen?“, fragte Tony heiser flüsternd. „Das sind Bruno, der Intrigant, und einige von seinem Mob, die darauf warten, dass sie uns abknallen können. Aber wir werden den Spieß umdrehen. Ihr Jungs kümmert euch um die anderen, ich nehm den Teufel.“

Langsam hob Tony die schwere Automatik und zielte sorgfältig. Dann drückte er gemächlich ab; die Waffe gab einen donnernden Blitz von sich. Er verspürte eine ungeheure Freude, als die Gestalt in Rot taumelte und zu Boden fiel, aber er feuerte mit eiskalter Präzision noch vier Mal auf die liegende Gestalt. Seine Männer feuerten ebenfalls. Überall rings um ihn herum blitzten und knallten Revolver. Aber die anderen schlugen zurück. Beim ersten Schuss hatten sie sich alle auf den Boden geworfen, damit sie weniger Zielfläche boten, und jetzt feuerten sie aus allen Rohren. Tony und seine Männer hörten, wie die Kugeln um sie herum pfiffen und einschlugen. Zuerst waren es vier feuernde Revolver in der Linie der Gegner, dann waren es noch drei ... zwei ... einer. Und schließlich wurde das Feuer nicht mehr erwidert.

„Verschwinden wir!“, rief Tony fröhlich und rannte zu dem Auto, das fünfzehn Meter entfernt stand.

Alle stiegen hinter ihm ein, dann brausten sie mit Höchstgeschwindigkeit davon.

„Tempo!“, befahl Tony. Er wusste, dass sich noch mehr Revolverhelden in dem Restaurant befanden und wollte, wenn möglich, ein Feuergefecht mit ihnen vermeiden. Er blickte gerade noch rechtzeitig zurück, um zu sehen, wie eine Gestalt in Weiß auf der Veranda zusammenbrach und andere Gäste ins Freie strömten.

„Herrgott! Das war knapp!“, rief Tony, während das Auto zu ihrem Hauptquartier zurückraste. „Wenn ich mich nicht an den Gang dieser Frau erinnert hätte, dann hätten sie mich ganz sicher erwischt. Fast hätten sie mich ins Jenseits befördert! Sag mal“, wandte er sich plötzlich erbost und misstrauisch an Jane, „was weißt du eigentlich über die ganze Sache?“

„Was meinst du damit?“

„Du weißt ganz genau, was ich meine“, knurrte er. „Ist dir nicht klar, dass sie das alles geplant hatten, um mich hierher zu locken?“

„Natürlich nicht! Tony, du glaubst doch nicht –“

„Und woher hast du die Information, dass er heute Abend hier sein würde?“

„Von Katherine – seinem Flittchen.“

„Von *wem?* Um Himmels willen, wie konntest du die zum Reden bringen?“

„Sie ist – meine Schwester.“

„Oh, mein Gott! Ich war also sozusagen die ganze Zeit eine Art Schwager von Bruno, dem Intriganten – meinem ärgsten Feind. Herrje! In was für großartige Familienbande bin ich da hineingeraten!“

„Ich dachte, ich würde sie aushorchen, als ich sie gestern getroffen habe, und ihr etwas entlocken, das sie nicht preisgeben wollte“, fuhr Jane mit erstickter Stimme fort. Sie war außer sich und den Tränen nahe. „Aber ich glaube, ich bin ihr auf den Leim gegangen und hab mitgeholfen, dich in eine Falle zu locken, die der Intrigant aufgestellt hatte.“

„Das macht nichts“, antwortete Tony großzügig. „Wir haben den Intriganten ja erwischt.“

Bruno, der Intrigant, und sein gewaltsamer Tod beherrschten die Schlagzeilen in der Stadt tagelang. Sein Begräbnis war fast schon ein Staatsakt, zu dem der Bezirksstaatsanwalt, der Polizeichef, elf Richter und rund zweihundert Wagenladungen Polizisten und anderes Gesindel kamen. Tony schickte einen Kranz für zweihundert Dollar und betrachtete es als die beste Investition seines Lebens. Er bedauerte nur, dass er nicht schon früher Gelegenheit gehabt hatte, ihn zu schicken.

KAPITEL EINUNDZWANZIG

Jahre vergingen weitgehend ereignislos. Tonys Macht, unangefochten bis auf vereinzelte unorganisierte und kurzlebige Revolten hier und da, wuchs, bis sie ihm beinahe zur Last wurde. Und sein Einkommen überstieg seine wildesten Träume. Fast ständig wurde über ihn geschrieben oder geredet, aber zu sehen bekam man ihn selten, er war zu einer Legende und zu einem Symbol für den Erfolg der Unterwelt geworden.

Zwei Berichte in den Zeitungen, die mit seiner eigenen Familie zu tun hatten, hatten ihn interessiert. Sein Vater war gestorben und sein Bruder war zum Detective Lieutenant befördert worden. Tonys Reaktion auf die erste Nachricht hatte darin bestanden, dass er seine Mutter über einen der Anwälte seines Vertrauens davon in Kenntnis setzen ließ, dass ein mysteriöser Verwandter im Westen gestorben sei, und ihr fortan eintausend Dollar im Monat zukommen ließ, angeblich aus dem Erbe dieses Verwandten. Seine Reaktion auf die zweite Nachricht bestand in einem langen, ironischen Lachen. Er wusste aus verschiedenen zuverlässigen Quellen, dass sein Bruder Bestechung nicht abgeneigt und ein Teufelskerl bei den Frauen war, obwohl er Frau und Kind hatte. Tony grinste bei dem Gedanken, was los wäre, wenn bekannt werden würde, dass der Bruder von Detective Lieutenant Ben Guarino kein anderer war als der berühmte Bandenboss Scarface Tony Camonte.

Er und Jane waren immer noch zusammen, immer häufiger streitend, aber immer noch zusammen. Sie zogen häufig um, jedes Mal, wenn die Mitbewohner der luxuriösen Mietshäuser ihre wahre Identität aufdeckten. Aber sie konnten sich das Beste vom Besten leisten und hielten den hochnäsigen „Rechtschaffenen", die auf sie herabschauten, bündelweise Geldscheine vor die Nase. Tony hatte bislang nichts an der Welt auszusetzen. Erfolg war nicht schwer, wenn man keinerlei Skrupel darüber hatte, wie man ihn erlangte. Weise ging er davon aus, dass manch anderer Millionär das ebenfalls schon früh in seiner Karriere begriffen hatte.

Aber Tatenlosigkeit ging Tony auf die Nerven. Er expandierte und hielt nach neuen Welten Ausschau, die es zu erobern galt. Die Leute behaupteten, dass der Osten – New York – den lukrativsten Markt für Alkohol und Verbrechen bereithielt. Natürlich trieben dort eine Menge Ganoven ihr Unwesen, aber die waren nicht an die skrupellosen Methoden des Mittelwestens gewöhnt. Maschinengewehre und Bomben würden den zimperlichen Typen im Osten den Schrecken ihres Lebens einjagen.

Etwa zur selben Zeit kursierten erste Gerüchte, wonach die Leute aus dem Osten mit gierigen Blicken nach Westen schauten und ihr Einfluss zunehmend wuchs. Es hieß, dass der berüchtigte Bandenboss Frankie Wales, der skrupelloseste Bandenführer aus dem Osten, mit den dem Mittelwesten eigenen Methoden und Waffen einen Feldzug im Mittelwesten plante. Aber Tony lachte nur verächtlich, wenn seine Vertrauten mit solchen Geschichten zu ihm kamen. Er war zu mächtig und selbst in New York so bekannt, dass ganz sicher kein anderer Boss auch nur im Traum wagen würde, ihm Macht und Wohlstand streitig zu machen. Aber die Aussicht auf einen neuen Bandenkrieg zauberte wieder das alte Funkeln in seine Augen. Sollte jemand versuchen, sich mit ihm zu messen, würde er ihm eine Lektion erteilen. Nicht nur würde er sein Territorium halten, sondern obendrein ihres erobern, wo immer es sein und wem immer es gehören mochte.

Tony schenkte den Berichten über eine Expansion des Ostens keinen Glauben, bis er eines Abends im Hauptspeisesaal des Hotels, wo er sein Hauptquartier hatte, beim Essen saß. Das plötzliche Klirren von berstendem Glas und das tückische Stottern von Maschinengewehren rissen ihn aus seinem Nachdenken. Er duckte sich unter den Tisch und zog seine Automatik. Auf der Straße ertönte das garstige Ra-ta-ta immer noch, die großen Schaufenster der Fassade barsten weiter. Und er konnte Kugeln über seinem Kopf hinwegpfeifen hören. Dann verstummten die Maschinengewehre, und er hörte ein Auto mit starkem Motor davonrasen. Es konnte kein Zweifel daran bestehen, auf wen sie es abgesehen hatten. Wäre er nur eine Sekunde später unter den Tisch gehechtet, wäre sein Maßanzug von Kugeln durchsiebt worden; die Einschusslöcher in der Wand hinter seinem Stuhl lieferten den unwiderlegbaren Beweis dafür.

Plötzlich fiel ihm wieder ein, dass der Mob der North Side mit demselben Trick Johnny Lovo aus der Stadt vertrieben hatte. Wer immer dieses Mal dahinterstecken mochte, würde bald feststellen, dass er sich nicht einschüchtern ließ. Wenn sie einen Krieg wollten, konnten sie einen haben. Und er würde mit dem größten Vergnügen dafür sorgen, dass sie einen guten bekamen.

Dass es seine unbekannten Gegner ernst meinten, belegten ihre Aktivitäten in der restlichen Nacht. Sie sprengten sein größtes Lagerhaus und töteten zwei Mitarbeiter, die die Limousine fuhren, mit der er meist herumkutschiert wurde. Die Eskalation war unübersehbar. Tony lächelte voller Vorfreude.

Als Tony am nächsten Abend nach einer Rundfahrt zu verschiedenen Außenstellen seiner Unternehmungen – zur Inspektion und um Vorbereitungen zu treffen – eilig die Halle seines Hotels betrat, sah er zwei Leute in den Fahrstuhl einsteigen. Mike Rinaldo, sein bester Revolverheld, und ein Mädchen. Aber als er das Gesicht des Mädchens sah, bevor die Tür zufiel und die Kabine sich in Bewegung setzte, wurden seine Augen groß und ihm stockte der Atem. Das war doch ganz sicher –

Er drehte sich zu der kleinen Gruppe seiner Handlanger um, die in der Nähe herumlungerten. „Das Mädchen, das eben mit Mike nach oben gefahren ist", sagte er langsam und eiskalt. „Weiß jemand, wer sie ist?"

„Na, jedenfalls eine der süßesten kleinen Miezen, die seit langer Zeit hier aufgekreuzt sind. Aber wählerisch ... meine Fresse! Mike ist bis jetzt der Einzige im ganzen Mob, den sie rangelassen hat. Ihr Name ist – mal sehen – ich glaube, Rosie Guarino."

„O Gott!", hauchte Tony heiser.

„Was ist los, Boss?"

„N-Nichts", antwortete Tony atemlos. Aber sein Gesicht war kalkweiß geworden.

Es schien, als würden seine Gedanken versuchen, hektisch einen steilen Berg hinaufzulaufen. Rosie, seine kleine Schwester Rosie, die stets so perfekt den Haushalt versorgt hatte, während ihre Mutter sich um den Laden kümmerte. Plötzlich wurde ihm klar, dass sie inzwischen zweiundzwanzig oder dreiundzwanzig sein musste. Und er hatte sie noch als wunderschönes sechzehnjähriges Mädchen vor sich gesehen. Aber hier, in diesem verrufenen Hotel, mit Mike Rinaldo auf dem Zimmer, dem skrupellosesten Herzensbrecher und besten Revolverhelden der Stadt … Seine Schwester … Nein, das durfte nicht sein … Wenn sie nicht Verstand genug hatte, dann musste jemand anders –

Er ging mit ein wenig unsicheren Schritten zur Rezeption und malte sich im Geiste schlimmere Schrecken aus, als er sie auf den Schlachtfeldern in Frankreich gesehen hatte. „Welches Zimmer hast du Mike Rinaldo gegeben?“, fragte er.

„Sechs-zwölf“, antwortete der Mann am Empfang. „Aber es ist eine Dame mit ihm raufgegangen, Mr. Camonte. Wäre es nicht besser, vorher anzurufen?“

„Danke. Ich – ich ruf ihn später an.“

Er schlurfte zum Fahrstuhl, der wieder heruntergekommen war, und trat ein. „Sechs“, sagte er dumpf und schwankte ein wenig durch den Ruck, als die Kabine sich in Bewegung setzte.

Er hatte für Geld getötet, aus Rache, aus Blutgier, aus fast jedem Motiv, nur keinem anständigen. Seine Schwester … oben … in diesem Hotel … mit einem seiner Revolverhelden … Natürlich war Mike der treffsicherste und skrupelloseste Revolverheld in der Stadt. Tony wurde klar, dass er möglicherweise dem sicheren Tod entgegenging. Mike war empfindlich in Herzensdingen. Aber Tony sah dem Tod nicht zum ersten Mal ins Auge. Und bisher hatte er immer gewonnen. Eines Tages würde er einmal verlieren – man konnte nicht immer Glück haben. Aber was auch kam, er würde sich stets jeder Situation stellen.

Die Tür ging polternd auf, und Tony betrat den Flur; er hatte die Hand tief in der Jackentasche und die schlanken Finger um den kalten Griff der schweren Automatik gelegt.

KAPITEL ZWEIUNDZWANZIG

Langsam, aber mit angespannter, rasender Unruhe ging Scarface Tony Camonte den Flur entlang, studierte eingehend die Messingzahlen an den Türen und hielt mit der Hand den Griff der schweren Automatik in der Seitentasche umklammert.

Dann fand er es. 612. Er blieb stehen, drehte sich zu der Tür um und sammelte sich wie ein gereiztes Tier, das zum Sprung ansetzt. So stumm und mühelos wie eine tödliche Schlange zückte er mit der geübten rechten Hand die Automatik und trat dann lautlos beiseite. Dann griff er mit der linken Hand nach dem Türknauf und drehte ihn vorsichtig. Aber die Tür war abgeschlossen.

Tony verzog die Lippen zu einer diabolischen Grimasse und schlug mit der Faust gegen das polierte Holz der verschlossenen Tür.

Eine kurze Pause. Dann: „Was ist los?“, ertönte ein wütendes Knurren von drinnen.

„Komm da raus!“, bellte Tony und trat instinktiv zur Seite, damit man ihn nicht sehen würde, wenn die Tür aufging.

„Hau ab und lass mich in Ruhe“, lautete die Antwort. „Ich bin beschäftigt.“

Das Gesicht des Bandenbosses lief vor Wut rot an, und er atmete keuchend und abgehackt. „Hier ist Tony Camonte, der Boss“, knirschte er mit dem Mund dicht an dem Spalt zwischen Tür und Rahmen. „Ich will dich sofort sprechen. Wenn du nicht rauskommst, lass ich den Generalschlüssel bringen und komm rein."

Er wich wieder zurück und hielt die Automatik noch fester. Er hörte gedämpfte Geräusche in dem Raum, dann das Kichern des Mädchens. Er murmelte einen schrecklichen Fluch, als der Schlüssel im Schloss gedreht wurde. Die Tür ging auf.

„Sag mal, Boss, was ist eigentlich mit dir los?", erkundigte sich Mike Rinaldos Stimme.

Dann kam Mike selbst heraus. Er hatte Jacke und Weste abgelegt, sein Hemdkragen war offen. Das hübsche dunkle Gesicht war gerötet, sein pomadisiertes schwarzes Haar zerzaust. Unter den gegebenen Umständen reichte allein sein Aussehen, die blanke Mordlust in Tony zu wecken, das brennende Streichholz an die wartende Lunte zu halten. Mike wandte sich seinem Arbeitgeber überrascht und wütend zu.

Tony hob die rechte Hand und richtete die hässliche schwarze Mündung der Automatik mitten auf den Körper des Revolverhelden, wenige Zentimeter über der polierten Gürtelschnalle aus Messing.

„Du Ratte!", fauchte Tony. „Diesmal hast du dir die falsche Frau ausgesucht."

Zwei kalte, harte, ausdruckslose Augenpaare, die Augen von Mördern, schätzten einander ab. Dann wurden die von Mike groß, als er etwas in denen seines Arbeitgebers erkannte. Er sah dem Tod ins Auge und er wusste es. Er griff mit der rechten Hand nach der Hüfte. Aber er hatte keine Chance; Tony wagte nicht, ihm eine Chance zu geben. Unter anderen Umständen hätte sich Tony liebend gern als Ebenbürtiger mit ihm gemessen, aber jetzt spürte der große Bandenboss, dass er kein Risiko eingehen durfte. Wegen des Mädchens da drinnen musste er ganz auf Nummer sicher gehen.

Tony gab es ihm in der Sprache ihres Metiers. Die Schüsse knallten. Ein halbes Dutzend. Aber so dicht aufeinander, dass sie zu einer einzigen Explosion zu verschmelzen schienen, als sie im Flur widerhallten. Mike klappte der Kiefer herunter, und er sah seinen Mörder belämmert durch eine Wolke blauen Qualms an. Dann fuhr er sich mit einer zitternden Hand bestürzt über das plötzlich aschfahle Gesicht und fiel mit einem Keuchen zu Boden. Ein halbes Dutzend rote Flecken überzogen die eben noch makellose Vorderseite seines weißen Hemdes. Tony beobachtete interessiert, wie sie größer wurden und schließlich zu einem einzigen Fleck verschmolzen, der immer noch weiter wuchs.

Plötzlich lachte Tony hysterisch. Dann merkte er, dass das Mädchen in dem Zimmer wie von Sinnen schrie. Dieses Geschrei klärte seinen Kopf wie ein Guss kaltes Wasser. Mit dem Fuß stieß er den Leichnam von der Tür weg und betrat den Raum. Ein wunderschönes dunkelhäutiges Mädchen in rosa Seidenunterwäsche, das ein weißes Kleid in der Hand hielt, stand kreischend da.

Ihre Augen wurden groß vor Entsetzen, als sie ihn kommen sah; sie wich zurück und hob eine Hand, als wollte sie einen Angriff abwehren. Tony sah sie einen Moment lang an und fühlte einen so bitteren Schmerz, als würden glühende Kohlen auf seinem Haupt aufgehäuft. Seine Schwester! In so einer Situation! Aber er war dankbar, dass sie ihn nicht erkannte.

„Halt den Mund!“, fuhr er sie an. „Zieh dich an und verschwinde hier, bevor die Bullen kommen.“

„Sie haben ihn ermordet!“, stöhnte sie. „Oh, Sie Bestie! Sie haben ihn ermordet!“

Die bittere Ironie der Situation blieb Tony nicht verborgen. Seine eigene Schwester hasste ihn, weil er sie vor der Lüsternheit eines seiner eigenen Revolverhelden gerettet hatte! Er wollte sie in die Arme nehmen, sie trösten, ihr alles erklären, sie warnen. Aber er wagte es nicht. Ihm war klar, das Wissen, dass er der berüchtigte Tony Camonte war, würde für seine Mutter den sicheren Tod bedeuten. Nein; seine Familie hielt ihn für tot; und für sie musste er auch tot bleiben.

„Halt den Mund!“, befahl er grob und eindringlich. „Und verschwinde endlich!“

Sie zwängte sich hysterisch schluchzend in ihr Kleid und zog Hut und Mantel an. Er ergriff ihren Arm, aber sie wich vor ihm zurück und rannte zur Tür. Dort blieb sie stehen und schwankte unsicher. Sie hatte voller Grauen das Bündel am Boden gesehen, den toten Mike. Mit einem schrillen Schrei brach sie zusammen, warf sich auf den Leichnam und küsste das verzerrte Gesicht.

Seine eigenen Gefühle waren zum Zerreißen gespannt. Tony zerrte sie grob in die Höhe und schubste sie zum Fahrstuhl. „Hau ab!“, blaffte er sie an. „Lass dich nie wieder hier sehen! Und halt den Mund!“

Sie sah ihn leichenblass und mit vor Entsetzen geweiteten Augen an. „Ich hoffe, Sie werden gehängt!“, schrie sie, rannte los und schluchzte heftig. Sie lief an der geschlossenen Fahrstuhltür vorbei und weiter zur Treppe.

Tony hörte, wie ihre klackernden Schritte und das abgehackte Schluchzen leiser wurden. Dann kehrte er um und sah auf den Leichnam hinab. „Zu dumm, Mike“, sagte er mit leiser Stimme, als könnte der reglose tote Gangster ihn hören. „Aber es musste sein.“

Er ging in das Zimmer und griff zum Telefonhörer. „Mike ist gerade gestorben“, sagte er düster, als an der Rezeption abgenommen wurde. „Ich kümmere mich später um die Beerdigung. Sag den Jungs, falls sich ein paar neugierige Bullen hier sehen lassen, dürfen sie auf gar keinen Fall den Namen der Dame erfahren, die heute mit Mike hier gewesen ist. Verstanden? Wenn einer ihren Namen verpfeift, ist er geliefert, verstanden?“, fügte er drohend hinzu. „Sag ihnen das auch.“

Das Scheppern des Telefons, als er den Hörer auflegte, drang durch den Nebel, der sich über seine Wahrnehmung gelegt zu haben schien, seit der Ganove in der Halle Mikes neue Flamme identifiziert hatte. Jetzt war sie jedenfalls fort; falls etwas passieren sollte, würde sie nichts damit zu tun haben. Ihm wurde klar, seine Mutter würde sterben, wenn sie erfuhr, was sich heute Nacht hier abgespielt hatte, aber sie würde es nie erfahren. Welch ein Segen, dass die meisten Leute tatsächlich so wenig wussten.

Er ging zur Tür und sah wieder auf Mikes Leiche hinab. Plötzlich klärte sich sein Blick, und er schleuderte die Automatik nach unten. Sie traf die Leiche, prallte ab und schlitterte den Flur hinunter, wo sie liegen blieb, ein unfehlbares Instrument des Todes.

Die anderen Morde, die Tony begangen hatte, hatten ihm einen Nervenkitzel gebracht, ein Gefühl des Triumphs, weil er Feinde überlistet und ausgetrickst hatte, die mit ihm nicht weniger grausam umgesprungen wären. Das alles verspürte er jetzt nicht. Er war benommen, durcheinander und sehr müde. Plötzlich fühlte er sich alt. Ihm schien, als hätte er schon ein ganzes Jahrhundert und mehr gelebt. Und doch konnte die Tat noch keine fünfzehn Minuten her sein.

Er drehte sich um und ging langsam nach oben in sein privates Büro. Dort ließ er sich auf den bequemen Sessel hinter seinem Schreibtisch sinken, stützte die Ellbogen auf die polierte Walnussoberfläche und barg den Kopf in den Händen.

Er wusste nicht, wie lange er dort so gesessen hatte. Aber plötzlich bekam er mit, dass Männer das geräumige Zimmer betraten. Er blickte auf und sah Captain Flanagan mit gezücktem Revolver, der auf ihn herunterschaute; ein grimmiges Lächeln umspielte die Winkel seines grausamen Mundes.

„Also ich denke, Tony, diesmal haben wir dich mit der Hand in der Keksdose erwischt", sagte Flanagan mit Behagen. „Du hast also Mike Rinaldo wegen einer Frau getötet."

Tony fuhr hoch und betrachtete die Schar der Polizeibeamten mit blitzenden Augen. Wer hatte gesungen?

„Ganz ruhig, Tony", knurrte Flanagan warnend, als er die plötzliche Wachsamkeit des Bandenbosses spürte. „Du kommst mit uns ins Büro des Staatsanwalts. Streck die Hände aus!"

Das Klirren von Metall ertönte, als ein anderer Polizist mit Handschellen nach vorn trat.

Tony sah sie an. Dann überflog ein Ausdruck von Abscheu sein Gesicht, und er sah Flanagan mit der üblichen Geringschätzung und stolzen Haltung an. „Für mich braucht ihr keine Handschellen!", bellte er. „Ich bin kein billiger Kleinganove. Ich begleite Sie, wohin Sie wollen, aber ich ruf einen Anwalt an, der dabei ist und dafür sorgt, dass meine Bürgerrechte respektiert werden."

Er griff nach dem Telefon, aber einer der Polizisten nahm es ihm weg. Ein halbes Dutzend andere näherten sich ihm mit eindeutigen Drohgebärden.

Und Flanagan selbst hob den Revolver hoch, bis die Mündung direkt auf Tonys Brust zeigte. „Oh, du wirst mitkommen, ganz sicher!“, sagte der vierschrötige Polizeichef, der von einem seltsamen Hochgefühl erfüllt zu sein schien. „Und du wirst die Handschellen tragen. Wir gehen keine Risiken ein. Kommt nicht oft vor, dass wir die Chance haben, so eine große Nummer wie dich einzubuchten“, fügte er sarkastisch und mit einem gemeinen Grinsen hinzu. „Und jemanden anrufen wirst du erst, wenn du im Büro des Staatsanwalts gewesen bist.“

„Hören Sie, Flanagan, ich hab ein Recht auf jeden Vorteil, den Ihre Jungs mir geben können. Der Zaster, den ich bezahlt habe –“

„Davon weiß ich nichts, Tony“, log der Polizeichef kalt lächelnd. „Ich hab jedenfalls gehört, dass du nicht mehr ganz so freigiebig sein sollst, seit du so mächtig bist.“

Das stimmte. Da seine Bande inzwischen uneingeschränkt über den Alkoholschmuggel und gewisse andere Unterweltaktivitäten in der großen Stadt herrschte, hatte er die Gelder, die er für seinen Schutz bezahlte, reduziert. Es war nicht nötig, mehr Geld als unbedingt erforderlich zum Fenster hinauszuwerfen. Wenn es keine anderen Banden mehr gab, denen die Behörden ihre Unterstützung zusichern konnten, begnügten sie sich auch mit weniger.

Sie legten ihm nicht eben sanft die Handschellen an und führten ihn nach unten. Tony sah seine Gangster, die sich in der Hotelhalle einfanden und die Bullen hasserfüllt anblickten. Die Tatsache, dass seine Männer mit ansehen mussten, wie ihr Gebieter wie ein gewöhnlicher kleiner Einbrecher von der Polizei in Handschellen abgeführt wurde, wurmte ihn mehr als der ganze Ärger, der vor ihm lag.

Er wurde hinausgebracht und in einen der drei großen Streifenwagen verfrachtet, mit dem die Polizisten vom Revier hergekommen waren und die jetzt am Bordstein parkten, wo sie von einem halben Dutzend weiteren, mit schweren Maschinengewehren bewaffneten Beamten bewacht wurden. Die ganze Truppe führte sich auf, als wäre ihnen so etwas Wagemutiges gelungen wie die Entführung Napoleons mitten aus dem Herzen seiner Armee.

Die drei großen Wagen rasten zur Innenstadt; die heulenden Sirenen machten ihnen den Weg frei und veranlassten Passanten, sich umzudrehen. Tonys störrisches Schweigen verbarg eine innerliche schäumende Wut. Wer hatte gesungen? Wie hatten die Bullen so schnell von Mikes Tod erfahren können, und woher wussten sie, wem sie es anhängen konnten? Es sah ganz so aus, als hätte jemand, der die Chance sah, ihm eins auszuwischen, die Situation schleunigst ausgenutzt. Aber wer? Also, eines stand jedenfalls fest, derjenige würde dafür büßen. Der Verrat würde das Ende der Fahnenstange für den Schuldigen bedeuten.

Moran, der erste Assistent des Bezirksstaatsanwalts, erwartete sie im Büro des Haftrichters im ersten Stock des düsteren Strafgerichtsgebäudes. Und Tony grunzte verächtlich, als er ihn sah. Moran war ein guter Ankläger, das stimmte, der beste, den sie hatten; aber er war auch der Geldeintreiber seines Chefs. Tony hatte ihm tausende bezahlt. Er war ein großer, schlanker junger Mann mit eisblauen Augen, einer Hornbrille und einem unschönen zynischen Lächeln ohne eine Spur von Fröhlichkeit.

„Und, Camonte, was haben Sie zu Ihrer Verteidigung zu sagen?“, wollte er wissen.

„Gar nichts – hier“, fauchte Tony. „Sie müssen mich für dumm halten.“

„So ist es.“

Tonys Gesicht wurde purpurrot, und die Kette der Handschellen klirrte, als er die Hände zu Fäusten ballte. „Ich will unter vier Augen mit Ihnen reden, Moran“, knirschte er mit leiser Stimme.

Moran sah ihn einen Moment lang an, dann brachte er einen Revolver zum Vorschein und legte ihn in Reichweite auf den Schreibtisch. „Ihr Jungs könnt im Vorzimmer warten“, sagte er zu der Schar der Polizisten. „Ich rufe euch, wenn ich euch brauche.“ Als sie hinausgingen, warf er dem Bandenboss einen tödlichen Blick zu. „Eine falsche Bewegung, Camonte“, sagte er kalt, „und ich knalle Sie ab wie einen räudigen Hund.“

„Ja, ich glaube, diese Chance würden Sie gern bekommen“, antwortete Tony bitter.

„Das würde dem Staat die Kosten ersparen, Sie anzuklagen und zu hängen.“

Tony lachte schroff. „Reden Sie keinen Unsinn! Sie können mich nicht verurteilen!“

„Nicht? Dann passen Sie mal gut auf. Auf mich. Der Boss sagt, ich soll Anklage erheben.“

„Wo ist er?“

„Natürlich zu Hause. Sie sind nicht so wichtig, dass er mitten in der Nacht aufsteht und extra hierher kommt, um Sie zu verhören.“

„Nicht? Na, jedenfalls bin ich wichtig genug, dass ich ihm jeden Monat ein hübsches Sümmchen zukommen lasse. Und

Ihnen auch. Wenn mir etwas passiert, geht die Bande vor die Hunde und Sie können sich von dem schönen Geld verabschieden."

„Wenn Ihre Bande zerfallen würde, gäbe es Platz für drei oder vier neue, und jede einzelne davon würde liebend gern so viel abdrücken wie Sie. Konkurrenz belebt das Geschäft, Sie wissen doch", fügte er grimmig hinzu.

„Ich könnte die Zahlungen erhöhen", sagte Tony listig.

„Ja, aber das würde uns jetzt nicht interessieren. Drei oder vier Banden in der Stadt sind für die Maschinerie der Politik weitaus nützlicher als nur eine einzige. Nein, Camonte, das ist unsere Chance, Sie vom Thron zu stoßen, und wir werden sie uns nicht nehmen lassen."

Tonys Gesicht wurde starr, seine Augen funkelten. „Hören Sie, Moran", sagte er mit einer kalten und tödlichen Stimme, bei deren Klang der stellvertretende Bezirksstaatsanwalt zusammenzuckte, „wenn Sie mich vor Gericht bringen, werden Sie und der Staatsanwalt das schon ziemlich bald sehr bereuen."

„Wollen Sie mir drohen?", plusterte Moran sich auf.

„Nein. Nur verhindern, dass Sie sich zum Narren machen."

Moran lachte schroff und sarkastisch. „Überlassen Sie das uns! Ich werde Sie anklagen. Die Aussage des Mädchens allein –"

„Welches Mädchens?", erkundigte sich Tony erschrocken.

„Dieser Rosie Guarino, wegen der Sie Mike getötet haben. Die hat Sie wegen der Sache angezeigt und will eine Aussage machen. Frauen! Die werden euch Ganoven letztendlich immer zum Verhängnis. Sie haben wohl nicht gewusst, dass diese Dame und Mike vor einer Woche heimlich in Crown Point geheiratet haben."

Das war es also, sie glaubten, er hätte Mike aus Eifersucht getötet. Kein Wunder, dass Flanagan ihn so verächtlich angesehen hatte. Und sie und Mike waren verheiratet gewesen. Großer Gott! Er hatte kein Recht gehabt, zu … Aber woher hätte er das bei Mikes Vergangenheit wissen sollen?

Tony, erschöpft, bestürzt und mit verwirrten Gedanken, wurde in eine Zelle geführt.

KAPITEL DREIUNDZWANZIG

Der Mordprozess gegen Tony Camonte, den berühmten Bandenboss, der scheinbar über dem Gesetz gestanden hatte, war die Sensation des Jahres. Für die Zeitungen erwies er sich in der Saure-Gurken-Zeit, wo aufregende Nachrichten Mangelware waren, als Geschenk des Himmels, daher widmeten sie ihre Schlagzeilen kaum etwas anderem. Die öffentliche Meinung hinsichtlich Tonys Schuld und verdienter Strafe teilte sich in zwei Lager.

Ein gewisses Spektrum der Bevölkerung bedachte ihn mit Schmähungen und wünschte ihn mit Stoßseufzern der Erleichterung an den Galgen. Aber eine andere, gleich große Gruppe, die seinen wagemutigen Aufstieg seit Jahren in den Zeitungen verfolgte, empfand Bewunderung für diesen außergewöhnlichen Mann, der es vom Vasallen zum Zaren gebracht hatte. Diese Menschen machten kein Hehl aus ihrer Sympathie für ihn und hofften, dass er freigesprochen wurde.

Für Tony selbst erwies sich die Verhandlung als eine Zeit des blanken Entsetzens. Nicht aus Angst vor der Strafe, denn er fürchtete sie nicht; aber er hatte schreckliche Angst, dass seine wahre Identität ans Licht kommen würde.

Moran vertrat die Anklage mit Unterstützung eines der unbedeutenderen Assistenten des Bezirksstaatsanwalts, und es war unverkennbar, dass sie wie die Tiger um ein Todesurteil kämpften. Tonys Verteidiger waren zwei der brillantesten Anwälte der Stadt, einer davon früher selbst stellvertretender Bezirksstaatsanwalt. Das Honorar, das sie bereits erhalten hatten, würde ihnen zwei, wenn nicht drei Jahre lang ein sorgenfreies Leben ermöglichen.

Rosie Guarino war selbstverständlich die Hauptzeugin der Anklage, aber nur, weil Tony beschlossen hatte, ihr das zu gestatten. Seine Anwälte hatten ihm verschiedene Vorschläge seiner Männer zukommen lassen, wie man sie aus der Sache raushalten konnte, indem man sie mit Drohungen aus der Stadt vertrieb oder Laden und Haus der Guarinos in die Luft sprengte. Sogar eine Entführung hatten sie geplant. Und schließlich fassten sie den kaltblütigen Entschluss, sie vom Fenster eines gegenüberliegenden Gebäudes aus im Zeugenstand zu erschießen.

Tony hatte sie allesamt wütend abgelehnt, sehr zur Bestürzung seiner Anwälte und Handlanger. Ihm war klar, dass er sie augenblicklich zur Besinnung bringen konnte, wenn er sich als ihr Bruder zu erkennen gab, aber diese Möglichkeit fürchtete er mehr als den Galgen. Er hatte jedoch zugestimmt, dass man ihr fünfzigtausend Dollar bot, damit sie die Stadt verließ, bis er freigesprochen worden und Gras über den Fall gewachsen war. Dieses Angebot hatte sie entrüstet abgelehnt, sofort an die Zeitungen weitergegeben und ihnen damit eine neue sensationelle Schlagzeile geliefert. Insgeheim war Tony stolz auf sie; sie war durchaus in jeder Hinsicht seine Schwester.

Am Tag, als Rosie aussagte, befand sich die gesamte Familie Guarino im Gerichtssaal. Tony betrachtete sie verstohlen von seinem Platz vorn im Gerichtssaal, dem Richter gegenüber, aus. Alle waren gut gekleidet und machten einen glücklichen Eindruck. Er empfand eine gewisse Befriedigung. Seine verbrecherischen Wege hatten wenigstens ihnen ein wenig genützt; mit der großzügigen Summe, die er ihnen jeden Monat heimlich durch einen Anwalt zukommen ließ, hatten sie sich einen gewissen Lebensstandard erkauft, der ihnen sonst versagt geblieben wäre.

Er sah seine Mutter, einer Königinmutter ähnlich mit ihrem Pelzmantel und Hut, die ihn durchdringend ansah. Einen Moment lang glaubte er, sie hätte ihn erkannt, und er war niedergeschlagen, aber er hatte sich so gesetzt, dass die Zuschauer nur seine linke, die vernarbte Gesichtshälfte sehen konnten. Er bemerkte den verächtlichen Gesichtsausdruck seiner Mutter und spürte Erleichterung. In diesem Augenblick sah er sich so, wie andere ihn sehen mussten, als einen bösen Jungen, der nie erwachsen geworden war. Er war blass und erschüttert, als er sich wieder auf den Zeugenstand konzentrierte.

Rosie machte ihre Aussage trotzig und stolz und mit mehr als einem bösen Blick in seine Richtung. Natürlich hob die Anklage nicht Mike Rinaldos schrecklichen Charakter hervor, und Tony hatte seinen eigenen Anwälten verboten, es zu tun; er wollte das Andenken an den toten Ehemann seiner Schwester nicht noch mehr in den Schmutz ziehen.

Als die Anklage ihr Verhör beendet hatte, erhob sich einer von Tonys Anwälten zum Kreuzverhör. „Befand sich Mr. Rinaldo von dem Moment an, als er die Tür öffnete, bis Sie die Schüsse hörten, die ganze Zeit in Ihrem Blickfeld?“

„Ja.“

„Haben Sie ihn nicht nach der Waffe greifen sehen?“

„Doch.“

„War das nicht, bevor die Schüsse fielen?“

„Doch.“

„Dann haben Sie also nicht mit eigenen Augen gesehen, wie der Angeklagte Rinaldo erschossen hat?“

„Nein, aber –"

„Das ist alles", sagte der Anwalt brüsk.

Er wandte sich ab und lächelte über das hektische Tuscheln auf der Seite der Anklage; die Anwälte waren offenbar äußerst beunruhigt wegen dieses kurzen Kreuzverhörs ihrer Zeugin.

Rosie merkte durchaus, dass sie mit ihrer Aussage die Position der Anklage geschwächt hatte. Sie blieb im Zeugenstand und versuchte, ihre Antwort zu rechtfertigen. Aber ein Gerichtsdiener führte sie hinaus.

Es saßen noch andere Zuschauer im Gerichtssaal, für die sich Tony interessierte. Zum Beispiel seine Gefährtin Jane Conley, die bei Polizei und Unterwelt gemeinhin als „Gun Girl" traurige Berühmtheit erlangt hatte, der Öffentlichkeit aber weitgehend unbekannt war. Jane gab ihm Rätsel auf. Sie war während seiner Inhaftierung nicht einmal in seine Nähe gekommen.

Sie saß im Gerichtssaal, modisch gekleidet und zweifellos die atemberaubendste Frau in der Schar der Zuschauer, und würdigte ihn keines Blickes. Ihre Teilnahmslosigkeit ärgerte ihn.

Doch da er eine Entschuldigung für ihre scheinbare Unfreundlichkeit finden wollte, fand er auch eine. Die Tatsache, dass sie seine Gefährtin war, hatte man streng geheim gehalten, und so sollte es auch bleiben. Je weniger über die privaten Angelegenheiten eines Mannes in seiner Position bekannt war, desto geringer die Möglichkeit für seine Feinde, auf diesem Weg an ihn ranzukommen.

Sein Bruder, Detective Lieutenant Ben Guarino, gehörte zu den ständigen und interessierten Zuschauern des Prozesses. Das Äußere seines Bruders überraschte ihn. Ben hatte zugenommen und machte einen aufgedunsenen Eindruck. Es ging ihm zu gut, und das sah man ihm allmählich auch an.

Am letzten Nachmittag der Verhandlung sah Tony seinen Bruder neben Jane in der ersten Reihe sitzen. Sie unterhielten sich gelegentlich im Flüsterton, und er sah, wie sie einander mehrere Male zulächelten. Eifersüchtige Wut strömte wie geschmolzenes Blei durch den Bandenboss, seine Augen blitzten. Mit großer Mühe konzentrierte er sich wieder auf den Gang der Verhandlung. Der Höhepunkt stand unmittelbar bevor.

Bei ihrem Abschlussplädoyer gaben sich Moran und sein Assistent offensichtlich die allergrößte Mühe, die zwölf Geschworenen zu überzeugen, dass es sich um kaltblütigen Mord handelte. Als die Ankläger Tony mit allen Anschuldigungen und Beleidigungen und sarkastischen Schmähungen überschütteten, derer gerissene Staatsanwälte fähig sind, musste Tony seine ganze eiserne Selbstbeherrschung aufbieten, um ruhig sitzen zu bleiben. Er umklammerte die Armlehnen seines Stuhls so fest, dass die Knöchel weiß hervortraten. Sein Gesicht nahm einen dunkelroten Farbton an, und es juckte ihn in den Fingern, diese verlogenen Scheinheiligen, die ihn als eine unverbesserliche Gefahr für die Menschheit bezeichneten, an die Kehlen zu gehen. Die Automobile, die sie fuhren, hatten sie mit seinem Geld bezahlt.

Aber er entspannte sich, als seine eigenen Anwälte an der Reihe waren. Ein- oder zweimal lächelte er sogar über ihre klugen und sarkastischen Bemerkungen über die Anklage. Sie stellten alles als so einfach hin, stellten die gesamte Anklage als haltlos und lächerlich dar. Sie machten aus einer möglichen Verurteilung den monströsesten Justizirrtum, der die makellose weiße Weste der Staatsanwaltschaft je beflecken könnte.

Aber die Geschworenen schienen sich weniger für die Schrecken eines schlechten Gewissens zu interessieren, sollten sie einen unschuldigen Mann verurteilen, sondern mehr für den Anblick von zehn der besten Revolverhelden Tonys, die in den ersten beiden Zuschauerreihen saßen. Sie waren allesamt adrette, bestens gekleidete junge Männer, die die Geschworenen ernst und mit kalten, harten Augen betrachteten.

Sie hatten dem Richter zehntausend Dollar bezahlt, damit er Tony den Geschworenen in so positivem Licht wie möglich präsentierte, und er ging so weit er konnte, um sich das Honorar auch zu verdienen. Die Geschworenen brauchten nur vierzehn Minuten, bis sie zu dem Urteil „Nicht schuldig“ kamen. Und allen war klar, dass die zehn grimmigen, schweigsamen jungen Männer den Ausschlag gegeben hatten.

Es war schon vorgekommen, dass Geschworene, die Gangster verurteilt hatten, erschossen worden waren, oder man hatte ihre Häuser in die Luft gesprengt oder ihre Kinder entführt. Recht und Gesetz und Pflichtbewusstsein waren gut und schön, aber vor einer Kugel oder einer Bombe gab es keine Rettung. Und das Gesetz kümmert sich erfahrungsgemäß herzlich wenig um seine Vertreter, wenn sie ihm nicht mehr nützlich sind.

Tony schüttelte jedem Geschworenen die Hand. Und einige fühlten sich so geschmeichelt, als wären sie dem Präsidenten vorgestellt worden. Am nächsten Tag ließ er jedem eine Kiste unverschnittenen Whisky zukommen.

Tony wartete und plauderte mit seinen Anwälten, bis die Zuschauer den Gerichtssaal verlassen hatten, dann verließ er den Saal als freier Mann, aber als Mann mit schwerem Kummer, der gerächt werden musste.

An der Tür wartete Detective Lieutenant Ben Guarino. „Ich krieg dich noch, Großkotz", stieß er hervor.

Tony ging weiter, als hätte er es nicht gehört. Auf dem Flur warteten seine Leibwächter auf ihn. Sie nahmen rasch um ihn herum Aufstellung, wie man es ihnen beigebracht hatte, und begleiteten ihn nach unten und hinaus zu der wartenden Limousine mit den kugelsicheren Scheiben. Eine enorme Menge Schaulustiger warteten in respektvoller Distanz. Die Aufregung und die neugierigen Blicke, die sein Erscheinen hervorrief, hätten die größte Berühmtheit zufriedengestellt.

Fast ein halbes Dutzend Reporter bemühten sich um ein Interview, zahllose Fotografen versuchten verzweifelt, Bilder zu machen. Da er etwas kleiner als der Durchschnitt war, hatte Tony absichtlich die größten Männer seines Mobs zu seinen Leibwächtern gemacht. Normalerweise sollten sie ihn gegen die Kugeln ehrgeiziger Attentäter abschirmen. Jetzt schützte ihn der Kreis der Männer gleichermaßen gut vor dem ärgerlichen Blitzlichtgewitter der Kameras.

Aber er sprach kurz zu den Reportern. „Ich bin fertig mit den illegalen Geschäften, Jungs", verkündete er. „Ich habe genug Geld und höre auf. Johnny Lovo hatte ganz Recht. Ich werde ins Immobiliengeschäft einsteigen." Er stieg in die Limousine, dann fuhr die Flotte von drei Wagen los. Tony Camonte war wieder der Zar.

KAPITEL VIERUNDZWANZIG

Tony fühlte sich ein wenig unsicher, als er eine halbe Stunde später sein luxuriöses Apartment am Lake Shore Drive betrat. Und die kühlen, fragenden Blicke, die Jane ihm zuwarf, trugen nicht zu seiner Beruhigung bei.

„Herrje! Ich bin müde!“, rief er erschöpft aus. Und das stimmte. Die Belastung des Gerichtsverfahrens war größer gewesen, als er gedacht hatte.

„Hör mal, Tony“, sagte Jane mit einem beißenden Unterton in der Stimme, „was genau hat dir diese Frau bedeutet?“

„Welche Frau?“

„Diese Rosie, wegen der du Mike getötet hast.“

„Sie hat mir gar nichts bedeutet.“

Jane lachte verächtlich. „Erwartest du, dass ich das glaube? Warum hast du Mike dann umgelegt, um sie zu kriegen?“

„Hab ich nicht. Es ging um was anderes.“

„Mach dich nicht über mich lustig. Bis zu der Nacht, als es passierte, waren du und Mike die besten Freunde. Die Jungs sagen, du bist ganz grün im Gesicht geworden, als du Mike mit ihr reinkommen gesehen hast. Du bist auf der Stelle hinaufgegangen, und fünf Minuten später war Mike tot.“

„Du bist ja verrückt! Ich – ich hatte sie vorher noch nie gesehen. Wenn sie – mir etwas bedeutet hätte, glaubst du, dass sie es dann so verbissen auf mich abgesehen gehabt hätte?“

„Die Gefühle einer Frau können sich ändern."

„Die eines Mannes auch." Er sah sie mit zusammengekniffenen Augen an; sein Tonfall war vielsagend.

„Ach ja? Sei ganz unbesorgt, Großkotz, es gibt eine Menge Männer, die mich für ihr Leben gern hätten."

„Kann sein. Aber du würdest schwerlich einen finden, der den Preis zahlen könnte oder würde, den ich bezahle. Für das Geld, das du mich kostest, könnte ich mir jede Beliebige aussuchen. Vergiss das niemals!"

„Warum machst du es dann nicht?", fragte sie wütend.

„Ich war zu beschäftigt, um darüber nachzudenken", entgegnete er hochmütig. „Aber bald bin ich vielleicht nicht mehr so beschäftigt ... und da wir gerade beim Thema sind, mir ist aufgefallen, dass du im Gerichtsaal ziemlich freundlich zu dem dicken Lieutenant gewesen bist."

„Welchem?"

„Bist du zu mehr als einem freundlich gewesen? Würde mich nicht überraschen. Aber mir ist nur einer aufgefallen. Ben Guarino, der Bruder der Dame."

„Ach? Du weißt also über die ganze Familie Bescheid, ja?"

„Halt den Mund!", fauchte er sie an und ging plötzlich drohend auf sie zu. „Für heute hab ich genug von deinem frechen Mundwerk!"

Einen Moment lang sahen sie sich mit blitzenden Augen, knirschenden Zähnen und geballten Fäusten an.

„Was soll es, dass wir uns derart streiten, solange wir zusammen sind, Baby?", sagte Tony schließlich mit müder Stimme. „Ich hatte nie etwas mit dieser Frau zu tun, ich schwöre es bei Gott. Und außerdem gibt es jetzt Wichtigeres zu tun."

„Zum Beispiel?“

„Flanagan und Moran erledigen, diese verdammten heimtückischen Verräter. Trotz der Unsummen, die ich ihnen bezahlt habe! Flanagan hätte mich noch am selben Abend wieder rauslassen können. Aber hat er es getan? Nein, er kommt persönlich her und buchtet mich ein. Legt mir sogar noch Handschellen an, als wäre ich ein gewöhnlicher, dreckiger kleiner Straßenganove. Und Moran, dieser dreckige irische –“ Die Flüche kamen Tony mühelos über die Lippen. „Er und sein korrupter Boss, der Staatsanwalt. Sie wussten, dass sie so gut wie nichts in der Hand hatten und Mikes Tod ein Segen für die Öffentlichkeit war. Sie hätten die ganze Sache einfach vergessen sollen. Aber haben sie das? Nein, sie geben sich allergrößte Mühe, mich an den Galgen zu bringen, weil sie wissen, sie könnten noch mehr absahnen, wenn es eine Menge große Bosse in dem Metier gäbe, nicht nur mich, der alles kontrolliert. Ich hab jedenfalls bezahlt, und was hab ich dafür bekommen? Sie sind mir in dem Moment, wo sie Morgenluft witterten, in den Rücken gefallen. Jetzt werden sie dafür bezahlen, und zwar reichlich.“

Und so vergaßen sie ihre persönlichen Differenzen und Eifersüchteleien, während Tony Rachepläne gegen die Männer schmiedete, die ihn verraten hatten. Aber der Riss zwischen ihnen war tiefer geworden. Wenn der Zweifel erst einmal gesät ist, lässt er sich kaum noch ausmerzen und kann beim geringsten Anlass mit erschreckender Geschwindigkeit zur unumstößlichen Überzeugung heranwachsen.

Am nächsten Tag begab sich Tony in sein Hauptquartier. Und seine Männer begrüßten seine Rückkehr mit eigenartigem Schweigen und dem verkniffenen Lächeln, das Männern ihrer Sorte eigen ist. Aber er spürte das Unbehagen in ihnen. Etwas stimmte nicht; er fragte sich nur, was das sein mochte.

Er musste nicht lange warten. Binnen weniger Minuten kamen ein halbes Dutzend seiner engsten Vertrauten in das Büro im obersten Stock des Hotels.

Einer von ihnen, ein Schurke mit kantigem Kiefer und stechendem Blick namens Finaro, räusperte sich vernehmlich. „Wir machen uns Gedanken über den Artikel in der Zeitung, Boss“, begann er, „darüber, dass du das Geschäft aufgeben und in die Immobilienbranche einsteigen willst. Das war doch nur Gerede, oder nicht?“

„Ich hab mich noch nicht entschieden“, antwortete Tony kühl. „Ich hätte genügend Zaster, um aufzuhören und das Leben zu genießen, wenn ich es wollte.“

„Ja. Aber wer hat dir dabei geholfen, Boss? Wir haben alle unseren Teil zu dem Batzen beigesteuert, der dir gehört. Und jetzt bist du es uns schuldig, dass du den Laden am Laufen hältst und dafür sorgst, dass wir unseren Anteil kriegen. Wir haben in schweren Zeiten treu zu dir gehalten, und jetzt, wo alles wie geschmiert läuft, musst du zu uns halten. Wenn du jetzt aufhörst, ist der Mob über Nacht im Eimer. Und was würde dann aus uns? Du kannst nicht einfach abhauen und uns in der Patsche sitzen lassen.“

Die anderen nickten zustimmend, als er fertig war. Tonfall und Haltung des Mannes waren respektvoll gewesen, aber seine Augen blickten kalt. Tony, in dessen Augen bei diesem Anzeichen von mangelnder Unterordnung in seinen Reihen kalte Wut blitzte, wollte ihnen brüsk die Tür weisen. Aber sein gesunder Menschenverstand riet ihm davon ab. Er spürte, dass etwas Bedrohliches von der Gruppe ausging.

Plötzlich wurde ihm bewusst, dass er mit der Organisation und Perfektionierung dieser mächtigen Bande, die die Unterweltaktivitäten einer Großstadt kontrollierte, ein Frankenstein'sches Ungeheuer geschaffen hatte, ein Monster, das ihn gemäß den Prinzipien, die er selbst ihm eingebläut hatte, sofort vernichten würde, sollte er jetzt aussteigen wollen.

In einer großen Vision sah er, dass diese Männer nur so lange loyal zu ihm stehen würden, wie er mit seinem wachen Verstand die Aktivitäten plante, mit denen sie ihren Lebensunterhalt verdienten. In dem Moment, da er ihnen nicht mehr von Nutzen sein würde, würden sie ihn so gnadenlos mit den Kugeln niederstrecken, die sie momentan noch für seine Feinde reservierten. Er konnte niemals aufhören; sie würden es nicht zulassen.

„Vergesst es, Jungs", sagte er und versuchte, einen unbekümmerten Tonfall an den Tag zu legen. „Das war nur Gerede für die Bullen. Alles läuft weiter wie bisher."

Tony verlor keine Zeit, sich an denen zu rächen, die ihn verraten hatten. Fünf Tage lang ließ er Captain Flanagan rund um die Uhr beschatten. Als er die Berichte seiner Spione in den Händen hielt, arbeitete er dann zwei Tage lang den eigentlichen Plan aus. Schließlich war alles bereit.

Eines Nachts ließ er sich um dreiundzwanzig Uhr zu dem schicken Mietshaus fahren, wo er und Jane wohnten. Er gab dem Türsteher in Livree eine dicke Zigarre und plauderte einen Moment lang mit ihm über das Wetter. Dem würdevollen Fahrstuhlführer mittleren Alters gab er ebenfalls eine Zigarre und verglich, scheinbar seiner Uhr misstrauend, die Zeit seiner Uhr mit der des Mannes. Damit hatte er zwei Zeugen den Zeitpunkt seines Eintreffens eingeprägt.

Sein Apartment befand sich im zweiten Stock; am Ende des Flurs lag eine Feuerleiter aus Eisen, die aufwärts und abwärts führte. Er machte behutsam die Glastür auf, durch die man Zugang zu der Leiter hatte, trat hinaus und schloss die Tür hinter sich. Dann stieg er eilig, aber leise zur Straße hinunter.

Seine Schuhe mit den Gummisohlen machten kein Geräusch, als er durch die dunkle Gasse zu der Limousine ging, die in der menschenleeren Nebenstraße wartete. Der große Wagen fuhr leise an, davor und dahinter setzte sich jeweils ein weiteres Fahrzeug in Bewegung.

An einer ruhigen Straßenecke tief in der North Side hielten die drei Wagen an. Dann fuhr ein Wagen gemächlich weiter durch die Allee zur nächsten Ecke. Danach setzte sich langsam der zweite in Bewegung. In der Mitte des Häuserblocks, einem zweistöckigen Backsteinhauses gegenüber, das noch hell erleuchtet war, hielt er am Bordstein an. Die vier Männer darin duckten sich, damit es schien, als wäre das Auto leer. Eine der hinteren Scheiben war vollständig heruntergekurbelt, kühle Nachtluft wehte über die geröteten, angespannten Gesichter der vier Männer.

Tony wartete einen Moment, dann stieß er einen seiner Begleiter an. Der Mann führte eine Trillerpfeife der Polizei an die Lippen und stieß dreimal heftig hinein. Fast auf der Stelle ertönten zwei Schüsse an der anderen Straßenecke. Unvermittelt wurde die Tür des Hauses auf der anderen Straßenseite aufgerissen, und ein untersetzter Mann, in dessen rechter Hand ein Revolver funkelte, kam heraus. Es war Flanagan!

Ein weiterer Schuss ertönte an der Ecke. Flanagan rannte die Stufen herunter und hielt den Revolver schussbereit.

Langsam hob Tony die hässliche Schnauze einer Maschinenpistole, legte sie auf der Autotür auf und zielte sorgfältig. Dann drückte er mit einem grimmigen Lächeln ab. Das tödliche Knattern der Waffe machte ihn und seine Begleiter fast taub, aber Flanagan brach zusammen; mindestens zwei Dutzend Kugeln waren in seinen Körper eingedrungen. Die Autos rasten mit heulenden Motoren die Straße hinab.

Tony ging bester Laune zu Bett. Er war auf demselben Weg zurückgekehrt, wie er gegangen war, und niemand hatte ihn gesehen, dessen war er ganz sicher. Wenn die Polizisten die Bewohner des Hauses verhörten, was sie ganz sicher tun würden, dann würden ihm die beiden Männer guten Glaubens ein perfektes Alibi geben, denn es gab keinen anderen Eingang in das Gebäude, abgesehen von dem, an dem sie Dienst taten.

Flanagan war tot. Eine Rechnung, die seit Jahren offen war, war endlich beglichen worden. Jetzt zu Moran!

KAPITEL FÜNFUNDZWANZIG

Als Tony am nächsten Nachmittag die Zeitungen las, bekam er einen Schock. In einem ausführlichen Kommentar zur dreisten Ermordung Flanagans gab der Comissioner der Polizei bekannt, dass er der Meinung wäre, jüngere Leute müssten sich um diese modernen Gangster kümmern, und ernannte Lieutenant Ben Guarino zum Captain und Polizeichef. In seiner eigenen Presseerklärung sagte der neue Polizeichef, dass seiner Meinung nach die Bluttat der vergangenen Nacht auf das Konto von Tony Camonte und seiner Bande ging, und versprach, Tony persönlich aus der Stadt zu vertreiben oder bei dem Versuch zu töten.

Tony lachte darüber; dann runzelte er die Stirn. Kein schöner Gedanke, dass der eigene Bruder öffentlich geschworen hatte, einen zu Tode zu hetzen. Herrgott! Diese Einmischung der Familie in seine Angelegenheiten ging ihm auf die Nerven! Dann kniff Tony die Lippen zusammen, und seine Augen blitzten. Wenn sie je in eine Situation kamen, in der es um Leben oder Tod ging, würde Ben nur ein x-beliebiger Polizist für ihn sein.

Tony ging an diesem Abend zum Essen ins Restaurant seines Hotels und war recht zufrieden mit sich. Eine der Kellnerinnen kam heran, um ihn zu bedienen; ihre gestärkte weiße Uniform raschelte steif. Er gab sein Bestellung auf, ohne das Mädchen anzusehen. Aber als sie die Suppe servierte, fielen ihm ihre sorgfältig manikürten Fingernägel auf. Von den Händen wanderte sein Blick zu ihrer Figur, deren Makellosigkeit seinen Blick schließlich zu ihrem Gesicht lenkte. Dann wäre er um ein Haar vom Stuhl hochgeschossen. Denn das Mädchen war seine Schwester Rosie.

„Du!“, rief er aus.

„Ja“, antwortete sie atemlos und mit leiser Stimme. „Ich hatte gehofft, Sie würden es nicht bemerken. Aber ich musste nach Mikes Tod eine Arbeit annehmen, und etwas anderes konnte ich nicht finden.“ Sie lief weg, ehe er ihr Fragen stellen oder etwas dazu sagen konnte.

Tony tauchte den Löffel in die Suppe, dann hielt er inne. Die Erklärung für ihre Anwesenheit hatte sich nicht überzeugend angehört. Er wusste, dass sie nicht arbeiten musste; die monatliche Summe, die er der Familie durch seinen Anwalt schicken ließ, ermöglichte ihnen allen ein unbeschwertes Leben.

Warum war sie dann hier? Warum wohl, wenn nicht, um Rache an ihm zu nehmen? Er betrachtete die Suppe mit einem misstrauischen Funkeln in den schwarzen Augen. Aber die klare Flüssigkeit verriet ihm nichts. Unauffällig schüttete er den Inhalt seines Wasserglases auf den Boden und goss etwas von der Suppe in das Glas.

Dann stand er auf, verbarg das Glas an seiner Seite und ging zu der Tür, die in die Halle des kleinen Hotels führte. „Ich wurde ans Telefon gerufen“, erklärte er mit einem gekünstelten Lächeln, als er an ihr vorbei ging. „Bin gleich wieder da.“

Draußen in der Halle rief er einen seiner Handlanger und gab ihm das Glas. „Bring das rüber zur Apotheke und lass es analysieren“, befahl er. „Ich warte hier, bis du wieder da bist.“

Seine Gedanken rasten, während er wartete. Aber er war sich sicher, wie das Ergebnis ausfallen würde, noch bevor sein Handlanger zurückkam und es ihm atemlos verkündete. Die Suppe enthielt genügend Gift, um ein Pferd umzubringen, von einem Menschen ganz zu schweigen!

Tony ging ins Restaurant zurück, sein Gesicht eine ausdruckslose Maske; nur in seinen dunklen Augen funkelte Leben. Was für Nerven das Mädchen hatte, einen Job in seinem eigenen Hotel anzunehmen, damit sie ihn vergiften und damit Mikes Tod rächen konnte, wozu das Gesetz nicht imstande gewesen war. Herrgott! Sie war wirklich und wahrhaftig seine Schwester.

Er blieb neben seinem Tisch stehen, als sie näher kam; nur ihre roten Wangen straften ihre äußerliche Teilnahmslosigkeit Lügen.

„Sie haben um sieben Feierabend, nicht?“, fragte er ruhig.

„Ja. Warum?“

„Ich muss nach oben, Geschäfte. Bitte bringen Sie mir den Rest des Essens rauf in mein Büro im obersten Stock, bevor Sie gehen. Springt ein dickes Trinkgeld dabei raus“, fügte er mit einem verkrampften Lächeln hinzu, „und ich würde mich sowieso gern einen Moment mit Ihnen unterhalten.“

Er ging in sein Büro und fragte sich, ob sie freiwillig kommen würde oder auf das Geheiß seiner Handlanger hin, denen er Anweisung gegeben hatte, sie genau im Auge zu behalten und nach oben zu bringen, wenn sie versuchen sollte, sich aus dem Staub zu machen, ohne seinem Wunsch zu entsprechen. Er hoffte, dass sie freiwillig kommen würde.

Sie kam freiwillig, mittlerweile mit einem attraktiven Kostüm bekleidet, und hatte ein großes Tablett mit zugedeckten

Schüsseln dabei. Sie stellte das Tablett auf seinem Schreibtisch ab.

Er sah grimmig zu ihr auf. „Ist das alles auch vergiftet?“, fragte er.

Sie zuckte so heftig zusammen, dass sie das Tablett um ein Haar heruntergeworfen hätte, und sah ihn mit schreckgeweiteten Augen an. „Ich weiß nicht, was Sie –“, stammelte sie.

„In der Suppe, die Sie mir brachten, war genügend Gift, um ein Dutzend Männer zu töten“, fuhr er leise fort. „Und normalerweise vergiften sie die Suppe in der Küche nicht. Also müssen Sie es getan haben.“

„Ja, ich war es“, fauchte sie plötzlich trotzig. „Ich habe Mike geliebt, und Sie haben ihn ermordet. Dem Gesetz konnten Sie entkommen, aber ich hatte beschlossen, dass Sie mir nicht entkommen würden. Und ich habe mir diesen Job besorgt, damit ich an Sie rankommen konnte. Doch Sie sind mir auf die Schliche gekommen. Was werden Sie jetzt tun?“

Ihre direkte und unverblümte Art, die so sehr seiner eigenen entsprach, erstaunte ihn einen Moment.

„Ich habe mich noch nicht entschieden“, gab er freimütig zu. „Ich sollte Sie eine Spazierfahrt machen lassen, aber ich finde, Sie sind zu tapfer, um Sie mit einem Dolchstoß in den Rücken zu erledigen. Sind Sie sich bewusst, in welcher Gefahr Sie schweben?“

„Ja. Ich wusste die ganze Zeit, was für ein Risiko ich eingehe. Aber Mike ist tot; was spielt es da schon für eine Rolle?“

„Mike war ein Ganove“, blaffte Tony sie schroff an. „Ein Revolverheld und ein Verbrecher. Er hat eine Menge Leute getötet und war jederzeit bereit, noch mehr zu töten, wenn ich es ihm befahl, und er war auch bereit, den Preis dafür zu bezahlen."

„Ich nehme an, Sie halten sich für etwas Besseres", sagte das Mädchen höhnisch.

„Darum geht es nicht. Wir sprechen über Mike. Er hat die Liebe eines Mädchens nicht verdient. Aber Sie sollen wissen, ich hatte keine Ahnung, dass Sie beide verheiratet waren. Ich dachte, er würde Sie einfach nur benutzen, wie so viele andere Mädchen vor Ihnen. Darum habe – ich ihn erledigt."

Tonys Stimme hatte einen zärtlichen Unterton angenommen. Er riss sich zusammen, als er bemerkte, dass sie ihn mit großen Augen ansah. „Was ist los?", herrschte er sie an.

„N-N-Nichts. Einen Moment hatten Sie große Ähnlichkeit mit – jemandem – den ich mal kannte."

Tony atmete einmal keuchend durch und wandte sich ab, sodass sie nur die vernarbte Seite seines Gesichts sehen konnte. Fast hätte sie ihn erkannt.

„Das mit Mike tut mit Leid. Aber es musste sein", sagte er nachdrücklich. „Und Sie sind ohne ihn viel besser dran. Eines Tages werden Sie mir dankbar sein. Also gehen Sie und vergessen Sie Mike. Und achten Sie von jetzt an ein bisschen besser darauf, mit was für Männern Sie sich einlassen. Ein so nettes Mädchen sollte nicht mit Revolverhelden herumziehen."

„Wie wäre es, wenn Sie sich um Ihre eigenen Angelegenheiten kümmern würden?", fuhr sie ihn an, und Tränen funkelten in ihren Augen.

„Gern. Und das sollten Sie auch. Versuchen Sie nicht mehr, irgendwelche Bandenbosse zu vergiften; einigen könnte das gar nicht gefallen … Wenn Sie Geld brauchen –"

„Nein", bellte sie stolz. „Niemals. Wir haben genügend."

Tony verspürte höchste Genugtuung. Natürlich würden sie nie erfahren, dass sie ihren Wohlstand ihm zu verdanken hatten. Aber er freute sich, dass er ihnen ein anständiges Leben ermöglichen konnte.

„Also gut – Mädchen“, sagte er langsam. „Und vergessen Sie niemals, dass Sie der einzige Mensch sind, der je versucht hat, Tony Camonte zu töten und es selbst überlebte.“

Sie sah ihn immer noch seltsam und mit einem verwirrten Stirnrunzeln an, als sie endlich ging. Tony gab einen langen Seufzer von sich. Wenigstens das war überstanden.

Abrupt wandte sich sein wendiger, messerscharfer Verstand wieder der Frage zu, die zu einer Besessenheit bei ihm geworden war – wie er sich an den Beamten rächen konnte, denen er so viel bezahlt und die ihn in Krisenzeiten im Stich gelassen hatten. Und dann wurde ihm klar, dass er es hier mit etwas weitaus Größerem als nur persönliche Rache an den Leuten zu tun hatten, die nicht nur ihn, sondern auch ihre Vertrauensstellung verraten hatten.

Zum ersten Mal in seinem hektischen Leben verspürte er den sozialen Impuls, der Ursache und Wirkung der Zivilisation zugleich ist – die Erkenntnis, dass das Wohlergehen der Menschheit wichtiger ist als der Selbsterhalt, die Einsicht, dass er der Welt etwas schuldete.

In der Gewalt völlig neuer Empfindungen, seltsamer Ideen und Überzeugungen, die ihm bis dato unbekannt gewesen waren, setzte er sich hin und schrieb zwei Stunden ohne Unterbrechung. Als er fertig war, las er den Stapel von Blättern mit grimmiger Zufriedenheit durch, dann faltete er sie zusammen und verstaute sie, zusammen mit einem kleinen Notizbuch mit schwarzem Ledereinband, in einem großen Umschlag, auf den er über die ganze Fläche hinweg schrieb: *Am Tage nach meinem Tod dem* Evening American *zuzustellen.* Dann schloss er den Umschlag in seinem Schreibtisch ein.

Ihm war natürlich bewusst, dass die Veröffentlichung dieser Unterlagen eine Sensation darstellen würde, aber er hatte keine Ahnung, dass er soeben erstaunlich offen und direkt die flammendste Anklage gegen das politische System Amerikas geschrieben hatte, die je zu Papier gebracht worden war. Aber genau das war der Fall.

Die Veröffentlichung sollte, ohne dass er selbst es noch erlebte, den Selbstmord von einem halben Dutzend prominenten Männern, den Ruin von zahlreichen anderen und eine vollständige Neuorganisation von Verwaltung und Polizei nicht nur in dieser Stadt, sondern auch in vielen anderen nach sich ziehen; und da dem durchschnittlichen Wähler darin die heimlichen Aktivitäten so genannter Diener des Volkes und ihre enge Verflechtung mit der Unterwelt offen gelegt wurde, sollte das Bekenntnis zur mächtigsten Waffe neuerer Zeit werden, um in den Großstädten eine anständige, zuverlässige Verwaltung wiederherzustellen.

Aber er hätte ungläubig gelacht, wenn ihm das jemand in diesem Augenblick erzählt hätte. Und es hätte ihn nicht besonders interessiert. Das soziale Bewusstsein, das eine Zeit lang über ihn gekommen war, war so neu, dass es nicht von Dauer sein konnte. Er verspürte schon wieder Tatendurst, persönliche Rachegefühle gegenüber den Männern, die es seiner Meinung nach nicht anders verdient hatten. Sein schlauer Verstand wandte sich dem Problem zu, das momentan fast seinen gesamten Lebensinhalt darstellte – wie er Moran töten konnte, den verräterischen stellvertretenden Bezirksstaatsanwalt.

Das Telefon neben ihm klingelte laut in dem vollkommen stillen Raum. Er nahm den Hörer ab, knurrte ein schroffes „Hallo“ und lauschte der Stimme und ihrem hastigen Bericht. Als er auflegte, leuchteten seine Augen.

Fünf Minuten später fuhren er und vier seiner vertrauenswürdigsten – das heißt bestbezahlten – Männer in einer schnellen Limousine davon. Sie fuhren in schnellem Tempo zur South Side, allerdings nicht so schnell, dass sie Aufmerksamkeit erregt hätten. Denn hier befanden sie sich in Feindesland. Sollte ihre Anwesenheit entdeckt werden, würden sich ein Dutzend Wagenladungen Gangster der verschiedenen kleinen und stets unruhigen Mobs der South Side auf die Jagd nach ihnen machen.

Streifenwagen stellten ebenfalls eine Gefahr dar. Bei allem, was sie in das Auto geladen hatten, wäre es unmöglich gewesen, eine zufrieden stellende Erklärung für ihren Ausflug in feindliches Territorium zu geben, das wusste Tony genau. Und sollten sie von einer Streife angehalten werden, die Vernunftgründen nicht zugänglich war, würden sie vermutlich tief in der Patsche sitzen.

Gegenüber einem Saloon in einer finsteren Gegend hielten sie am Straßenrand. Den Motor des Wagens hatten sie schon einen Häuserblock zuvor ausgemacht und sich ihrem Ziel im Leerlauf genähert; die Bremsen waren so gut geölt, dass sie kein Geräusch von sich gaben, als der Wagen schließlich zum Stillstand kam. Der Chauffeur blieb am Steuer sitzen und war bereit für die schnelle Flucht, die zwingend notwendig sein würde, während Tony und die drei anderen Männer Masken aufzogen, die ihre Gesichter vollkommen verbargen. Dann liefen sie mit ihren Maschinengewehren hastig über die Straße.

Lautlos wie Gespenster erschienen sie in der Tür und hielten die Waffen für ihr zerstörerisches Werk bereit. Rund zwanzig Männer standen an der Bar. Und am äußersten Ende lehnte Moran im Gespräch mit vier Burschen, die ganz und gar nicht wie der angemessene Umgang für einen stellvertretenden Bezirksstaatsanwalt aussahen. Tatsächlich handelte es sich bei zweien um prominente irische Alkoholschmuggler aus den Dschungeln der South Side, die er erst wenige Monate zuvor erfolglos wegen Mordes angeklagt hatte.

Der Barkeeper, der zur Tür hin stand, sah die maskierten Eindringlinge, die mit erhobenen Waffen nebeneinander standen, als Erster. Er stand wie versteinert und bekam einen starren Blick, was die Aufmerksamkeit der anderen erregte, die sich umdrehten, um zu sehen, was ihn so sehr fesselte.

„Hände hoch, alle zusammen!“, bellte Tony schroff.

„Mein Gott! Es ist –“, schrie Moran, aber der Rest des Satzes ging im diabolischen Rattern von Tonys Maschinengewehr unter.

Moran fiel praktisch ohne einen Laut und von dem rasenden Strom Blei fast in zwei Teile zerrissen nach vorn. Hinter der Maske lächelte Tony grimmig und richtete die schwarze Mündung auf die beiden irischen Schmuggler. Jeder, der sich mit Moran verbrüderte, war ganz gewiss eine Ratte und wurde besser beseitigt, und die beiden waren ohnehin berüchtigte Schurken. Als er sie fallen sah, hatte Tony das Gefühl, als hätte er der Öffentlichkeit einen Dienst erwiesen. Und zweifellos hatte er dem Staat die Kosten erspart, sie in der Zukunft abermals anzuklagen und zum Tod durch den Strang verurteilen zu lassen.

Tony ließ den Abzug des Maschinengewehrs los, und die plötzliche Stille, die dem tödlichen Rattern der Waffe folgte, war bestürzend.

„Möchte noch einer von euch Jungs eine Dosis hiervon?“, fragte er.

Die Männer drängten sich an die Bar und hoben die zitternden Hände.

„Dass sich keiner vor Ablauf von fünf Minuten draußen sehen lässt, sonst seid ihr dran.“

Seine Handlanger auf der linken Seite drehten sich um, gingen hinaus und hielten dort nach Gefahren Ausschau. Tony folgte ihnen, dann gingen die beiden anderen Männer hinaus. Während der hektischen zwei Minuten in dem Saloon hatte der Fahrer das Automobil gewendet, jetzt stand es mit wütend knurrendem Motor am Bordstein. Alle sprangen hinein und fuhren davon.

Tony erfreute sich bester Laune. Jetzt hatte er alle offenen Rechnungen beglichen, außer der mit dem Staatsanwalt, aber den würde der Inhalt des Umschlags, den er erst vor wenigen Stunden zugeklebt hatte, erledigen – und wie! Blieb noch diese Bande aus New York, die versuchte, in seinem Revier zu wildern und ihn kurz vor seiner Verhandlung hatte erledigen wollen. Tony runzelte dir Stirn und knirschte mit den Zähnen, wenn er nur an sie dachte.

KAPITEL SECHSUNDZWANZIG

Geld wirkt überall Wunder, besonders in der Unterwelt; zwanzig Minuten nachdem sich Rosie Guarino aus Tonys privatem Büro verabschiedet hatte, rief der von Jane Conley angeheuerte Spitzel bei ihr an und ließ ihr die Information zukommen. Er konnte ihr nicht in allen Einzelheiten sagen, was sich zugetragen hatte, wusste aber, dass Tony dem Mädchen Geld angeboten und sie es angelehnt hatte.

Da sie Tony kannte, konnte sich Jane den Rest selbst zusammenreimen. Und sie schäumte vor Wut. Die Tatsache, dass sie mit ihren Mutmaßungen vollkommen falsch lag, machte ihre Wut nicht weniger mörderisch. Sie würde ihm zeigen, dass er sie nicht ungestraft betrügen konnte.

Sie hatte Tony ohnehin satt. In letzter Zeit hatte sie häufig den übermächtigen Wunsch nach den waghalsigen Machenschaften und der Aufregung ihrer Zeit als Gun Girl verspürt. Aber Tony erlaubte es nicht. Als seine Gefährtin hatte sie zu Hause zu sitzen und sich anständig zu benehmen. Und das häusliche Leben wurde ihr selbst in der luxuriösen Umgebung, derer sie sich erfreuen konnte, immer langweiliger.

Sie war nur zu einem Mann freundlich gewesen. Und sie hatte stets eine Gefolgschaft von Bewunderern gehabt, die jede schöne Frau umgibt, was ihr jetzt ebenfalls fehlte. Ihr schien, als hätte sie sich ganz und gar Tony untergeordnet, als wäre sie eines seiner teuren Besitztümer geworden. Seine vermeintliche Untreue war lediglich der Tropfen, der das Fass zum Überlaufen brachte.

Mehr als zwei Stunden dachte sie über alles nach, dann fasste sie einen Entschluss. Zuerst rief sie Captain Ben Guarino an und plauderte reizend mit ihm. Sie hatte allen Grund zu der Annahme, dass es sich für ein Mädchen wie sie auszahlen konnte, den Polizeichef zum Freund zu haben. Und dann rief sie Tony in seinem Büro an.

„Ich war heute Abend beschäftigt", sagte er defensiv, als er ihre Stimme hörte.

„Das kann ich mir denken", sagte sie, aber ihm entging die Schärfe in ihrer Stimme.

„Und noch eines, Baby, Moran hatte einen Unfall."

„Wirklich? Warst du dort?"

„Bin gerade zurückgekommen."

„Das ist großartig. Hör mal, Tony, ich hab einen echten Knüller für dich. Die Bande aus New York hat heute um Mitternacht ein großes Treffen in Jake's Place einberufen. Die großen Tiere aus dem Osten wollen alle hiesigen Typen zusammenbringen, die dich nicht mögen – das erspart ihnen die Mühe, eine Menge ihrer eigenen Leute von New York hierher zu schaffen."

„Herrje! Baby, wo hast du denn das gehört?"

„Unwichtig! Du zweifelst doch nicht daran, oder? Haben sie nicht versucht, dich umzulegen –"

„Na klar", versicherte Tony ihr eifrig. „Und die werden heute Nacht alle in Jake's Place sein?"

„Ja. Die Meute aus New York wird dunkelblaue Cadillacs fahren – drei oder vier Wagenladungen –, und wahrscheinlich werden die Seitenvorhänge offen sein. Es ist erst halb zwölf", fuhr sie aalglatt fort. „Wenn du dich beeilst, kannst du sie vielleicht noch auf dem Weg dorthin abfangen."

„Ich stehe tief in deiner Schuld, Baby. Das mach ich garantiert."

Jane legte langsam auf, und ein grimmiges Lächeln umspielte ihren harten Mund. Wenn alles wie geplant lief, würde eine hübsche Geschichte in den Morgenzeitungen stehen. Wenn nicht, würde sie vermutlich mit einer Lilie in der Hand aufwachen. Na ja, man lebte schließlich nur einmal, und ein Mädchen sollte aus dem Leben herauspressen, was es konnte.

In Tonys Hauptquartier herrschte rege Aktivität. Rasch scharte er vier Wagenladungen von Revolverhelden um sich, gab ihnen strikte Anweisungen, stieg zu der Gruppe in seiner persönlichen Limousine ein, und dann setzte sich der Tross in Bewegung.

Jake's Place war ein großer Saloon nebst Spielhölle, in dem überwiegend Kundschaft der Unterwelt verkehrte. Er war schäbig, abgeschmackt und gefährlich. Mit seiner Lage in einer abgelegenen, noch nicht ganz erschlossenen Gegend fast am Stadtrand bildete er die ideale Kulisse für die für Banden typischen Teufeleien. Und davon hatte er schon eine Menge gesehen.

Tony ließ seine Leute einen Block entfernt anhalten, während er die Situation analysierte. Eine große Anzahl Automobile parkten um das große Gebäude aus Holz herum, aber sonst war nichts Ungewöhnliches zu sehen. Aber er konnte keine blauen Cadillacs erkennen, weder mit offenen noch mit zugezogenen Vorhängen. Vielleicht waren die Jungs noch nicht eingetroffen; es blieben immer noch zehn Minuten bis Mitternacht.

Aha! Da kamen sie, eine Reihe von Automobilen näherte sich auf der anderen Straßenseite, die von der Stadt herführte. In der Dunkelheit sahen sie schwarz aus, aber sie konnten auch dunkelblau sein, und es waren eindeutig Cadillacs. Daran konnte kein Zweifel bestehen. Sie kamen immer näher, dicht beisammen, insgesamt vier.

Tony spürte, wie sein Herz schneller schlug, und umklammerte das Maschinengewehr fester, das auf seinem Schoß lag. Das würde der größte Coup seiner gesamten Laufbahn werden und der ganzen Welt beweisen, dass sein Reich ihm, und ihm allein, gehörte, dass kein anderer eindringen durfte, wie mächtig er auch in seiner eigenen Region sein mochte.

Er erteilte mit leiser, angespannter Stimme Befehle und schickte einen Mann los, der sie den anderen Wagen übermittelte. Vier auf jeder Seite. Auf jeder! Sein Plan war einfach und direkt. Seine Kolonne würde sich in Bewegung setzen, in die Straße der anderen einschwenken und deren Fahrzeuge dann unter einen schrecklichen Beschuss nehmen und vernichten, ehe sie sich von ihrem Schrecken über den unerwarteten Angriff erholen konnten. Jedes seiner Automobile sollte sich um eines der Gegenseite kümmern.

Seine Kolonne setzte sich rasch in Bewegung und bog in die andere Straße ein. Tony hob das Maschinengewehr und drückte ab. Das tückische Ra-ta-ta machte ihn fast taub, aber er konnte trotzdem dasselbe Stottern aus seinen anderen Autos ertönen hören. Dann hallte aus den Autos der vermeintlichen Gegner, über die Schüsse hinweg deutlich zu vernehmen, das Klong-klong-klong! von Gongs.

„Himmel!“, stöhnte Tony. „Das sind Bullen.“

Statt Gangstern saßen in den anderen Wagen haufenweise Polizisten aus dem Revier. Was für ein schrecklicher Fehler!

Nicht, dass es ihm etwas ausgemacht hätte, Polizisten zu erschießen, aber was für Konsequenzen das für ihn und seine Männer haben würde! Es sei denn –

Es war, als ob alle bösen Dämonen sich an diesem Ort versammelt hätten. Aus jedem einzelnen der acht Automobile loderte Mündungsfeuer. Der Lärm war grauenhaft. Tony versuchte, in dem Tohuwabohu einen klaren Kopf zu behalten. Seine Leute waren in Panik; Polizeibeamte umzubringen war eine andere Angelegenheit als andere Gangster umzubringen. Aber jetzt gab es kein Zurück mehr. Es war ein Kampf bis zum Tod.

Sein Chauffeur, zu beschäftigt, um selbst zu schießen, und auf seine eigene Sicherheit wie auch auf die seines Arbeitgebers bedacht, versuchte zu fliehen. Das große Auto schoss vorwärts, schlitterte an dem vordersten Wagen der Bande vorbei und raste geradeaus weiter. Aber einer der Streifenwagen setzte ihm nach wie ein Pferd, dem man die Sporen gegeben hat.

Die Jagd ging über mehr als eine Meile. Die Autos schwankten, schlitterten, kollidierten. Mündungsfeuer flackerte in beiden Fahrzeugen auf. Zwei von Tonys Männern wurden getroffen und verloren das Bewusstsein, ein anderer schrie zusammenhanglose Wortfetzen heraus und versuchte, aus dem rasenden Wagen auszusteigen. Schließlich hob Tony die geballte Faust und schlug ihn bewusstlos. Er war wie durch ein Wunder nicht getroffen worden. Auch er Chauffeur offenbar nicht. Aber der Streifenwagen blieb ihnen unerbittlich auf den Fersen. Und holte sogar ein wenig auf.

Außer sich vor Wut schlug Tony die Heckscheibe mit dem Maschinengewehr ein, und der beißende Rauch stieg ihm in Nase und Mund und ließ seine Augen tränen, bis er kaum noch etwas sehen konnte. Das Ruckeln und die hohe Geschwindigkeit machten ein genaues Zielen unmöglich, aber er wusste, dass einige seiner Schüsse dennoch ihr Ziel gefunden hatten. Und nichts passierte. Sie schienen eine kugelsichere Windschutzscheibe zu haben. Also, ihre Reifen würden jedenfalls sicher nicht kugelsicher sein. Er senkte die heiße, Feuer spuckende Mündung des Maschinengewehrs und zielte auf die Reifen.

Einer platzte mit einem Knall, den man über die Schüsse hinweg hören konnte. Das schwere Auto schmierte ab und stürzte in den Straßengraben. Tony stieß ein heiseres, wildes Grunzen des Triumphs aus. Aber es blieb ihm im Halse stecken. Denn in dem Moment überschlug sich sein eigener Wagen. Der Chauffeur hatte eine Kurve falsch eingeschätzt.

Tony war noch bei Bewusstsein, als das große Automobil zum Stillstand kam. Aber der Fahrer gab keinen Laut mehr von sich. Tony hoffte inbrünstig, dass der Trottel tot sein würde.

Von heftigem Schwindelgefühl ergriffen und mit kurzen, keuchenden Atemzügen, die ihm nicht genügend Luft brachten, befreite sich Tony aus dem Geflecht der Toten und Verwundeten.

Rasch trat er hinter das Auto in Deckung und legte den Lauf des Maschinengewehrs auf eine Stoßstange. Zwei Männer waren aus dem Streifenwagen geklettert und kamen vorsichtig auf ihn zu – Revolver blitzten in ihren rechten Händen. Zähneknirschend drückte Tony ab. Aber nichts geschah; das Magazin war leer. Er zog die Automatik, die so lange Zeit sein wichtigster Leibwächter gewesen war.

Er zielte sorgfältig und schoss. Einer der Männer ging zu Boden. Der andere wurde durch den Schuss gewarnt, hob den Kopf und riss den Revolver hoch. Aber Tony starrte ihn nur fasziniert an, während seine nervösen Finger den Befehl verweigerten, den sein gelähmtes Gehirn versuchte ihnen zu senden. Denn der Mann war sein Bruder, Captain Ben Guarino, der neue Polizeichef.

Tony sah den Revolver aufblitzen, dann schleuderte die Wucht der Kugel seinen Kopf nach hinten. Er hatte dem Tod stets ins Auge gesehen.

Zwei Stunden später saß Captain Guarino in seinem Büro im Polizeirevier, nahm die Glückwünsche seiner Kollegen entgegen und erzählte ihnen in allen Einzelheiten von dem erbitterten Schusswechsel, bei dem der berüchtigte Tony Camonte ums Leben gekommen war.

„Tonys Flittchen hat mir den Tipp gegeben", sagte er im Plauderton. „Ich nehm an, die hatten Zoff und sie wollte es ihm heimzahlen. Sie sieht nicht schlecht aus; ich hab sie bei Tonys Verhandlung kennen gelernt. Ich wette, die hat ihm jede Menge Zaster und Schmuck aus den Taschen gezogen. Jedenfalls hat sie mich gegen halb zwölf heute Nacht angerufen und mir gesagt, dass Tony und seine Bande um Mitternacht ein Blutband in Jake's Place anrichten wollten. Und das war meine Chance, ihn auf frischer Tat zu ertappen. Das war mir klar, drum hab ich ein paar der Jungs geschnappt und bin hingefahren. Aber wisst ihr, ich kann wirklich nicht verstehen, warum Tony und sein Mob in dem Moment, als sie uns sahen, das Feuer eröffneten – aber hatte ich nicht ein Riesenglück, dass seine Knarre klemmte? Er war ein Meisterschütze, der Kerl, und ich dachte einen Moment, ich würde mit einem Leichentuch auf der Brust aufwachen. Aber bei einer Automatik kann man eben nie wissen.“

Aber nicht einmal eine Automatik kann klemmen, wenn gar nicht abgedrückt wurde.